"갑자기 사람의 소리가 듣고 싶어졌다.
수만 마일의 해저에 들어선
잠수부와 같은 심경이랄까."

마술사
이병주

한길사

이병주전집 편집위원

**권영민** 문학평론가·서울대 교수
**김상훈** 시인·민족시가연구소 이사장
**김윤식** 문학평론가·서울대 명예교수
**김인환** 문학평론가·고려대 교수
**김종회** 문학평론가·경희대 교수
**이광훈** 경향신문 논설위원
**이문열** 소설가
**임헌영** 문학평론가·중앙대 교수

마술사

지은이·이병주
펴낸이·김언호
펴낸곳·(주)도서출판 한길사

등록·1976년 12월 24일 제74호
주소·413-832 경기도 파주시 교하읍 문발리 520-11
www.hangilsa.co.kr
E-mail: hangilsa@hangilsa.co.kr
전화·031-955-2000~3  팩스·031-955-2005

상무이사·박관순 | 영업이사·곽명호 | 편집주간·강옥순
편집·배경진 최원준 | 전산·한향림 김현정
마케팅 및 제작·이경호 | 관리·이중환 문주상 박경미 김선희

출력·지에스테크 | 인쇄·현문인쇄 | 제본·쌍용제책

제1판 제1쇄 2006년 4월 20일

값 9,000원
ISBN 89-356-5950-9 04810
ISBN 89-356-5921-5 (세트)

잘못된 책은 구입하신 서점에서 바꿔드립니다.

이 도서의 국립중앙도서관 출판시도서목록(CIP)은 e-CIP 홈페이지
(http://www.nl.go.kr/cip.php)에서 이용하실 수 있습니다.
(CIP제어번호: CIP2006000779)

### 마술사

마술사 | 7
변명 | 81
예낭풍물지 | 107
제4막 | 187
망명의 늪 | 207

망명의 사상 • 정호웅 | 287
작가연보 | 295

# 마술사

 팔 년 전의 일이다.
 늦은 가을, 추수는 거의 끝나고 보리갈이까지의 잠깐 동안을, 한숨돌리고 있는 것 같은 기분이 산야에 감돌고 있을 무렵이었다. 나는 지리산 산록의 S라는 소읍, 어떤 여인숙에 묵고 있었다.
 선영의 묘사墓祀에 참례도 할 겸, 일 년치 양식을 수확기에 값이 싼 원산지에서 사놓을 요량으로 그 소읍에 들렀던 참인데 철 거른 장마를 만나 꼼짝없이 일주일이나 여인숙에 갇혀 있었던 것이다.
 여름철의 장마는 때때로 상쾌한 맛이 있다. 그러나 늦은 가을의 짓궂은 장마는 비 사이로 으스스 스며드는 한기까지 겹쳐 불쾌하기 짝이 없다. 쳐다보면 잔뜩 찌푸린 남빛의 하늘, 돌아보면 소조簫條한 산과 들, 이곳저곳에 버섯처럼 깔린 회색 지붕의 중락衆落, 단조롭기 한이 없는 산촌에 쉴 새 없이 쏟아지는 비란 우울하기만 했다.
 불행 중 다행으로 그 여인숙 주인과 나와는 서로 면식이 있었던 까닭에 내겐 넓고 깨끗한 방을 제공하고 풍성하게 불을 지펴주었다. 그래 온종일 방 안은 훈훈했다. 그 훈훈한 방에서 나는 아침에도 자고 저녁에도 자고 낮엔 낮대로 낮잠을 자다가 간혹 깨어서는 하품을 하며 지냈다. 간혹 잠을 깨었을 때란 식사하는 시간이다. 할 일도 없는 터라, 식사 때마다 얼근하게 반주를 마셔놓으면 숟가락을 놓자마자 졸음이 왔다. 말하자면 먹고 자고, 자고 먹고 하는 동작을 되풀이하며 무료를 메울 수밖엔 도리가 없었다. 이 경험을 통해서 나는 사람은 한없이 게으를 수 있다는 대발견을 하게되었다.

 내가 묵고 있는 여인숙의 다른 방들도 꽉 차 있었다. 변소에 드나들면서의 짐작이 비좁은 방에 더러는 사오 명, 더러는 칠팔 명씩 비비대고 있는 모양이었다. 나는 그들을 S읍의 장터에 몰려온 행상인들이거니 했다. 장터에 있다가 나처럼 비에 갇혀 있는 처지의 사람들일 것이라고만 생각하고 어떤 사람들인가 굳이 물어볼 흥미조차 없었다. 단조로운 빗소리를 들으며 며칠이고 방 안에 갇혀서 먹고 자고, 자고 먹고 있으면 정서는 물론 호기심마저 둔마되고 만다.

 그러한 어느 날 밤이었다. 나는 난데없이 들려오는 떠들썩한 소리에 잠을 깼다. 저녁밥을 먹곤 곧 잠이 든 모양이다. 밤 어느 때쯤 되었는가는 분간할 수가 없었다. 나는 성냥을 그어 램프불을 켰다. 빗소리는 여전히 들리고 있었다. 정말 하늘에 구멍이 뚫려도 단단히 뚫린 모양이었다.

 떠들썩한 소리는 바로 이웃방에서 들려왔다. 두세 사람의 소리가 아니고 적어도 칠팔 인의 소리는 되는 성싶었다. 그 소리 가운데는 날카롭고 앙칼진 여자의 목소리도 섞여 있었다. 나는 노름을 하다가 일어난 싸움이 아닌가고 얼핏 생각했으나 계약 위반이니, 배은망덕이니, 사기니 하는 말투가 튀어나오는 것을 보니 그렇지도 않은 것 같았다. 그리고 모두의 말들이 경상도 사투리가 아니라는 점이 이상했다.

 시간이 갈수록 노성怒聲과 매성罵聲이 높아만 갔다. "죽여버려라! 개

자식." 하는 소리와 함께 우르르 한곳으로 모이는 듯한 소리가 나고, 뭣을 걷어차는 소리, 발길이 빗나가 벽을 차는 소리까지 들렸다. 뺨을 치는 소리 같은 것도 들렸다. 아무래도 한 사람을 상대로 여러 사람이 덤벼들고 있는 것 같은데 공격하는 소리만 들리고 이에 대항하는 소리는 전연 들리지 않았다.

가만 듣고 있으니 노성과 매성이 일정한 기복으로써 반복된다는 것을 알았다. 한동안 왁자지껄하다간 잠깐 조용해지고 그러다간 다시 왁자지껄하는 것이다. 나는 언덕에 부딪히는 파도를 연상했다. 부딪힐 땐 소리를 높이고, 밀려나갈 땐 고요해지는……. 이런 생각도 순식간이었다. 한결 높은 고함소리와 몇 개의 발이 한꺼번에 하나의 대상을 걷어차는 맹렬한 소리가 들려왔기 때문이다. 공격당하는 사람은 아마 죽었든지 실신했을지 몰랐다.

나는 황급히 밖으로 나갔다. 밖으로 나가 우선 주인을 불렀다. 이렇게 큰 싸움이 벌어지고 있는데 주인집에서 한마디 말리는 동정도 없는 것이 괘씸했던 것이다. 먹을 갈아붙인 것 같은 캄캄한 밤, 줄기찬 빗소리였다. 주인을 기다리다 못해 나는 노크도 없이 옆방의 문을 잡아당겼다.

문을 열자 방 안에서 터져나오는 듯한 이상한 악취가 코를 쏘았다. 비좁은 방에 십여 명의 사람이 하나의 노인을 가운데 두고 꽉 둘러 서 있는 광경, 그것을 한쪽 벽에 매달려 있는 호롱불이 어슴푸레 비추고 있었다. 뒤에 생각한 것이지만 그건 『수호지』의 어떤 장면을 방불케 하는 장면이다.

그들은 불의의 난입자를 맞아 한동안 멈칫한 모양이다. 나는 그들 틈으로 방 한가운데 넝마뭉치처럼 쭈그리고 있는 노인을 보자 형언할 수 없는 분격에 사로잡혔다. 그 노인에 대한 동정이라기보다 며칠을 비 때문에 갇혀 있는 울분이 그 노인의 처참한 정황에 분출구를 찾은 셈이었는지도 모른다.

짤막한 사이가 지나자, 그 자리에선 대표자 격인 듯한 사나이가 말을 걸었다.

"댁은 뉘기시오."

퉁명스러운 말투였다.

나는 그 물음엔 아랑곳 없이, 밤중에 이게 무슨 짓들이냐고 쏘아붙였다.

"남의 일 참견 마슈. 보아하니 옆방에 묵고 있는 손님 같은데 가서 잠이나 자슈."

나는 버럭 화를 냈다. 당신들이 이런 소란을 피우는데 어떻게 잠을 자느냐고 뱉었다. 노인 하나를 상대로 십여 명이 덤벼들어 이렇게 할 수 있느냐고 따졌다. 무슨 곡절인지는 몰라도 이건 분명히 린치라고 말하고, 그 노인을 내놓으라고 우겼다. 그러나,

"사정을 모르거든 간섭도 마슈."

하는 그 대표자 격인 사람의 말투는 여전히 퉁명스러웠다.

나는 집단 폭행이란, 사정을 따질 이전의 문제라고 했다. 만약 저 노인에게 잘못이 있으면 법에 의해서 따질 일이지 집단 폭행은 있을 수 없는 일이라고 우겼다.

"법 가지고 처리할 수 없는 문제도 있는 거유. 댁은 댁 일이나 보슈. 그리고 노인, 노인 하는데 저자는 노인이 아뇨."

나는 노인이건 노인이 아니건 사정은 똑같다고 했다. 그러자 문 가까이에 있던 자가 나를 밀어제치고 문을 닫으려고 했다. 나는 그 노인을 이리 못 내놓겠느냐고 고함을 지르며 문을 못 닫게 했다. 이때 여인숙

주인이 나타났다.

"밤중에 왜 이러시오, 가서 주무시지 않고."

이렇게 말하는 여인숙 주인에게 나는 화를 냈다. 사람 수십 명이 모여 사람 하나를 죽이려고 드는데 주인은 그걸 말릴 생각도 없이 내버려 두겠느냐고 따졌다.

"우리와 전연 딴판의 사람들이오, 이 사람들은. 그들끼리 무슨 일이 있는가 봅니다. 사전에 내게 얘길 하드먼요."

나는 어이가 없었다. 그래 사람 하나 죽여 없애야겠다고 사전에 연락을 하더냐고 윽박질렀다.

"아아니. 단체 행동을 해야 하는데, 그 사람 때문에 오늘 상당한 낭패를 당한 모양이오. 그 때문에 오늘 밤 좀 따져야겠으니 시끄러워도 좀 참아달라는 말이 있었지요."

나는 약간 위협을 해야겠다고 생각했다. 그리고 주인을 공범으로 몰아세웠다. 저 사람이 죽든지, 심한 상처를 입든지 하면 주인도 공범으로서 벌을 받아야 한다고 찔러놓고 만약 그런 화를 당하기 싫거든 빨리 경찰서에 연락하라고 다그쳤다. 이런 충고를 했는데도 경찰서에 연락하지 않으면 당신이 공범이란 사실에 대해서 내가 증인으로 나서주겠다고까지 했다.

공범이 된다는 말에 주인도 사태가 만만찮다는 것을 안 모양이었다. 주인이 몸을 돌려 밖으로 나가려고 하자, 방 안에서 그 대표자 격인 사나이가 벌떡 일어섰다.

"경찰에까지 가실 필요는 없습니다. 우린 저자를 죽이진 않았으니까."

그리고 나더러는 이렇게 말했다.

"선생님, 우리 사정을 좀 들으시유. 들으시고 판단을 하슈."

나는 사정을 듣겠으니까 공격 대상이 된 그 사람을 데리고 누구든 한 사람만 내 방으로 오라고 고집을 부렸다. 그들도 도리가 없다고 생각한 눈치였다. 대표자 격인 사나이가 그 사람을 부축해 일으켜 세워 내 방으로 왔다. 나는 주인도 같이 앉으라고 했다. 그러자 눈이 위로 치째어진 간벽이 있어 보이는 중년 여인이 슬랙스 차림으로 따라 들어왔다. 대표자 격인 사나이는 그 여자를 자기 마누라라고 했다.

나는 공격의 대상이 된 사람을 유심히 보았다. 고통스러울 테니 누워 있으라고 해도 그는 응하지 않고 비스듬히 벽에 기대 눈을 감은 채 앉았다. 왼편 눈에 검은 안대를 하고 있었다. 아까 호롱불 밑에서 얼핏 보았을 땐 70 가까운 노인이 아닌가 했는데 램프불 밑에서 가까이 보니 아직 50에는 먼 40대의 사나이같이 보였다. 약간 대머리가 까진, 준수한 콧날과 야무진 입 모습을 가진, 그러나 선량한 인상이었다. 게다가 턱에서 귀로 이어진 선엔 고상한 기품 같은 것이 느껴졌다. 초라한 옷차림, 아까 받은 봉변의 흔적이 역력했음에도 어딘지 모르게 상스럽지 않은 느낌이 그냥 남아 있다는 건 심상한 인물이 아니다. 나는 그를 보면서 초췌한 기품, 지쳐버린 기품 같은 것을 생각하고 있었다.

대표자 격인 사나이도 그와는 동년배쯤 되어 보였다. 산전수전을 겪은 듯한 다구진 정력 같은 것이 느껴지는 사나이였다.

좌정을 하니 아까의 홍분이 거짓말 같았다. 나는 주인더러 술상을 차려오라고 일렀다. 대표자 격인 사나이는 어디서부터 말을 시작해야 좋을지 망설이는 눈치로 천장을 보다가 고개를 아래로 숙였다 들었다 하고 있었다.

술상이 들어왔다. 주인이 주전자를 들려고 하니까 그 사나이는, 사촌누이가 따라도 술은 여자가 따라야 맛이 난다면서 주전자를 자기 마누라에게 넘겼다. 그런 동작으로 해서 자리의 분위기는 훨씬 부드러워졌다. 술을 한 모금 마시고 나서 대표자 격인 사나이가 입을 열었다.
"우린 곡마단 일행입니다. 불초 제가 단장이구요."
그리고 다음과 같이 말을 이었다.
"6·25동란 전엔 상당히 큰 곡마단이었지요. 말이 아홉 필이나 있었구. 사변통에 이 꼬락서니가 됐습니다. 육십 명이 넘던 단원이 열일곱으로 줄고 말도 없어지구. 말 없는 곡마단이 얼마나 쓸쓸한 건지 선생님은 모르실 것입니다. 김빠진 맥주는 비유도 안 되지요."
언제나 손님 상대를 해온 탓인지, 단장의 말은 유창했다.
"이런 꼴이니 큰 도시는 돌지 못하고 소도시를 돌고 있지요. 소도시를 돌며 돈을 벌어가지고 단을 재건할 계획인데 어디 그것이 쉬운 일입니까. 그러나 돌고 있는 동안에 흩어진 동지도 만날 수 있을 게구, 어쩌다 말도 두어 필이나마 살 수 있을 게구. 그게 희망이지요. 말 없는 곡마단을 누가 먹여줍니까. 기껏 그네타기, 줄타기, 속임수, 이런 걸 보러 손님이 옵니까."
단장은 단숨에 글라스를 비우고 그 잔을 나에게 건넸다. 그러면서 참 오래간만의 술이라고 했다.
"저 사람……." 하면서 단장은 안대를 낀 사나이를 가리켰다.
"저 사람을 만난 것이 열흘 됩니다. 이곳에 오기 전 우리들은 K읍에서 흥행하고 있었지요. K읍이란 여기서 80리쯤 떨어진 곳에 있지요. 흥행 마지막 날인데 저 사람이 나를 찾드구먼요. 이름을 송인규라 하고 마술사라고 하면서. 얼마나 반가웠는지 선생님은 상상도 못하실 겁니다. 말 없는 곡마단, 술사 없는 곡마단에 마술사가 나타났으니 우리는 지옥에서 부처님을 만난 기분이었지요."

이때 나는 마술사라는 사람에게 술잔을 권했더니 그는 그 잔을 거절하면서 냉수 한 그릇 주었으면 하고 신음했다. 단장의 말 한 마디 한 마디가 비수처럼 그의 가슴에 찔리는 모양이었다.

"난 마누라허구 부둥켜안고 눈물까지 흘렸지요. 마술사하고도, 인도 마술사라고 들었을 때 이제야 우리에게 운이 돌아왔다고 좋아했습니다."

"제 남편의 감격심은 별나요."

곁에서 단장의 마누라가 한마디 거들었다.

"우선 기술을 한번 보자고 했지요. 그래 그 기술, 아니 마술을 보았지요. 정말 신기하드구먼요. 계약을 하기 전에 공개할 수 없다기에 나와 내 마누라 둘이서만 봤는데 정말 미칠 지경이었습니다. 곡마단 생활 삼십 년에 그런 신기한 기술은 처음 봤으니까요. 그래 그의 요구조건을 물었지요. 선금을 20만 환 내라고 합디다. 그리고 매달 월급을 5만 환으로 하구. 가진 것이 있다면야 20만 환만 내겠어요? 2백만 환이라도 냈을 겁니다. 그러나 우리 처지에 20만 환이란 목돈이 어디에 있겠습니까. K읍에서의 흥행은 근래에 없는 대성공이었습니다만 밥값이다 잡비다 제외하고 나니까 겨우 3만 환 남짓한 돈밖엔 남지 않았을 정도였으니까요. 사정이 이와 같으니 우선 2만 환만 받고 앞으론 월급 외에, 수입의 반을 나눠 20만 환을 채워드릴 테니 같이 일하자구 빌듯이 했습니다."

여기서 단장은 일단 말을 끊었다. 억제하고 있던 흥분이 되살아나는 모양이었다.

"말을 들어주어야죠. 도리가 없어 팔 수 있는 물건은 죄다 팔기로 했지요. 마누라의 단벌 나들이옷, 내 시계는 물론 단원 중에 시계를 가진 사람은 모조리 그 시계를 공출케 하고. 그래 이럭저럭 맞추어 보았더니

15만 환이 됩디다. 그걸 가지고 사정사정했더니 겨우 승낙을 했어요. 저 양반이 말입니다."

단장의 말에 거짓이 없다는 것은 송인규란 자의 태도를 보아서도 알 수가 있었다. 눈을 감은 채 고통스러운 표정으로 꼼짝도 하지 않았다.

"K읍에서 곧바로 이곳으로 왔지요. 이리로 올 때 트럭에선 운전사 옆자리에 태우고 잠자리도 가장 좋은 곳으로 골라주고, 극진한 대접을 했습니다. 이곳에 오자마자 비가 왔지요. 가설극장의 말뚝도 치지 못한 채 꼬박 일주일을 이 모양으로 있는 형편입니다. 이러다간 여관비도 벌 수 없게 되겠어요. 연구한 끝에 그동안 밥값이라도 벌기 위해서 이곳 국민학교 교장선생님과 지서장에게 애걸을 했습니다. 유지, 학부형들과 아동을 모시고 마술을 보여드리겠다구요. 처음에는 거절했습니다. 그랬는데 인도 마술 이야기를 하니까 그건 교육상 유익하겠다고 허가가 내렸어요."

단장은 이렇게 말하면서 눈물을 흘리기 시작했다. 그러자 단장의 마누라가 말을 이었다.

"다음은 제가 얘기하지요. 학교와 지서와 교섭이 다 되고 돈도 얼만가 받는다는 약속까지 했는데 글쎄, 저 양반이 말을 듣지 않았습니다. 5만 환을 마저 주지 않으면 손끝 하나 까딱할 수 없다지 않아요? 글쎄, 그게 될 말이에요? 돈 한푼 없는 우리의 사정을 알면서, 다만 얼마라도 밥값을 치르지 않으면 오늘부터는 여관에서 밥을 줄 수 없다고 말한 사정을 알면서, 딱 거절하지 않아요? 세상에 그런 얌체가 어디 있단 말입니까. 자기도 이런 사회에서 살아왔다면 무보수로라도 우선 돌봐주고 봐야 하지 않겠어요? 우리들이 가지고 있는 물건을 죄다 팔아 모은 돈을 가졌으면 아무리 싫더라도 수고 좀 해주면 어때요?"

단장이 입을 열었다.

"뿐만 아니라 혼이 났쇠다. 지서장이 뭐라고 말씀하신 줄 아십니까? 인도 마술이란 엉터리 거짓말을 해가지고 자기와 교장을 농락했다는 거예요. 그러곤 바로 저를 사기꾼 취급을 했습니다. 아동들과 학부형을 모아놓고 도리가 있어야죠. 그냥 시작을 했지요. 나는 교실의 창문에 붙어서 여관 쪽을 바라봤습니다. 저 마술사가 나타나지 않을까 하고. 할 짓은 다했는데도 저자는 나타나지 않드군요. 나는 아동들 앞에 꿇어 앉아 통곡하고 싶었어요. 교장선생님은 그래도 5천 환의 돈을 싸줍디다만 난 굶어죽어도 그 돈을 받을 수가 없었어요. 인도 마술을 한다고 해놓고 하지도 않았으니 그 돈을 어떻게 받아요. 단원들도 흥분했지요. 당장 저자를 때려죽여야 한다는 겁니다. 그놈 하나 때려죽이고 모두들 감옥살이를 하자는 겁니다. 비를 맞고 학교에서 돌아오며 모두들 울었지요. 돌아와보니 저자는 벽에 기댄 채 장승처럼 눈을 감고 앉아 있었습니다. 내 마누라는 통통 부은 눈으로 울고 있고 간청을 하다가 하다가 너무나 억울해서 운다지 않아요? 세상에 이런 일이 있을 수 있어요? 그래 당신의 마술이고 뭐고 다 귀찮으니 돈을 도로 내놓으라고 했지요. 그처럼 몰인정한 자의 마술을 사가지고 잘 된들 얼마나 잘 되겠느냐는 거지요. 그랬더니 저자는 그 돈을 받은 즉시 고향에 있는 사촌에게 보냈다면서 우편국의 영수증을 내놓지 않겠어요? 그래 마지막 희망까지 없어져버린 겁니다. 그 돈이나 받아가지고 밥값이나 치르고 비가 개면 딴 곳으로 옮기려던 참인데 이 꼴이란 말입니다. 그래 우리들이 저자를 책망하는 것이 나쁘단 말씀입니까. 발길로 찼기로서니 안 될 짓을 한 것입니까. 뺨을 때렸기로서니 못할 짓을 한 겁니까?"

단장 내외의 흥분을 참으라고 해놓고 나는 송인규더러 이때까지의 이야기가 참말이냐고 물었다.
 송인규는 힘없이 고개를 끄덕였다. 나는 혼잣말처럼 사람이 그처럼 매정스러울 수가 있느냐고 중얼거렸더니 송인규는 자기도 터질 것 같다고 들릴 듯 말 듯 신음하듯 말했다. 그래,
 "미안하게 생각한단 말이지요?"
했더니,
 "미안하다뿐입니까. 내가 나쁜 놈이지요. 내가 죽일 놈이지요."
 "진작 그렇게 생각했더라면 될걸."
 "단장보구 돈 20만 환을 달라고 할 때나, 학교에서 마술을 하라고 할 때나 나는 속으로 울고 있었습니다."
 "속으로 울면서 왜 거절했지?"
 단장이 소리를 높였다.
 "이유가 있었지요."
 "이유?"
 단장의 얼굴에 조소가 번졌다.
 "그럼 그 이유를 단장에게 말씀하시질 않구."
 내가 이렇게 말하자,
 "정말 말 못할 이유가 있습니다. 그 이유를 어떻게 말합니까. 그 이유를 말하느니보다 차라리 죽는 편이 낫지요."
하면서 송인규는 울먹였다.
 "말 못할 이유가 어디에 있단 말야. 동정을 받기 위한 어리석은 수작은 작작해!"
 단장의 주먹이 와들와들 떨렸다.
 "말 못할 이유도 있는 겁니다."

나는 자리를 수습하기 위해 얼른 이렇게 말하고 단장에게 물었다.

"당신은 분명히 이 사람의 마술을 보았습니까?"

"보구말구요, 보았길래 15만 환이나 준 게 아닙니까."

"마술은 훌륭해요. 오늘 그걸 하기만 했더라면 우리 모두의 입장이 살았을 거예요."

단장의 마누라도 이렇게 거들었다.

나는 송인규란 마술사의 감정을 유발할 양으로 중얼거렸다.

"그처럼 훌륭한 마술사이면서 그러한 청을 거절해야 할 이유란 뭘까?"

"그러니까 나는 죽어야 합니다. 맞아죽어야 합니다."

"네가 죽는다고 문제가 해결될 줄 알아? 어디까지라도 끌고다니면서 골탕을 먹여야겠어."

단장의 격한 소리를 들으면서 나는 송인규를 응시하고 있었다. 내겐 깊은 비극을 간직한 사람으로 보였다.

나는 생각했다. 뜻하지 않게 이 소용돌이에 휩싸여들어 이대로 끝장을 낼 수는 없다고.

나는 단장더러 이렇게 물었다.

"15만 환만 드리면 송 선생을 놔주시겠어요?"

단장은 단번에 내 말을 못 알아듣는 것 같았다.

"여러분도 딱하고 이 송 선생도 딱하니 내가 도와드리겠단 말입니다."

이렇게 말하자 단장은,

"그러나 선생께서 그렇게 하실 아무런 이유도 없지 않습니까."

하고 고개를 숙였다.

"죽는 한이 있더라도 말할 수 없는 이유란 것도 있고, 그렇게 할 아무런 이유도 없는데 꼭 그렇게 하여야 할 일도 있고, 그게 인생이 아니겠습니까."

단장은 묵묵히 앉아 있었다.

나는 가방에서 돈을 꺼내 15만 환쯤 될 수 있을 것 같은 돈묶음을 단장 앞에 놓았다. 그리고 이렇게 말했다.

"말 없는 곡마단을 말이 있는 곡마단으로 만드시오. 그런데 단장, 단원들을 이리로 오라고 하시오. 우리 이 밤을 흥겹게 지냅시다."

취한 김에 한 말이 내 일생을 두고 잊지 못할 향연이 되었다.

나는 막걸리, 소주 할 것 없이 있는 대로 가지고 오라고 주인더러 일렀다.

산촌. 심야. 쏟아지는 비. 고함을 질러도 좋았다. 노래를 불러도 좋았다. 곡마단 일행은 앉아서 할 수 있는 기술은 죄다 부렸다. 피에로 역의 노인은 눈물을 글썽이면서 중얼거렸다.

"사람은 오래 살고 볼 기여. 오래 살고 볼 기여."

그들 인생의 곡절이 사무친 얘기와 노래와 술에 취해 밤 가는 줄 몰랐는데 어느덧 창이 밝았다. 누군가 소리를 쳤다.

"비가 멎었다!"

모두들 환성을 올렸다. 거짓말같이 맑게 갠 가을의 아침 하늘이었다. 비는 멎었지만 당장에 길은 트이지 않는다고 해서 우리는 하루를 더 그곳에 묵고 다음날 헤어졌다.

나는 지금도 그 산촌에서의 향연을 가끔 회상할 때가 있다. 그러나 그 곡마단이 그 뒤 어떻게 되었는진 알 수가 없다. 간혹 곡마단의 천막을 볼 때마다 그 곡마단 생각을 해보는 것이지만 그후 아직 '해동海東 서커스'란 깃발을 본 적이 없다.

송인규는 기막힌 기억력의 소유자이며, 화술도 능했다. 다음은 마술사 송인규의 이야기다.

송인규가 충청남도의 어느 상업학교를 졸업한 것은 1941년이었다. 그해에 송은 지원병으로 나갔다. 말이 지원병이지 강박당한 것이다. 가난한 집의 오형제 가운데 넷째 아들로 태어난 그는 형들 덕분에 겨우 상업학교를 다닐 수 있었다. 졸업하고 취직처를 찾고 있던 중이라 지원병으로 가는 것이 어떠냐는 일경의 공갈조 권유를 물리칠 수 없는 궁지에 몰렸다.

지원병 훈련소를 나와 나남羅南에 있는 20사단에 입영한 것이 1942년 2월. 거기서 초년병 훈련을 끝내자, 송인규가 소속해 있던 공병대대는 남방으로 전출하게 되었다.

중등학교를 나왔으니 간부 후보생이 될 법도 했으나 그저 유순하기만 하고 요령이 모자란 그는 일등병의 계급장을 단 채 남방행 수송선에 탔다. 당시 일본군은 전년에 필리핀을 점령하고 타이를 석권했고, 그 여세로 버마(=미얀마)까지 수중에 넣고 있었다.

송인규가 속한 부대를 태운 수송선이 멜라카 해협을 지나 안다만 제도를 좌편으로 보며 북상해서 랑군(=양곤)에 이르렀을 때는 랑군의 거리마다 집마다에 일장기가 휘날리고 있었다.

랑군은 겉으로 화려하고 뒤론 지저분한 도시였다. 호사와 빈곤이 기묘하게 교차된 불결한 거리였으나 그 거리가 풍기는 이국 정서는 긴 항해 생활에서 느낀 피로를 풀어주는 듯했다. 그러나 졸병에겐 휴식이 없다. 배에서 실어내린 장비를 다시 열차에 실어야 했다.

랑군에 머물기를 이틀, 송인규는 방향도 모르는 채 북쪽으로 향하는 열차를 탔다. 열차 창 너머로 보이는 이라와디 강의 수량은 풍부했다. 연변의 정글도 눈에 신비스러웠고 일대로 퍼진 곡창지대의 수전이 협착한 고국의 들만 보고 자란 송인규에게는 시원스러웠다. 이라와디 강 위로 오르내리는 배와 그 위를 날아다니는 새들의 한가한 모습을 볼 때 전쟁과는 먼 평화로운 땅에 우악스러운 무장을 하고 들어온 자신들에게 일종의 위화감을 느끼기조차 했다.

송인규의 부대는 만달레이에서 내렸다. 거기가 당분간 부대의 주둔지가 되는 모양이었다. 아라칸 산맥을 넘어 임팔로 진군할 것이라느니, 이미 했느니 하는 풍문이 돌았지만 송인규는 긴 여행에 지쳐 아무것에도 흥미가 없었다.

그러나 만달레이에 머무르게 되자, 송인규는 그 지방의 풍경에 놀랐다. 만달레이는 중부 버마에 자리잡은 옛날의 왕성이다. 이라와디 강을 옆으로 끼고 조금 높다란 구릉지대에 자리잡은 이 도시는 앞날을 바라보는 희망보다 지난날에의 회상 속에 숨쉬고 있는 도시였다.

만달레이는 1857년 버마 최후의 왕조 아라운파야 왕이 도읍을 정한 곳이며 1886년 영국과의 싸움에 아라운파야 왕조가 패망해서 버마가 인도의 한 주가 되자 폐도가 되었다.

아름다운 만달레이의 풍경이었으나 송인규의 병정 생활은 고되고, 힘든 노역의 연속이었다. 매일처럼 공습에 대비하기 위해 방공호를 파야 했고, 영미군이 혹시 버마에 들어오지나 않을까 해서 진지 구축에 바빴다.

그럭저럭 그해는 보내고 1943년이 닥쳐왔다. 임팔에서의 실패와 태평양 전역의 지지부진한 전세로 해서 버마의 일본군을 둘러싼 공기는 어수선했다. 처음엔 일본군에게 환영의 빛을 보이던 주민들의 표정에도 이상한 감정이 나타났다. 8월이었다. 일본군의 승인을 얻어 버마의 독립선언을 하는 날이 다가왔다. 만달레이에서도 축하식전이 있었다.

만달레이의 축하식장에서 일본군으로서는 뜻하지 않은 사건이 발생했다. 식이 바야흐로 진행 중인데 연단 밑에서 폭탄이 터졌다. 누군가가 시한폭탄을 장치한 것이다. 이 시한폭탄의 폭발을 신호로 버마군의 일부가 봉기했다. 식장은 수라장이 되었다. 봉기한 버마군은 일본군이 무장까지 시켜 자기들의 동맹군으로서 양성한 군대였다.

비상소집을 받고 송인규가 속한 부대원들이 식장에 도착했을 때는 폭동은 이미 진압된 후이고 광장에는 수없이 많은 시체가 구르고 있었다. 곧 폭동자들을 적발하는 작전이 시작되었다. 그날 체포된 사람만 해도 수백 명 이상이었다. 체포된 이 폭도들은 만달레이에 주둔하고 있는 일본군 각 부대에 할당 수용되었다. 송인규의 부대에는 가장 중요한 주동자라고 할 만한 폭도 일곱 명이 배당되어 왔다. 위병소에 잇달아 지은 영창은 너무나 협소하고 도로에 가깝다고 해서 이때까진 창고로 쓰던 곳을 개조하고 거기다 철문을 달아 폭도 일곱 명을 수용·감금하기로 했다.

당시 부대에선 대부분의 병력이 진지를 구축하기 위해 밖으로 나가 있었고 대내隊內에 머물러 있는 병력은 얼마 되지 않았다. 그 얼마 되지 않은 병력 가운데서 여섯 명의 특별 영창 감시병을 뽑았다. 그중의 한 사람으로 송인규도 뽑혔다. 송인규의 일본 병영에 있어서의 이름은 마쓰야마 일등병이다.

송인규 등 여섯 명의 감시병은 다음과 같은 엄격한 수칙을 받았다.

1. 어떠한 일이 있어도 수감자와 이야기하지 말 것.
2. 소정의 음식물 외는 일절 들여놓지 말 것.
3. 감방에 가까이 가지 말고 적어도 2미터 이상 떨어진 곳에서 감시할 것.
4. 기타는 일반 보초 수칙, 영창 감시 수칙과 같음.
5. 이상을 어겼을 때는 이적행위죄를 적용하여 일본 육군 형법이 정한 가장 중한 벌을 적용한다.

이 수칙 외의 주의 사항으로선, 일곱 명 가운데는 한 명의 인도인이 있다, 그 인도인은 이름 높은 마술사다, 조금만 방심하다간 그 마술에 걸려 어떤 사태가 발생할지 모르니 각별히 조심하라는 것이 있었다.

송인규는 그 인도인 마술사에게 특별한 관심을 가졌다. 여섯 버마인은 모두 키가 작았다. 코도 납작하고 안색도 좋지 않았다. 이들에 비할 때 그 크란파니라고 하는 인도인 마술사는 키가 버마인보다 목에서부터 위는 더 있는 것 같았고, 코도 덩실 높았다. 움푹 팬 눈엔 지혜의 빛이 있었다. 거무스레한 얼굴을 둘러싼 구레나룻과 턱수염이 그 얼굴에 위엄을 주고 있었다.

감시당하는 사람보다 감시하는 사람이 더 고통스러울 때가 있다. 송인규는 수칙대로 그들을 감시하는 데 질렸다. 그들이 떠들거나 뭐라고 호소라도 하면 단조로움이 덜하겠지만 이들은 하루가 가고 이틀이 가고 사흘이 가도 숨소리 하나 크게 내지 않았다.

참선하는 모양 그대로 단정하게 앉아 있는, 흡사 불상과 같은 그들을 보고 있으니 어마어마하게 내건 수칙이란 것이 오히려 유머러스하고 총에다 칼까지 꽂고 버티고 서 있는 스스로의 모양이 가소로울 때가 있었다.

일주일쯤 지나서였다. 송인규는 담배에 불을 붙여가지고 철창 가까이 가서,

"세이레이 카운데?"

하고 말을 걸어보았다. 담배 어떠냐고 물어본 것이다.

감방에서 소곤거리는 소리가 나더니 그중에서 가장 젊은 버마인이 손을 내밀어 그 담배를 받았다.

"체스틴바데."

고맙다는 버마의 말이다.

이것이 동기가 되어 송인규는 버마인들과 버마의 낱말, 또는 영어의 낱말을 주고받을 수 있게까지 되었다. 그리고 순찰 장교가 돌아간 틈을 타서 담배를 넣어주고 찻물도 달라는 대로 넣어주고 했다.

그런데 어느 날 송인규는 감방에 물을 넣어주다가 순찰 장교에게 들켰다.

이제 막 돌아보고 간 순찰 장교가 돌연히 다시 돌아온 것이다. 그 순찰 장교도 한국인이었다. 일본 육사를 나온 육군 중위였다. 순찰 장교는 당황하고 있는 송인규를 불러세우곤 허리에 차고 있던 칼을 칼집째 풀어 쥐고 송인규의 어깨를 내리쳤다.

"이 고약한 놈 같으니, 당장 헌병대에 넘겨야겠다. 네가 지금 물을 주고 있는 놈들이 어떤 놈들인 줄 알지. 대일본제국에 항거한 놈들이야. 곧 총살해버릴 놈들이란 말이다. 자식! 너도 그 패거리와 똑같은 놈이로구나. 너도 함께 총살을 해버릴 테다. 적전에서의 이적행위는 사형인 줄 알지?"

그리고 다시 칼집째 송인규의 가슴패기를 찌르며,

"진정한 일본 군인이 되려면 조선 사람은 내지인 이상으로 분발해야 한단 말야. 하여간 별명이 있을 때까지 근무하고 있어."

감방에 있는 사람들은 송인규에게 미안해했다. 그러나 송인규는 순찰 장교에 대한 반발로써도 범칙적 친절을 계속했다.

그날 밤 송인규는 인사계 준위에게 불려갔다.

"너 오늘 순찰 장교에게 들켰지. 감시병의 생명은 수칙을 지키는 데 있어. 당장에라도 영창에 집어넣으라는 것을 내가 간원해서 용서하도록 했다. 네 몸이 약해서 비교적 수월한 근무를 시킬 셈으로 거길 보냈는데, 앞으로 다신 그런 일이 없도록 해."

그 이튿날 근무하러 나갔더니 교대병이 사라지고 동료가 변소엘 간 틈에 인도인 마술사가 송인규를 불렀다.

"마쓰야마 상!"

유창한 일본말로 부르는 데 인규는 놀랐다.

"당신에게 꼭 가르쳐줄 것이 있습니다. 어제 당신에게 봉변을 준 장교가 아까 당신과 교대한 병정을 보고 말했습니다. 당신은 코리아인이지요?"

"그렇습니다."

"그 사람, 코리아인은 신용이 안 되니 당신을 경계하라고 합디다."

송인규는 그 인도인이 자기와 순찰 장교(히로카와 중위)를 이간시키려고 이런 말을 하는 것이 아닌가 생각했다. 그래 "설마 그럴 리가." 하고 얼버무렸다.

"정말 그런 말 했습니다."

"그 장교도 코리아인인데 어찌 코리아인이 코리아인을 신용 못 한다고 했을까 해서요."

송인규가 이렇게 말하자 인도인은 놀란 시늉을 했다.

"그 사람이 코리아인이오? 놀랐습니다. 정말 놀랐습니다. 그런데 그런 말을 할 수 있습니까?"

일본 군인이 되려면 조선인은 내지인보다 분발해야 한다는 말은 일본의 육군사관학교를 나온 히로카와 중위의 입장으로선 능히 할 수 있는 말이라고 생각하고 송인규는 순수하게 소화할 수가 있었다. 그렇지만 아까 인도인이 전한 말 같은 것을 동료인 일본인에게 말했다는 덴 아무리 생각해도 납득이 가질 않았다.

'자기가 조선 사람이란 걸 일본인 병정들이 모른다고 생각하고 있는 걸까? 그말을 듣고 일본인 동료는 어떻게 생각했을까.'

하여간 불유쾌한 일이었다.

"코리아인으로서 일본의 장교가 되자면 어떻게 합니까?"

인도인이 이렇게 물어왔다.

"간부 후보생이 되거나 일본 사관학교를 나와야 합니다."

"코리아인으로서 일본의 사관이 된 사람은 모두 그 사관과 같은 사고방식을 가진 사람들입니까?"

"글쎄요."

"당신들 코리아인은 민족사상, 조국 독립사상을 가지고 있지 않습니까?"

"가지고 있는 사람도 있지요."

"마쓰야마 상, 민족사상 가지고 있습니까?"

송인규는 망설였다. 과연 자기가 민족사상을 가지고 있는 건지, 지금 자기가 가지고 있는 정도의 민족의식을 사상이라고 할 수 있는 건지 몰랐다.

그래,

"갖도록 노력을 하고 있습니다."

하고 간신히 답했다.

"우리 인도 사람, 영국의 지배받은 지 백 년이 넘었습니다. 그래도 민족사상 들끓고 있습니다. 코리아, 일본보다 역사가 깊은 나라입니다. 내 잘 압니다. 그런데도 저런 장교를 용납한단 말입니까. 우리 인도 사람 가운데도 영국의 지휘받는 군인, 관리 있습니다. 그러나 그 사람들 독립운동하는 사람에겐 머리 안 올라갑니다. 더더구나 인도 사람 신용 못 한다는 따위 말 안합니다. 그리고 못합니다. 저런 자 민족의 적입니다. 머지않아 일본 망하면 저런 자 철저하게 처벌해야 합니다. 민족 문제에 발언권 주어선 안 됩니다. 그런 사람을 철저한 용병 근성의 소유자라고 합니다. 용병은 개나 짐승이나 다름없습니다. 마쓰야마 상도 정신 바짝 차려야 합니다. 마쓰야마 상 인간성 훌륭해서 내 이런 말 합니다."

동료가 돌아오는 발자국 소리가 들리자, 인도인은 제자리로 돌아갔다. 인규는 뭐가 뭔지 모르나 커다란 충격을 받았다.

그들이 수감된 지 이주일이 넘어서였다. 헌병대에서 인도인을 데리러 왔다. 부대 본부에 가서 취조를 했다. 우연히 송인규가 입회 감시의 명령을 받았다.

인도인을 앞에 앉히고 헌병은 대뜸 물었다.

"일본말을 잘한다지?"

"……"

"여기 당신에게 관한 정보가 있어. 직업 마술사. 버마 거주. 인도 독립비밀결사회원. 외국어는 20개 국어에 능하고. 그중에 일본어도 끼어

마술사 27

있어."

"……."

"그럼 이 정보가 틀렸단 말인가?"

거대한 체구의, 심각한 표정을 한 인도인에 비해 심문하는 헌병의 꼴은 족제비를 연상시켰다.

"그러면 영어로 하지."

통역이 헌병 곁에 앉았다.

당시의 문답을 간추리면 대강 다음과 같다.

"이름은?"

"크란파니."

"국적은?"

"인도."

"인도 어디?"

"캘커타."

"카스트는?"

"하리잔."

"가족은?"

"마누라 하나."

"지금 어디 살고 있지?"

"떠돌아다니는 신세니 모른다."

"지난번 사건을 누구누구와 모의했지?"

"모의한 일 없다."

"지령을 누구한테서 받았지?"

"지령받은 일 없다."

"영국 정보 기관에서 지령이 내려왔지? 바른대로 말해."

"영국은 나와 적대되는 나라다. 적에게서 지령을 받나?"

"그럼 간디의 지령을 받았나?"

"마하트마 간디가 그런 지령을 내릴 리가 없지 않느냐?"

"간디는 영국의 전쟁 목적을 위해서는 지금 협력하고 있지 않은가."

"마하트마 간디는 오직 인류의 행복과 인도의 독립을 바라고 있을 뿐이다."

"영국과 협력하는 것이 인도 독립에 도움이 되는가?"

"일본과 협력하는 것보다는 나을 것이다. 그러나 간디는 협력하지 않는다."

"여하간 당신은 영국의 지령을 받고 시한폭탄을 장치한 거지."

"그런 일은 없다. 다만 그 소식을 들었을 때 내가 그 시한폭탄을 장치하지 않은 것을 후회하고 그것을 장치한 사람을 부러워했다."

"버마 독립에 샘이 난 건가?"

"난 진정한 버마의 독립을 원한다. 그러나 일본인이 하는 짓은 사기다. 엉터리다. 버마인을 모욕하는 행위다."

"건방진 소리 하지 마라. 버마의 지도자와 민중들은 열광적으로 환영하고 있다."

"만약 지도자들과 민중들이 환영하고 있다면 그건 속고 있기 때문이다. 나는 버마의 지도자들은 다른 방법을 생각하고 있을 줄 믿는다. 그러나저러나 지도자들과 민중을 각성시키기 위한 뜻으로도 그런 행동은 필요했다고 본다."

"잘 지껄이는군. 그럼 앞으로도 그런 행동을 하겠단 말이지."

"기회가 있으면 하겠다."

마술사 29

"제대로 자백했구나. 하지만 앞으론 그따위 짓을 할 기회가 없을 거니 안심하게."

이때 헌병은 곁에서 필기하고 있는 사람에게 뭐라고 귓속말을 해놓고 다시 심문을 계속했다.

"너는 인도와 버마의 독립을 원하지 않는 영국의 주구走狗다."

"천만의 말씀이다."

"지난번 사건은 영국의 정보기관이 조종한 사건이란 건 이미 판명되었어. 그 사건에 네가 관련되었으니까 너는 그 주구란 말야."

"절대로 그런 일은 없다."

"당신이 부정한다고 해서 우리 손아귀를 빠져나갈 것 같애?"

"빠져나갈 순 없다고 생각한다. 그러니까 더욱 거짓이 없다."

"그럴 바엔 영웅이 되어보는 것이 어때. 네가 했다고만 하면 영웅이 될 게 아냐? 이왕 총살을 당할 바에야 영웅으로서 죽는 것이 좋지 않아?"

"영웅 아닌 자가 영웅으로서 죽을 순 없다. 그러나 내가 한 짓이라고 내가 승인하면 붙들린 버마인 모두를 풀어줄 수 있는가?"

"그런 건 이 자리에서 대답할 수 없다."

"그렇다면 나는 본래의 주장을 굽힐 수 없다."

헌병은 서류를 챙겨 일어서면서 말했다.

"어차피 당신은 죽는다. 곧 군사재판이 있을 것이니 그때까지 잘 생각해두라."

이상하게도 버마인들은 한 번도 불려나가지 않았다. 그런데 인도인만은 그 뒤부턴 매일밤 불려나가서 돌아올 땐 실신 상태가 되어 있었다. 심한 고문을 당하고 있음이 틀림없었다.

송인규가 보고 들은 바에 의하면 인도인은 이번 사건과는 전연 관련이 없는 것 같았다. 그런데도 일본 헌병 당국은 영국인의 지령을 받은 인도인의 소행으로서 그 사건을 꾸며나갈 계획인 것 같았다.

며칠 후 군사재판이 열렸다.

군사재판정은 부대 내에 있는 장교 식당이었다. 송인규를 포함한 감시병 여섯 명은 인도인과 버마인을 한줄에 묶어 재판정으로 들어갔다. 거기는 이미 다른 곳에서 데리고 온 듯한 두 명의 인도인과 수갑을 채우지 않은 수명의 버마인들이 와 있었다.

정면 중앙에 재판장이 앉고 피고석을 향해 오른편에 경찰관, 왼편에 배석 법무장교가 앉았다. 그밖엔 두 명의 서기가 있을 뿐 변호인 같은 것은 보이지도 않았다.

재판은 버마인의 심리에서부터 시작되었다.

성명·연령·주소를 물은 다음,

"군대를 선동한 적이 있는가?"

"영국 정보기관과 내통한 적이 있는가?"

"비밀결사에 가담하고 있는가?"

를 묻고 모두가 부정하니까, 다시 추궁하지도 않고 싱겁게 심의를 끝냈다.

인도인에 대한 추궁은 맹렬했다. 영국 기관의 지령을 받고 시한폭탄을 장치한 것이라고 단정해놓고 진행하는 것이었다.

"버마의 독립식전을 파괴하려는 자는 버마인일 수가 없다. 오랫동안 버마인과 반목해 오던 인도인과 독립을 기어이 방해해야만 될 영국이다. 피고 크란파니가 영국 기관의 앞잡이란 것은 이미 밝혀진 사실이고 크란파니와 그의 연루자가 시한폭탄을 장치하고 있는 것을 본 증인들이 있다."

경찰관은 이렇게 말하고는 세 사람의 버마인(수갑을 채우지 않고 대기시키고 있던 사람들)을 증언대에 세웠다.

증언대에 선 버마인들의 눈엔 공포의 빛이 가득차 있었다. 검찰관이 크란파니와 다른 두 명의 인도인을 똑똑히 보라고 해도 겁에 질린 눈으로 힐끔 보았을 뿐 고개를 들지 못했다.

"증인들이 본 사람은 분명히 이 사람들이지?"

증인들은 말이 없었다.

"분명히 이 사람들이지? 만약 바른대로 말하지 않으면 너희들은 총살이다. 이 사람들이 틀림없지?"

검찰관의 고함소리에 세 버마인들은 보일 듯 말 듯 고개를 끄덕였다.

"피고는 할 말이 있거든 하라."

검찰관은 위엄을 뽐내면서 이렇게 말하고 자리에 앉았다.

크란파니는 침착했다. 깊은 눈빛으로 증인들을 보았다.

"나를 죽이고 싶거든 그저 죽여라. 마하트마 간디의 제자인 나는 폭력으로써 폭력에 항거하지 않는다. 나 하나를 죽이면 될 텐데, 저 젊은 버마인들로 하여금 대죄를 짓게 조작할 필요가 없지 않은가. 증언대에 끌려나온 젊은 버마 친구들이여! 나는 당신들을 용서한다. 얼마나 공포에 시달렸기에 그대들이 마음에도 없는 증언을 했겠나. 내가 죽는 것은 결코 그대들 증언 때문이 아니니 내 죽음에 책임감을 느끼지 마라. 양심을 가책할 필요도 없다. 그대들이 증언을 하지 않고 단호히 거부했더라도 그들은 결국 나를 죽이고 말 것이다. 다만 내가 말하고 싶은 건 버마는 아직 독립되지 않았다는 사실이다. 지금 이 자리가 충분한 증거다. 이러한 음모 조작을 하는 근성을 가진 자들이 어찌 진정한 독립을 당신들에게 줄 수 있겠느냐. 독립은 앞으로 그대들의 노력에 있는 것이다. 이번의 일은 독립에의 방해가 되었지 계단은 되지 못한다. 여기서 동으로 가면 코리아라는 나라가 있다. 일본은 그들에게 독립을 준다고 해놓고 그들을 노예로 만들었다. 또 만주라는 곳이 있다. 독립을 준다고 해놓고 역시 노예로 만들었다. 몇천 년의 우의가 있는 나라에도 그들은 그랬거늘 그 버릇을 버마에서 일조에 고치리라고 누가 믿을 수 있겠나. 독립이란 군사적으로도 예속하지 않아야 하고, 경제적으로도 예속하지 않아야 하고, 항차 정치적으로 예속해선 안 된다. 예속 속의 풍족보다 가난한 독립을 택해야 한다. 독립, 그리고 민주주의를 위해서 나의 죽음을 헛되게 하지 않기를 바란다. 버마의 친구들이여! 나는 인도인이긴 하나 버마를 내 조국과 같이 사랑해 왔다. 우리 동족 중에는 버마인과 반목하고 있는 사람이 없지 않으나 나는 이것을 대단히 잘못된 짓이라고 생각한다. 우리는 서로를 위로하고 도와야 할 처지에 있다. 가까운 장래에 빛나는 앞길이 튄다. 그 희망을 안고 나는 기쁘게 죽어갈 수가 있다. 재판장, 그리고 검찰관, 이 사건은 버마인을 회유하고 인도인과 버마인을 이간시키기 위한 조작이며, 그러기 위해서 나 크란파니라고 하는 희생이 필요했다는 사실을 나는 알고 있다. 그러나 역사를 속일 수 없을 것이니 언젠가 너희들은 너희들이 한 행동에 대해서 후회할 때가 올 것이다. 꼭 그날이 와야만 한다."

  재판정은 숙연했다. 뭐라고 말하려던 검찰관도 검푸른 얼굴을 긴장시키고 있을 뿐이었다.

  곧이어 판결이 있었다.

  버마인 여섯 명은 군대 선동 사실 여부가 밝혀질 때까지 헌병대가 지정하는 곳에 연금하기로 하고, 인도인 두 명에겐 총살에 의한 사형이란 판결이 내렸다.

어처구니 없는 재판이었다. 감시병 여섯 명은 크란파니 하나만을 데리고 영창으로 돌아왔다.

총살형을 기다리고 있는 사람과 시간을 같이하고 줄곧 그를 지켜 보아야 한다는 것은 여간 고통스러운 일이 아니다. 미운 사람이면 또 모른다. 존경할 수 있는 사람, 친근감을 느낄 수 있는 사람일 경우는 참으로 견디어내기 힘드는 일이다.

사형선고를 받고 난 뒤 크란파니는 쇠고랑이 채워져 있었다. 선고를 받기 전이나 받은 후나 그의 태도엔 조금도 다를 바가 없었다. 언제나 침착하게 고요한 눈을 뜨고 단정하게 앉아 있는 것이다.

무슨 마술이나 부리지 않을까 해서 접근하길 꺼려했던 사람들도 크란파니의 조용한 태도에 익숙해지자 모두들 친절하게 대하게 되었다. 히로카와 중위를 제외하곤 순찰을 온 장교들이나 하사관들도 감방 속에 있는 크란파니를 동정어린 눈으로 보게 되었다.

크란파니의 사상이야 어떻든, 그 사건과는 직접적인 관련이 없는데도 헌병대의 조작으로 총살형을 당하게 되었다는 사실은 부대 전원이 알고 있는 터였다.

9월에 접어들자 작업량은 많아지고 병력은 모자란다는 이유로 감시병 여섯 명을 세 명으로 줄였다. 행인지 불행인지 송인규는 그 세 명 가운데 끼게 되었다. 종전대로 3교대제였으나 전엔 두 명씩 하던 것을 한 명씩 맡아 감시하기로 되었다.

그때부터 송인규는 마음놓고 크란파니와 이야기를 나눌 수 있게 되었다. 이야기를 나눈다고 했자 무슨 할 말이 송인규에게 있었겠는가. 어설픈 위로를 해보았자 소용없는 일이었다. 되레 깊은 명상에 잠겨 있는 그의 시간을 방해하지 않는 편이 좋을지 몰랐다.

그렇다고 해서 가만히 있을 수는 없었다.

어느 날 송인규는 다음과 같은 말을 걸어보았다.

"자기들도 사건의 진상을 알고 잘못을 깨닫고 있을 것이니 곧 좋은 소식이 있을 겁니다. 아직껏 아무런 말이 없는 것을 보니 잘될 것도 같지 않습니까."

크란파니는 쓸쓸하게 웃었다.

"그들이 망설이고 있는 줄 아십니까. 상부에 보고하고 있는 거겠지요. 사건이 발생했으니 범인은 잡아야 할 것 아닙니까. 일본군 수사기관의 위신도 있으니까 그러면서 그들은 버마인을 죽이기는 싫은 겁니다. 민심도 생각해야 하니까요. 위신도 세우고 민심도 사고 명분도 세우고 하자면 꼭 나를 죽여야 되는 겁니다."

그러고는 이렇게 말했다.

"죽음은 죽는 것을 무서워하는 사람에게만 고통이지 죽음을 겁내지 않는 사람에겐 조금도 두려워할 게 없습니다."

"그러나 그렇게 되기란……."

"난 독립운동을 시작할 때 벌써 목숨을 던져놓고 있었소."

"세상에 어찌 그런 무상無償의 행동이 있을 수 있겠습니까."

"어째서 무상의 행동인가요? 당신도 릴레이 경주를 아실 겁니다. 누군가가 결승점에 들어가면 되는 겁니다. 꼭 나라야 된다는 법이 그 경주에 있습니까. 자기가 제일주자가 되었다고 해서 영광이 돌아오지 않습니까. 나는 민족 독립의 횃불을 전하는 선수의 한 사람이오. 내 뒤엔 무수한 선수가 있습니다. 내 앞에 무수한 선수가 있었던 것처럼. 이러한 선수라는 의식보다 더한 보상이 어디 있겠소. 나 하나가 죽어서 수만의 행복을 마련할 수 있다고 생각할 때 이 자신 이상의 보상이 어디에 있겠으며 이 죽음 이상의 값비싼 죽음이 어디 있겠소. 값없이 죽어가는 수많은 사람들 가운데 값비싸게 죽을 수 있다는 건 영광된 일이며 행복된 일입니다. 사람은 값없이 죽어선 안 됩니다."

"하지만 쓸쓸하지 않습니까?"

"쓸쓸하긴. 나는 언제나 마하트마 간디와 같이 있습니다. 네루와도 같이 있구요. 마음이 통하면 같이 있는 겁니다. 생자와 사자와의 구별도 없습니다. 어디 있어도. 비록 난 혼자 있는 것 같아도 나는 여러 선생님과 선배와 동지들과 같이 있는 겁니다."

어느 때는 이렇게도 말했다.

"두고 보시오. 이번 전쟁엔 일본과 독일과 이탈리아가 꼭 망합니다. 그렇게 되면 영국이나 미국의 태도가 달라집니다. 이 천재일우의 기회를 식민지의 백성들은 놓치지 말아야 합니다. 코리아인도 단결만 하면 이 기회에 독립을 이룰 수가 있을 겁니다."

송인규는 조국의 독립이란 말을 듣자 가슴이 설렜다. 중경重慶으로 가면 한국 독립군이 있다는 풍문을 들은 것이 생각나기도 했다.

크란파니는 또 다음과 같은 인도의 시를 일본말로 번역해서 들려주기도 했다.

행동에만 전념하라
결과에 관해선 마음을 쓰지 말라
행동의 결과를 원치 말라
오직 활동에 힘쓰라.

이것은 바가바드 기타의 시라고 했다.

"형제에 대해서 사랑을 얘기해선 안 된다. 그저 사랑하라. 교의와 종교를 논해서도 안 된다. 종교는 하나밖에 없다. 모든 강물은 바다로 간다. 전진하라. 그리고 다른 사람들도 전진하게 하라."

이것이 미키라난다 경전의 일절이라고 했다.

어느 날이다. 크란파니는 심각한 얼굴을 하고 송인규에게 다음과 같이 전했다.
"당신은 기회를 보고 탈출하시오. 이런 꼴로 살아봤자 일본의 노예로서 사는 것이고 만약 이대로 죽어보시오. 영영 당신은 일본의 노예로서 죽는 겁니다. 죽은 사람은 자기 평생을 수정할 수 없습니다. 엄숙한 섭리에 의해서 이 세상에 생을 받아 욕된 나날을 보내고 욕된 죽음을 해서야 될 말입니까. 죽어도 민족을 위해서 죽고 조국의 독립을 위해서 죽어야 합니다. 당신처럼 희귀한 인간성을 가진 사람이 그렇게 욕된 생활을 보내서는 안 되고, 욕되게 죽어서도 안 됩니다."
그러고는 송인규더러 연필과 종이를 달라고 했다. 인규가 연필과 종이를 넣어주자, 크란파니는 뭣인가를 열심히 쓰고는 그 종이와 펜을 도로 내어주며 말했다.
"여기 편지 두 장이 있소. 하나는 당신이 탈출했을 때, 또는 탈출을 못하고 그냥 일본군에 있다가 일본이 항복했을 때 인도의 관헌이나 영국의 관헌이나 버마의 관헌에게 보이시오. 하나는 내 마누라에게 쓴 편지입니다. 만약 당신이 탈출하거든 그 편지를 가지고 내 마누라에게로 가십시오. 내 처는 카타 지방에 있소. 주소를 거기 써두었으니 찾을 수 있을 겁니다. 카타 지방까진 일본군이 들어가지 않았고 곧 패배할 거니까 앞으로도 일본군이 가지 못할 겁니다."

송인규는 그 편지를 접어 소중하게 안 포켓에 넣었다.

"편지의 내용은 대강 이렇습니다. '이 편지를 가진 마쓰야마란 일본 병정은 코리아인으로서 본의 아니게 전선으로 끌려나온 사람입니다. 나, 마술사 크란파니가 일본군에게 체포되어 총살을 당할 때까지 나의 감시병 노릇을 한 사람인데 그 따뜻한 마음씨나 깊은 인간성은 내 최후의 시간을 복되게 해주었고 나의 인간에 대한 깊은 사랑을 북돋워주었습니다. 이 세상에 이런 분이 있다는 게 얼마나 고마운 일입니까. 비록 무명의 병사일망정 인간의 가장 고귀한 심성을 가지고 있는 이분에게 영국 관민, 인도 관민, 버마 관민, 오란다 관민이시여! 최대한의 대우를 하실 것을 인류의 행복을 위해서 기꺼이 죽어가는 크란파니가 최후의 성의를 모아 간원하는 바입니다. 신의 이름에 영광이 있기를!'"

송인규가 그 편지의 내용을 들었을 때 이때까지 그의 가슴속에 혼돈 상태로 있던 덩어리가 돌연 하나의 명확한 형태로 굳어져가는 것을 느꼈다.

'어떻게 내 힘으로 이분을 구출할 수 없을까.' 하는 생각이었다. 송인규는 고맙다고 하고 마누라에게 가는 편지는 어떠한 수단을 써서라도 부치겠노라고 했다.

"내 마누라는 카렌족의 딸이지요. 카렌족이란 이 버마에 사는 소수민족의 하나입니다. 슬기로운 민족이지요. 내 마누라는 이 카렌족의 딸로서 하늘의 별처럼 예쁘고 진흙 속의 연꽃처럼 청정하고 슬기로운 소녀입니다."

"소녀입니까?"

"그렇지요. 세계에 평화가 오면 나는 내 마누라를 데리고 세계를 한 바퀴 돌 작정이었습니다. 가는 곳마다 나의 마술에 사람들은 황홀할 것이니 갈채를 받으면 나는 나의 예쁜 마누라를 관중 앞에 내세우고, 여러분 갈채는 이 여인에게 보내주십시오. 내 마술의 영감은 이 여인에게서 나왔습니다. 그러니 내 마술의 영광은 당연히 이 여인에게로 돌아가야 합니다, 이렇게 연설할 작정이지요. 나는 내 마누라를 슬기로운 카렌족에서 골라 아홉 살 때부터 교육을 시켰지요. 인레 호반에서 자랐다고 해서 이름을 인레라고 고쳐 짓고. 지금은 열아홉. 영어 · 불어 · 중국어 · 일본어까지 할 줄 알죠. 세계를 무대로 한 마술사의 아내가 되려면 그쯤 말을 알아야 하니까요."

"크란파니 씨, 그런데 당신은 왜 버마에 왔지요?"

"마술 흥행도 하고 버마에 있는 동지들에게 연락도 하고 겸사겸사로 왔는데 이곳을 사랑하게 되어버렸지요."

"인도엔 그후 돌아가보지 않았습니까?"

"몇 번 돌아갔었지요. 짧은 동안. 그리고 인도뿐 아니라 자카르타에도 가고 마닐라에도 가고 홍콩에도 가고 했지요. 우선 돈을 벌어야 했으니까. 그러나 결혼하고 난 후부턴 마누라를 교육시키기 위해서 장기 여행은 하지 못했습니다."

"하필 카렌족의 여자와 결혼한 이유는?"

"인도에서 마누라를 구하기란 힘들답니다. 카스트가 가혹할 정도로 엄격해서 다른 카스트에 속한 사람과는 결혼할 수 없습니다. 나는 카스트 축에도 들지 못하는 하리잔입니다. 영어론 언터처블이라고도 하지요. 말하자면 불가촉천민이란 겁니다. 내가 인도에서 결혼을 하려면 이

하리잔 속에서 배필을 구해야 합니다. 그런데 하리잔 속에서 현명한 여자를 구한다는 건 여간 힘드는 일이 아닙니다. 수백 년 동안을 짓밟혀 동물이나 다를 바 없는 생활을 해왔기 때문에 슬기가 마멸되어버렸습니다. 인도에 있을 때는 결혼할 의사를 갖지도 않았지요. 이곳에 와서 우연히 어떤 카렌족의 가족을 알게 되었는데 그때 아홉 살 난 딸이 내 마음에 들었습니다. 가난한 집이라서 나는 그 집을 도와줄 겸 그 딸을 내 손으로 기르기로 했지요."

"카스트란 것은 뭡니까?"

"리그베다에 푸르샤스크라는 경전이 있습니다. 그 경전 가운데 이런 신화가 있습니다. 푸르샤原人를 분할했을 때 입과 양팔과 양다리와 양발로 갈랐는데 그 입을 바라문이라고 하고 팔을 크샤트리아라 하고 다리를 바이샤라고 하고 발을 수드라라고 했답니다. 바라문이 최고의 계급, 그 다음이 크샤트리아, 다음이 바이샤, 다음이 수드라, 이를테면 노예지요. 하리는 이 수드라보다도 천한 계급입니다."

"현대 사회에 어찌 그런 것이 있을 수 있습니까?"

"어느 나라엔들 불합리한 관습이 없을 수 있습니까?"

"불합리한 것이면 방치해둘 수는 없지 않아요."

"카스트제는 힌두교의 타락한 부분이라고 해서 그렇지 않아도 이것을 철폐하려는 대운동이 일어나고 있습니다. 마하트마 간디가 그 선봉이지요. 마하트마는 이런 말씀을 하셨습니다. 불가촉천민제도는 힌두교도의 죄악이다. 힌두교도는 이 때문에 고민하고 그 죄를 속죄하고 억압당하고 있는 동포에게 대한 부채를 지불하지 않으면 안 된다. 나는 불가촉천민의 친구가 되어 그들의 고뇌를 나눠가질 각오다. 이렇게 말씀하시고 불가촉천민을 하리잔이라고 불렀습니다. 하리잔이란 '신의 아이들'이란 뜻이지요. 몸소 하리잔 속에서 살고, 변소 소제 같은 것도 손수 하시고 계십니다. 그리고 현재 하리잔의 엘리트엔 교육을 받고 독립운동에 투신하고 있는 사람이 많습니다."

하루는 크란파니가 나지막한 소리로 노래를 부르고 있었다. 무슨 노래냐고 물었더니 타고르가 지은 노래인데 인도가 독립되는 날엔 인도의 국가가 될지도 모르는 노래라고 했다. 크란파니는 그 노래를 다음과 같이 송인규에게 번역해주었다.

"신이여! 그대, 인간의 마음을 영도하고 인도의 운명을 영도하는 신이여! 그대의 이름은 반잡, 신드, 크쟈라트, 마라타의 마음과 트리비타, 오리사, 벵골의 마음을 높인다.

그대의 이름은 빈디아. 히말라야의 봉우리에마다 메아리치고 얌녀 강가의 물결과 화和하고, 인도양의 파도에 찬가를 엮는다.

그대 이름에 의하여 우리의 마음은 잠깨어 그대를 찬양하는 노래를 부른다.

그대는 인간에게 복을 주며 영생을 준다. 인도의 운명을 영도하는 신이여, 신에게 승리 있으라!"

무거운 시간이 크란파니의 주위를 흘러갔다. 송인규에게도 무거운 나날이었고, 무거운 시간이었다.

'크란파니를 구해야 한다.'

처음엔 막연했던 상념이 차츰 구체적인 결심으로 변해갔다. 결심으로 변해가자 송인규는 주위가 자기를 이상한 눈으로 보지나 않을까 하는 불안에 사로잡혔다. 그렇게 되고 보니 전처럼 자유로이 크란파니와 이야기를 주고받을 수도 없게 되었다. 망설이던 끝에 어느 날 밤 송인규는 크란파니에게 다음과 같이 말해봤다.

"당신 마누라 있는 곳이 카타라고 했지요?"

"그렇습니다."

"거기까지 가려면 시간이 얼마나 걸리지요? 걸어서."

"걸어선 일주일은 잡아야 됩니다."

"일주일!"

하고 인규는 입속에서 중얼거렸다.

"헌데 그런 건 왜 묻습니까?"

"크란파니 씨, 당신은 마술사라고 하지 않았소. 어디 마술을 부려 이 감방에서 빠져나갈 순 없소?"

크란파니는 고요하게 웃음을 터뜨렸다.

"내가 빠져나가버리면 당신이 총살당하지 않습니까?"

"그럼 내가 총살당할까봐 이곳에서 나갈 수 있는데도 나가지 않는 겁니까?"

"그럴 리야 있습니까. 내 마술은 그런 게 아니오. 철창을 빠져나갈 수 있는 그런 마술이 아닙니다. 세상에 그런 기술이 있다면 얼마나 좋겠소. 내게 만약 생명이 있으면 앞으론 그런 마술을 연구해볼 참입니다만……."

송인규는 답답했다. 억울하게 하나의 인재가 죽어가는데 그것을 눈앞에 보면서 속수무책이란 상황이 한스러웠다. 부대원 일동에게 호소해서 구명운동을 벌여볼까 하는 생각도 했다. 그러나 어림도 없는 일일 뿐더러 최후의 수단마저 망쳐버릴 염려가 있었다.

최후의 수단이란 송인규가 크란파니를 영창에서 꺼내가지고 같이 탈출하는 계책이다.

그러나 어떻게? 송인규는 그 방법을 생각해내는 데 몰두했다.

우선 열쇠 문제다. 열쇠는 위병사령이 보관하고 있다. 또 하나의 열쇠는 부대장 부관의 책상 왼편 줄 서랍 세 번째에 있다. 특별 영창을 만들었을 때 자물쇠를 사가지고 왔다. 자물쇠엔 열쇠가 두 개 달려 있었다. 하나를 빼어 부관은 위병사령에게 주며 교대할 때마다 인수 인계를 엄하게 하라고 일렀다. 그러고는 남은 열쇠를 대수롭잖게 자기 책상 서랍에다 넣어버리는 것을 송인규가 목격했다. 그 기억이 없었던들 송인규는 탈출 계획을 꾸밀 엄두도 내지 못했을 것이다.

위병소에 있는 열쇠를 훔치기는 불가능한 일이지만 부관 책상 서랍에 있는 열쇠를 훔치기란 쉬운 일이다.

탈출하는 방법은?

다행히 인규는 자동차를 운전할 수 있었다. 공병대에선 자재 운반을 위해서 특수 운전병을 양성시킨다. 그 틈틈이 일반병도 운전을 배우는 기회가 있었다. 게다가 인규에겐 손재주가 있어서 자동차 수리를 썩 잘했다.

'옳지, 동료 운전수가 고장난 차를 끌고오면 내가 하번下番했을 때 고쳐주마고 하고 이 영창 뒤편에 있는 자동차 수리장에다 갖다놓으라고 하자. 그때 그 차를……'

송인규의 머릿속에서는 정밀하게 계획이 짜여져 갔다.

다음은 정보다. 어디로 이송을 하건, 형집행을 하건, 그걸 사전에 알아내야 했다.

9월도 중순에 접어든 어느 날의 오후, 송인규와 다른 하나의 감시병은 위병사령에게 불려갔다.

위병사령에게서 다음과 같은 지시가 있었다.

"내일은 일요일이다. 하지만 내일 중대한 일이 있다. 지금 우리 부대에 수용되어 있는 인도인을 내일 총살한다. 시간과 장소는 미정. 헌병대에서 오면 너희들 감시병도 형장에까지 수행해야 한다. 한 두어 달 같이 있었으니 정의상으로라도 형장까지는 같이 가주어야 하지 않겠나. 그렇게 알고 복장을 정비해둬라."

송인규는 자기 가슴속에 일어난 급격한 동요를 위병사령이 알아차릴까봐 위병사령을 똑바로 보질 못했다. 심장의 동계가 상대방에 들리지나 않을까 겁날 정도로 심했다. 그러나 위병사령은 불온한 계책을 송인규가 꾸미고 있다는 것을 염두에도 내지 못하는 것 같았다. 하기야 유순하기만 한 졸병의 가슴속에 무엄하고도 대담한 계책이 있을 줄이야 알 까닭이 없다. 송인규는 한편 이처럼 자기를 믿어주는 사람들을 배신해야 하는 자기 자신에게 죄스러운 감정마저 가졌다. 하지만 히로카와 중위에 대한 반발이 그런 감정을 말끔히 지워주는 작용을 했다.

그날 밤 송인규는 불침번의 눈을 피해 부관실에 들어가 감쪽같이 영창의 열쇠를 훔쳐내오는 데 성공했다. 같은 부대의 동료인 불침번의 눈을 속이는 것쯤이야 쉬운 일이었다.

고장난 차는 며칠 전부터 영창 뒤 수리장에 갖다두었다. 수리도 이미 끝냈다. 다만 수리가 끝난 줄 알면 딴 데로 출동시킬 염려가 있었기 때문에 휘발유 파이프를 빼놓고 밧데리의 선을 풀어놓았다. 그것은 교대하러 가며 이어놓으면 될 일이었다.

오전 0시에 송인규는 상번을 했다. 순찰장교가 돌아가기만을 기다리면 되었다. 순찰장교는 정각 한 시에 왔다. 그때의 순찰장교는 히로카와였다. 히로카와는 송인규의 근무 보고를 어디 흠잡을 곳이 없나, 하는 눈초리로써 듣고, 보고가 끝나자 그 눈초리를 감방 안에 있는 크란파니에게 옮겼다. 내일 총살한다는 사실을 히로카와는 물론 알고 있을 터인데 크란파니를 들여다보는 그의 눈초리는 너무나 비정한 것이었다. 송인규는 순찰장교가 건너편 건물의 모퉁이를 돌아갈 때까지 지켜보았다. 30분 후쯤엔 허둥지둥할 히로카와의 당황한 모습을 상상하니 용기가 곱이 되었다.

이젠 최후의 모험이 남았다. 이 모험이 성공하느냐 못하느냐에 만사의 성패는 걸려 있다. 그러나 송인규는 일본 군대의 생리를 알고 있기 때문에 십중팔구 마지막의 연극이 적중할 것이란 자신이 있었다. 상관의 명령이면 전후좌우도 생각하지 않고 무조건 복종하는 일본군의 맹점을 이용하자는 것이다.

송인규는 깊은 호흡을 두서너 번 되풀이해서 뛰는 동계를 가라앉히곤 위병소와 직결되어 있는 전화기를 들었다. 당번병을 두 명에서 한 명으로 줄일 때 긴급용으로 전화를 가설하게 되었는데 그것이 기화였다. 수화기에서 졸음에 겨운 소리가 들렸다. 송인규는 성색을 바꾸어 단호한 어조로써 말했다.

"부관 명령!"

졸음에 겨운 듯한 대답이 단번에 긴장된 대답으로 바뀌었다.

"사단 사령부의 명령으로 자동차 한 대를 즉시 사령부로 보내야 한다. 시간의 지체가 안 되도록 이 명령과 동시에 영문을 열어라. 통과하고 나면 지체없이 영문을 닫아라!"

복창하려는 것을,

"복창 불필요, 즉시 개문!"

하고 전화를 끊었다. 그래놓고 송인규는 영문이 열리는가를 볼 수 있는 지점에까지 뛰어갔다. 병정 두 사람이 나와 영문을 열고 있었다. 그는 감방으로 달려와 자물쇠를 열었다.

"빨리 하시오, 탈출이다!"

그 이상의 말이 나오지 않았다. 크란파니는 황급히 송인규의 뒤를 따랐다. 송인규는 수갑이 채워져 부자유한 인도인을 트럭 뒤칸에 밀어올려 천막을 뒤집어쓰고 누우라고 이르곤 운전대에 올라 액셀을 밟았다.

순식간에 자동차는 쏜살같이 영문을 빠져나왔다. 위병들이 정지하라고 고함을 질렀지만 무시하고 빠져나온 것이다. 빠져나온 지 잠깐 후, 백미러를 보았더니 병정들은 다시 영문을 닫고 있었다.

불안한 가운데서도 송인규는 입속으로 중얼거렸다.

"얼간이들!"

뒤에 생각해본 일이지만 아찔한 대목이 많았다. 위병소에 명령할 수 있는 것은 주번사령이다. 부관 아니라 부대장이라도 위병소에 명령을 할 땐 반드시 주번사령을 통해야 한다. 그러니 위병들이 조금이라도 지각이 있었더라면 이상하다고 곧 위병사령에게 알려야 한다. 만약 그렇게 되었더라면 일은 어떻게 되었을까!

송인규는 그저 북쪽으로만 가야 한다고 생각하고 길 트이는 곳으로만 달렸다.

우기여서 어떤 곳은 길인지 강인지 분간할 수 없는 데도 있었지만 마구 달렸다. 그렇게 몇 시간을 달렸는지 주위는 완전히 아침이 되어 있었다.

송인규는 강기슭에까지 왔다. 송인규가 달려온 길이 거기서 막혀버린 것이다. 그는 크란파니를 차에서 내리게 하고 우선 수갑부터 풀었다.

크란파니는 멍청하게 말이 없었다. 너무나 급격하게 닥친 일이 되어서 그 침착한 크란파니로서도 뭐라고 말할 주변이 서지 않는 것 같았다.

앞을 보면 망망한 강. 뒤를 보니 망망한 들. 누구도 뒤따라오는 것 같진 않았다.

"여기가 어디지요?"

"사강인 것 같은데."

"사강?"

송인규는 질색을 했다.

"그럼 만달레이의 남쪽이 아니오?"

"그렇습니다."

"나는 북쪽으로 달리고 있다고만 생각을 했는데."

만달레이의 남쪽이면 위험했다.

"여기까지 빠져나오긴 했는데 어떡하면 좋지요?"

"건너편 아바로 갑시다. 아바는 폐허니까 일본군이 없을 것 같습니다."

"그럼 자동차를 버려야 하겠구면요."

"그래야죠."

송인규는 차를 낭떠러지까지 몰고 가서 엔진을 건 채 밀어 떨어뜨렸다. 망망한 이라와디 강 속으로 자동차는 흔적도 없이 사라져버렸다.

배를 타기 위해선 조금 걸어야 했다. 스콜을 알리는 먹구름이 머리 위에 닥쳐와 있었다.

송인규는 군복을 벗어버리고 내복차림이 되었다. 그래가지고 스콜을 맞으니 버마인과 조금도 다를 게 없이 되었다.

스콜이 멎자, 강은 다시 조용해졌다. 크란파니와 송인규는 요행히 배를 얻어 아바로 건너갔다.

배 안에서 송인규는 크란파니에게 오늘 있었을 총살 얘기를 했다. 성공여부를 확인할 수가 없어서 사전에 얘기하지 못했다는 사연도 덧붙였다. 크란파니는 눈물을 글썽거리며 송인규의 손을 붙들고 한참 동안 놓칠 않았다.

아바의 폐허에서 이틀 밤을 잤다. 음식도 의복도 크란파니가 어디선가 마련해왔다.

이틀을 거기서 쉰 것은 대사를 치르고 난 뒤의 피로를 푸는 의미도 있었지만 크란파니의 집이 있는 카타까지의 길에 무슨 위험이 없는가 하는 정보를 수집하기 위한 것이기도 했다.

이틀을 거기서 묵는 동안 송인규는 아바에 관련된 이야기를 크란파니에게서 들었다. 그 가운데서 가장 인상적인 이야기는 다음과 같다. 명조明朝가 멸망하자 멸망 최후의 천자가 이 아바로 망명했다. 당시 아바는 버마의 왕도였다. 버마 왕은 망명온 명나라의 천자를 극진히 대접하고 보호했다. 명나라를 패망시킨 청국淸國은 천자를 돌려보내라고 압력을 가했지만 버마 왕은 이에 귀를 기울이지도 않았다. 조정은 두 파로 갈렸다. 한 파는 돌려주자고 하고, 한 파는 돌려주지 말아야 한다고 하고. 드디어 명나라의 천자를 돌려보내야 한다고 주장한 파가 임금을 비로드 자루에 넣어 이라와디 강에 던지고 그 임금의 동생을 임금으로 등극시키고 명나라의 천자를 청나라의 손에 넘겨주었다.

비로드에 쌌건 말았건 이라와디 강에 던져졌으면 그 임금은 악어의 밥이 되었을 것이다. 인규에겐 그 이야기가 옛날 이야기로만 들리지 않았다.

아바에서 카타로. 머나먼 길이었다. 황량한 사막이 있는가 하면 숨이 막힐 듯한 정글이 있고, 새소리에 놀라는가 하면 엄청난 크기의 뱀에 놀라기도 했다. 선편은 아무래도 위험하니 결국은 도보로 가지 않을 수 없었는데 크란파니의 말에 의하면 만고미답이란 정글을 헤쳐나가기도 했다.

십여 일이 걸려서야 카타 부근에 왔다. 카타 부근의 산야는 고국을 닮았다. 소나무가 있고, 밤나무도 있고, 느티나무도 있었다. 송림을 지나는 송뢰松籟에 고국의 정을 느끼기도 했다.

카타의 크란파니 집은 원주민들의 집과는 전연 딴판인 현대식 건물이었다. 붉은 슬레이트에 하얀 벽, 이름모를 꽃들이 만발한 화단에 둘러싸인 그윽한 향기 속의 꿈처럼 아담한 집에서 크란파니의 마누라 인레는 남편의 신상에 무슨 일이 일어났는지도 모르고 꽃처럼 살고 있었던 것이다.

인레는 정말 아름다웠다. 검은 머리, 윤택 있는 밀빛의 피부, 흑요석을 방불케 하는 크고 맑은 눈동자. 열아홉 살의 신선함을 지니면서 귀부인다운 우아함을 겸한, 파리의 가두에 세워도 사람들이 뒤돌아보지 않을 수 없는 미모와 섬세한 육체를 가진 여인이었다.

송인규는 이 집의 기약없는 식객이 되었다.

1944년의 1월이 되었다. 버마의 1월은 한국의 기후로선 4월과 비슷하다. 송인규가 크란파니의 식객이 된 지도 이미 4개월이 넘었다.

그동안 송인규는 크란파니를 통해 세계의 정세를 소상하게 들었다. 크란파니에 의하면 세계대전은 1945년이 아니면 1946년의 초쯤에 끝날 것이라고 했다.

인도에 관해서도 많은 것을 배웠다. 세계 최고의 성자들도 인도에 살고 있고 세계에서 가장 열악한 사람도 인도인이라고 했다. 가장 몽매한 미신에 사로잡혀 있는 것도 인도인, 가장 숭고한 혜지를 가진 사람도 인도인이라고 했다.

병이란 병, 이 지상에 있는 병치고 인도에서 발견되지 못할 것이 없고, 가장 추악한 가난에서 가장 호화로운 부의 형태에 이르기까지 모든 생활의 패턴을 인도에서 발견할 수 있다고도 했다. 인도는 전 세계의 고통을 집중적으로 짊어지고 있는 병든 낙타와 같다고도 했다.

이 모든 모순과 병폐를 고치려면, 고칠 생각이라도 하려면 우선 인도가 독립되어야 한다고 했다.

크란파니의 지식에서보다 크란파니의 조국에의 사랑이 송인규를 감동시켰다. 보다도 인도인의 줄기찬 독립투쟁사는 놀라운 것이었다.

1942년에만 해도 간디 지도하의 반영 독립운동이 전 인도에 퍼져 간디·네루 등 지도자는 체포되었고, 영국 관헌의 탄압은 격심했다. 8월에서 11월까지의 3개월 동안 천 명 이상이 학살당했고, 3,200명 이상이 부상하고 10만 명 이상이 체포되었다.

과거 삼십 년 동안 영국에 항거해서 죽고 투옥당한 수를 헤아리자면 수백만을 넘는다고 하니 인도 국민의 그 끈기엔 다만 놀랄 수밖에 없었다.

이에 비해서 조국은 어떠한가. 송인규의 짧은 견문으로써 볼 때 독립에의 의욕이나 투쟁에 있어서 인도에 비할 바가 못 된다고 생각했다. 해외에서 독립운동이 진행되고 있다고는 들었으나, 현재 국내에선 소극적인 독립 의욕은 있을망정 적극적인 독립 투쟁은 거의 없지 않은가, 하는 생각도 들었다. 뿐만 아니라 지원병 훈련소에 있을 때 소위 민족의 지도자라고 할 만한 사람들이 와서 훌륭한 황국신민이 되라고 권유한 연설을 몇 차례고 들은 적이 있었는데 그러한 기억이 크란파니 앞에서 수치스럽게 생각나기도 했다.

크란파니에 의하면 인도는 적도의 기온에서부터 북극의 기온에 이르기까지 모든 기온의 패턴을 골고루 지니고 있고 세계 각국에 있는 동물, 식물의 전 종류를 인도에서 발견할 수가 있다고 했다. 동양과 서양의 중간에 있으며, 인종도 백인, 흑인, 황인의 중간종이라고 했다. 인도의 고민은 세계의 고민이고, 인도 문제의 해결은 곧 세계 문제를 푸는 가장 큰 단서가 되리라고 했다. 세계에서 가장 불행한 나라, 그러니까 더욱 안타깝게 인도를 사랑하지 않을 수 없다는 것이었다.

마술을 배운 동기로선 다음과 같이 말했다.

하리잔의 아들로서 태어나 생업의 방도가 없었다. 하지만 겨우 먹고 살기 위한 생업을 택하기는 싫었다. 인도의 독립운동에 가담하고 싶었고, 하리를 해방하는 운동에 참여하고 싶었는데 그만한 여유를 줄 수 있는 생업이라야 한다고 마음먹었다. 큰 사업을 하자면 자본이 있어야 했다. 의사나 변호사가 되자면 학교엘 다녀야 했다. 그것은 모두 불가능한 길이었다. 그래 마술사가 되길 작정했다. 이렇게 작정한 것이 열다섯 살 때였다.

"내 선생은 크란파니. 나의 이름 크란파니는 그 선생님이 물려준 겁니다. 줄곧 이십 년 피나는 노력의 연속이었습니다. 마술을 배우고 난 후에야 나는 공부를 했지요. 어학은 앞선 이십 년 동안에 선생님에게 배웠고. 마술사의 무기는 말입니다. 마술이란 곧 화술이라고 할 수 있지요. 당신도 범인이 할 수 없는 직업을 가져야 돼요, 그래 가지고서 독립운동을 해야 합니다."

송인규는 그에게 마술을 가르쳐달라고 했다. 마술을 배우기엔 이미

나이가 지났다고 말하면서도 생명의 은인의 부탁을 저버릴 수 없다고 했다.

"그러나 줄잡아도 십 년은 걸립니다. 그동안 고국에 돌아갈 기회가 있으면 어떻게 하지요?"

"십 년 아니라 이십 년이라도 꼭 배우고야 말겠습니다."

"그럼 좋습니다."

이렇게 해서 송인규는 크란파니의 제자가 되었다. 제자는 스승의 지도에 따라야 한다. 지식을 배우는 것이 아니라 마술을 배우는 것이니 아무리 불합리한 지시에도 절대로 복종해야 한다. 이것이 크란파니가 송인규에게 한 스승으로서의 첫 발언이었다.

크란파니는 제자 송인규를 위해서 자기 집에서 5백 미터쯤 떨어진 산속에 조그마한 암자를 지었다. 거기가 송인규의 수련도장이 되었다.

새벽에 일어나 강가에 가서 목욕을 하고 나면 채소와 고기와 쌀로 된 한 그릇 죽을 먹고 하루종일 참선하는 자세로써 앉아 있어야 할 때도 있다. 하루종일 뙤약볕을 쪼이며 암자 앞 바위에 앉아 있어야 하는 때도 있었다. 일체의 잡념을 버리고 어떤 마력에 몸과 마음을 송두리째 의탁할 수 있기 위한 고행이라고 했다.

그러나 마술사는 고행승과 달라 보통 이상의 체력이 있어야 한다면서 풍부한 음식과 적당한 운동은 어떠한 고행 중에서도 빼놓아선 안 된다는 것이었다.

거의 무의미하다고 할 수 있는 이런 따위의 수련만 가지고 한 해가 갔다. 송인규가 크란파니의 제자가 되어 꼭 일 년이 지나고 이 년째 접어드는 날, 크란파니는 송인규더러 다음과 같이 말했다.

"마술사가 될 수 있는 자격이 있다고 인정합니다."
그리고 아래와 같은 문답이 있었다.
"부처님을 믿습니까?"
"믿지 않습니다."
"예수를 믿습니까?"
"믿지 않습니다."
"달리 믿는 신이나 인물이 있습니까?"
"없습니다."
"그럼 가장 사랑하는 사람은 없습니까?"
"있습니다."
"그게 누굽니까?"
"어머닙니다."
"좋습니다. 그러면 내일부터 마음속에서 어머니만 외우십시오. 쉴 새 없이 외우는 겁니다. 운동할 때와 식사할 때만 빼고 줄곧 어머니만 외워야 합니다. 당신께 마력을 주는 사람이 오늘 결정되었습니다. 당신은 어머니의 힘으로 마술을 행할 수 있는 것입니다. 어머니를 마음속에서 외우면서 어머니의 모습을 눈앞에 그리도록 하십시오. 어느 때 반기던 순간의 어머니의 얼굴과 그 모습을 하나만 고정시켜 당신 눈앞에 떠오르게 하십시오. 일체의 잡념을 없애고 오직 어머니의 어느 한때의 얼굴을 당신 눈앞에 떠오르게 하는 겁니다. 그 작업이 끝났을 때 당신의 수련이 시작됩니다. 이 년이 되건 삼 년이 되건 그 작업을 완수하지 못하면 다음 수련으로 넘어갈 수가 없습니다. 그러니 당신 자신이 이만하면 어머니의 어느 때의 모습을 고정시키는 데 성공하고 어떤 때건 필요하면 그 이미지를 눈앞에 떠올릴 수 있다고 생각하거든 내게 말하십시오."

이렇게 이르곤 크란파니는 송인규의 암자에 나타나지 않았다. 하루 네 번 식사를 나르는 인레 외엔 송인규가 만나는 사람이라곤 없었다. 운동은 아령과 철봉, 줄넘기, 암자에서 강으로, 강에서 암자로, 거기서 산중턱까지 뛰어오르고 뛰어내리는 일을 하루 두 번. 그 외는 자유롭게 앉았다가 섰다가 하면서 어머니, 어머니 하고 염불 외우듯 마음속에서 외우는 것이다.

그러나 어느 한때의 어머니의 얼굴을 고정시켜, 그 이미지를 선명하게 눈앞에 떠올리는 일은 쉬운 것 같으면서 쉽지가 않았다. 한 달이 가고 두 달이 갔다. 어머니의 얼굴은 자꾸만 뒤바뀌어 나타나기만 했다. 상업학교 시험에 합격했을 때 반겨주던 얼굴이 나타나는가 하면 지원병 훈련소에 들어갈 때의 초라한 얼굴이 나타나고, 어느 때의 방학에 귀향했을 때의 얼굴이 나타나는가 하면 온통 먼지를 쓰고 분주하게 일하는 모습이 떠오르기도 했다.

송인규는 상업학교 입학시험에 합격했다는 소식을 들었을 때의 어머니의 얼굴을 고정시키려고 애썼다. 그땐 어머니도 그다지 늙지 않았다. 반기는 얼굴에 생기가 있었다. 이마의 주름도 그다지 흉하지 않았다. 머리에 흰 것이 가끔 보이기는 했어도 단정하게 빗어올리면 젊은이 머리와 다를 바가 없었다. 그런데 그 얼굴을 고정시키기가 힘드는 것이다.

마음이 초조할수록 곤란은 더했다. 석 달이 지나고 넉 달이 지났다. 송인규는 암자 안에 들어앉아 참선하는 자세로써 어머니를 외우고 그 이미지를 고정시키려고 애썼다. 그런데 용이하질 않았다.

8월이 지나자, 겨우 이만하면 되지 않겠느냐 하는 생각이 들어 식사를 가지고 온 인레더러 선생님을 만나게 해달라고 일렀다.

"선생님은 만달레이에 나가셨어요."

"만달레이? 선생님이 만달레이로 나가셔도 됩니까?"

"아마 괜찮은 모양이지요."

송인규는 이상하다고 생각했으나 외계와 단절하고 살고 있는 터라 일본이 항복하지나 않았나, 하는 생각까지에는 이르지 못했다. 크란파니도 송인규의 수련을 생각해서 고의로 그 기쁜 소식을 숨겨두었던 것이다.

"선생님이 돌아오시면 그렇게 전해주십시오."

이렇게 인레에게 이르고, 송인규는 그동안에 더욱 자신을 얻을 수 있게 해야겠다고 마음먹었다.

크란파니가 돌아온 것은 그로부터 보름쯤 지나서였다. 크란파니는 한 꾸러미 종이 다발을 들고 송인규의 암자에 나타났다.

"나를 보자고 했다지요?"

"네."

"어떤 사정이 있습니까?"

"어머니의 얼굴을 고정시킬 수 있다고 생각합니다."

"그것 참 수련이 빠르셨습니다. 반가운 일입니다. 그럼 여기 종이가 꼭 천 장이 있습니다. 하루에 두 장씩 당신이 고정시켰다고 생각한 어머니의 얼굴을 그리십시오. 이건 미술로써 그리는 것이 아니니까, 어머니의 얼굴의 기분을 낸 정도도 안 되고 감정적인 과장이 있어서도 안 됩니다. 주름 하나도 빼놓지 말며, 점 하나도 빼놓아선 안 됩니다. 가장 자신이 있게 그렸다고 생각할 때 내게 연락하도록 하십시오."

송인규는 가슴이 뜨끔했다. 하루에 두 장씩 그리라니 일천 장을 그리려면 오백 일이 걸린다. 오백 일이 되어야 다음 수련으로 넘어간단 말인가.

사실은 오백 일이 지나 천 장을 그렸어도 크란파니의 인정을 받지 못했다. 천 장하고 삼백 장을 더 그렸을 때 비로소 크란파니의 승인을 얻었다. 그때의 크란파니의 말은 이랬다.

"눈부신 발전입니다. 놀라운 재능입니다. 내가 수련할 때도 이렇게 빠르진 못했습니다."

그날 비로소 크란파니의 마술 세 가지를 볼 수가 있었다.

하나는 달걀에서 닭을 만들고 닭을 다시 달걀로 만드는 마술이었다.

또 하나는 흙만 담겨 있는 화분에다가 겨자알만한 씨앗을 뿌려놓고 순식간에 거기서 싹이 돋고 떡갈잎이 나오고 줄기가 오르고 잎이 피고 꽃을 피게 하는 마술이었다.

셋째는 사려 있는 로프를 공중에 던져 꼿꼿하게 세워놓고 크란파니가 그 로프를 타고 올라갔다가 내려오는 마술이었다.

송인규는 그 신비스러운 마술에 압도당했다. 크란파니가 신처럼 우러러보였다. 자기도 저런 마술사가 될 것이라고 생각하니 황홀했다.

"처음엔 달걀에서 닭을 나오게 하는 마술에서부터 시작합시다."

크란파니의 이 말과 더불어 드디어 본격적인 수련이 송인규에게 가해졌다.

이날부터 송인규는 시간관념을 잊고 고국을 잊었다.

"마술사란 환각을 만들어내는 술사입니다. 당신은 어머니에 대한 환각을 거의 완전히 만들어낼 수 있습니다. 그 힘으로 당신은 갖가지의 환각을 만들어낼 수 있는 소지를 닦은 셈입니다. 그런데 마술사는 스스로가 환각을 만들어내는 것만 가지고는 되지 않습니다. 그 환각을 관중들이 갖게끔 작용해야 합니다. 이것이 대문제입니다. 관중들로 하여금 이쪽이 의도한 환각을 갖게끔 하기 위해선 우선 나 자신이 그 환각을 믿어야 합니다. 환각에 대한 나 자신의 절대적인 신앙을 관중들에게 전달해야 합니다. 그러니 먼저 당신 자신이 절대적으로 믿을 수 있는 환각을 만들어야 합니다."

크란파니가 보여준 닭은 노랑, 파랑, 갖가지의 빛깔이 섞인 닭이었는데 송인규가 만들어야 하는 닭은 흰 것이라야 했다. 크란파니는 흰 빛깔의 닭을 조그마한 조롱 속에 넣어가지고 송인규의 암자에 갖다놓았다.

"닭과 같이 먹고 자고 노십시오. 그 모든 세부를 암송하고 설명할 수 있도록 익숙해야 합니다. 닭과 친하십시오. 당신 어깨 위에 앉아 놀 수 있고, 당신 손바닥 위에 앉아 놀 수 있고, 당신이 부르면 올 수 있도록 닭을 사랑하십시오. 그리고 매일 한 장씩은 닭을 사생하십시오."

그렇게 해서 시작한 닭과의 공동생활이 몇 달 몇 해가 지났는지 송인규에겐 알 수가 없다. 닭이 완전히 송인규의 분신처럼 되고, 그 털 하나하나의 차림새까지 외우게 되었을 때 크란파니는 오늘부터 이 닭을 딴 데로 보내야겠다고 말하며 송인규의 눈을 들여다봤다. 송인규는 닭과의 이별에 가슴이 아팠다. 그래 어떠한 정에도 끌려서는 안 된다는 스승의 엄한 교훈이 있었음에도 불구하고 불각不覺의 눈물을 흘렸다.

"됐습니다."

그 눈물을 보자 크란파니는 웃음을 띠며,

"진정 닭을 치울 때가 되었습니다."

라고 하면서 닭 대신 전신을 비춰볼 수 있는 거울을 송인규의 방에다 걸었다.

송인규는 거울 속의 자기를 보고 놀랐다. 이때까지 자기의 얼굴에 대해서 가지고 있던 이미지와 전연 달랐던 것이다. 약간 벗겨져 올라간 이마도 옛날의 이마가 아니었다.

눈은 움푹 들어가 있었다. 눈동자는 전에 없던 광채로써 빛나고 있었다. 턱에서 귀로 올라간 선이 야무졌다. 몸 전체에서 정기 있는 기품이 풍기고 있는 느낌이었다. 자기 얼굴을 보고 놀라고 있는 송인규를 향해서 크란파니는 중얼거렸다.

"좋은 얼굴입니다. 반쯤 마술사가 된 얼굴입니다. 한 가지 일에만 정진하고 있으면 사람은 누구나 아름다운 얼굴을 가질 수 있습니다. 당신이 일본군대에 있었을 때의 얼굴은 인간의 얼굴이 아니었습니다. 그건 지친 짐승의 얼굴이었고 노예의 얼굴이었습니다. 그러나 이 거울을 가지고 온 것은 당신 얼굴을 보게 하려고 한 것은 아닙니다. 지금부터 대수련이 이 거울과 더불어 시작됩니다."

다음 수련은 거울을 향해 앉아 이미 없어진 닭을 시켜 송인규의 어깨, 머리, 손 위에 앉도록 하라는 것이었다.

"눈물까지 흘린 당신을 생각하면 그 닭이 당신의 부름에 따라 언제든지 당신이 원하는 대로 당신의 어깨나 머리나 손 위에 와 앉을 것입니다. 와 앉았다는 느낌만으로선 안 됩니다. 당신의 육안으로 저 거울에 비친 당신의 어깨, 머리, 손 위에 와 앉은 것을 보아야 합니다. 이미 없어진 당신의 닭을 저 거울 속에서 당신의 눈으로 보아야 합니다. 역력하게 닭이 보였을 때 내게 연락하십시오."

닭의 세부와 더불어 전체의 윤곽을 동시에 눈앞에 그리면서 거울 앞에 앉아 있었지만 거울에 비치는 것은 송인규의 얼굴뿐이고 닭은 나타나지 않았다.

마음속에서 어머니를 외우며 닭의 이미지를 쫓길 몇 달이 걸렸는지 몇 해가 흘렀는지 몰랐다. 송인규는 그저 거울 앞에 앉아 있었다.

드디어 그날이 왔다. 새벽에 강엘 가서 목욕을 하고, 다시 거울 앞에 앉았을 때 돌연 그 닭이 송인규의 어깨 위에 앉은 것이다. 그것이 거울 속에 역력히 보였다. 손 위에 와 앉아라! 마음속으로 외쳤다. 그랬더니 손 위에 와 앉는 것이 아닌가. 다시 어깨로 가라! 닭은 다시 어깨로 갔다. 다시 손으로 가라! 닭은 손 위로 갔다.

인레가 아침식사를 가지고 왔을 때 송인규는 환각에서 깨어났다. 얼굴에선 스콜에 젖은 것처럼 땀이 흐르고 등에 흘러내리는 땀줄기로 옷이 흠뻑 젖어 있었다. 송인규는 너무나도 황홀한 나머지 밥맛을 잃었다.

인레가 뭐라고 전했는지, 크란파니가 급히 암자로 뛰어들어왔다. 넋을 잃고 있는 송인규를 보자, 크란파니는 덥석 안아 일으켜 세웠다. 말하지 않아도 크란파니는 알아차린 것이다.

"빨리 식사를 하시오. 오늘부터 새날이 시작됩니다."

환희에 넘친 크란파니의 외침이었다.

그날 오후부터 크란파니는 송인규의 암자에서 인규와 같이 기거하게 되었다. 식사도 같이 하고, 운동도 같이 하고 송인규가 거울 앞에 앉아 있을 때는 그 뒤에 줄곧 서 있었다.

송인규 눈에 보이는 닭을 크란파니도 볼 수 있게 해야 한다는 것이다. 그러자면 송인규는 자기가 본 닭의 모습을 소상하게 설명해야 한다. 소상하게 설명함으로써 자기의 환각을 크란파니에게 전한다. 수련에 있어서의 가장 어려운 과정이다.

송인규는 이젠 뚜렷하게 보이는 거울 속의 닭을 침착한 어조로써 설명했다.

"갈색에 누런 빛이 섞인 주둥이, 끝이 그다지 날카롭지는 않습니다. 그 신월형新月形 주둥이를 타고 올라가면 에메랄드에 붉은 빛이 섞인 듯한 눈동자가 있습니다. 슬픈 듯한 눈동자, 그 언저리에 은회색의 눈썹이 있지요. 머리 모양은 달걀형으로 예쁘고 벼슬은 새빨간 빛깔, 왼편으로 약간 갸우뚱합니다. 곱게 흘러내린 목덜미, 윤택이 나는 하얀 빛깔의 털, 날개를 조금 들썩했습니다. 날개 밑에 밀생한 그 부드러운 털, 털을 통해서도 탐스럽게 살이 찐 몸집을 알 수 있습니다. 꼬리엔 갈색의 반점이 보일락말락 찍혀 있고, 발은 이 우아한 몸뚱어리에 비해서 어설픕니다. 진회색의 빛깔에다 굵다랗게 금이 겹친 듯한 다리, 한 다리를 올렸습니다……."

이 정도로는 어림도 없었다. 정교한 묘사, 치밀한 설명이 필요했다. 송인규는 날을 따라 정치한 설명을 발굴해야만 했다.

이러기를 몇 달이 지났는지 몇 해가 지났는지 송인규는 알 바가 없었다.

그 다음의 수련은 달걀에서 닭이 나오도록 하는 작업이었다. 왼손으로 달걀을 가리며 나타날 닭에 관한 소상한 설명을 한다. 그 설명을 몇 번이나 되풀이하고 있으면 바른손에 닭이 잡히게 된다는 것이다. 이때까지의 수련에서는 닭의 환각을 눈으로써 만들어야 했는데 이 단계에선 촉감으로써도 느껴야 한다는 것이었다.

많은 시간이 갔으나 땀에 배인 스스로의 손가락이 애달프게 느껴질 뿐 닭의 촉감은 이르지 않았다. 송인규는 환각을 촉감으로써 느끼는 것은 불가능한 일이 아닌가 하는 생각에 떨었다. 눈으로 보는 환각은 꿈을 꾼 경험에서나 회상이 정열로써나 가능하리란 생각이 미리 준비되어 있었지만 촉각으로써의 환각은 전연 경험이 없었다.

전연 경험이 없었다는 사실을 다짐하게 되자, 더욱 불가능하지 않을까 하는 의구가 생겨나고 그 의구 때문에 정신의 집중이 흐려지기도 했다.

명민한 크란파니는 이 위기를 간파했다.

"믿어야 합니다. 불가능하리란 생각을 버려야 합니다. 의구가 있을 땐 절대로 성사가 되질 않습니다. 이 고비를 넘기지 못하면 이때까지의 수련은 죄다 허사가 됩니다. 믿으십시오. 불가능이 없다는 것을 확신하십시오. 당신이 닭을 만졌을 때의 기억을 되살려 보십시오. 당신이 일본 군대를 탈출했을 때의 상황을 생각하십시오. 그것이 가능한 일이었습니까. 그러한 용기가 있으리라고 그전에 상상이나 했습니까. 불가능이 없다는 신념 위에 마술의 탑이 서는 것입니다. 신념을 가지시오. 신념을!"

불을 뿜는 듯한 크란파니의 설교였다.

이 설교가 있은 지 얼마만한 시간이 흘렀는지 모른다. 의구를 썼고 정신을 집중시켜 단좌端坐한 채 몇 밤을 새웠는지 모른다.

정신 집중의 심도가 깊어 식사를 가지고 온 인레가 깨우는 바람에 겨우 의식을 회복한 때도 한두 번이 아니었다.

하지만 험난한 고개를 넘어서면 되는 것이었다. 드디어 송인규는 그 고개도 넘어섰다. 남은 것은 최후의 수련이었다. 최후의 수련이란 스스로가 눈으로 보고 손으로 느낄 수 있는 환각의 닭을 관중에게 보이도록 하는 작업이다. 이것을 크란파니는 환각의 전달이라고 했다. 환각의 전달을 정확하게 할 수 있을 때 비로소 하나의 마술사가 탄생한다.

이때 크란파니가 환각의 전달은 자기가 없어도 자기 마누라인 인레를 상대로 해서도 가능한 일이라고 하면서 그동안에 인도엘 다녀오겠다고 했다.

인도에 중대한 사건이 일어났다고 말할 뿐 구체적인 이야기가 없는 것은 수련 도중에 있는 송인규의 정신 통일을 방해해선 안 되겠다는 배려에 그 원인이 있었을 것이다.

그후 매일매일 인레 상대의 수련이 거듭되었다. 아무리 해도 환각의 전달은 안 되었다. 인레는 언제나 그 큰 흑요석 같은 눈을 진지하게 뜨고 송인규의 손 언저리를 바라보고 있건만 끝에 가선 안타깝게 고개를 저었다. 자기 눈에는 닭이 보이지 않는다는 것이다.

시간이 흘렀다. 건조기가 우기로 접어들고 다시 건조기가 돌아왔다. 그러나 몇만 번을 되풀이해도 환각의 전달은 되지 않았다. 절망에 가까운 생각까지 들었다. 그러나 가련한 인레는 격려의 말을 보내며, 보통 사람으로선 견디지 못할 고생을 성심껏 참고 견디어주었다.

만월의 아름다운 밤이었다.

스콜이 멎고 일진의 바람이 지나가더니 하늘의 구름은 말쑥하게 사라졌다. 이제 막 비에 젖은 나뭇잎 위에 달빛은 미끄러지듯 그윽했다. 시원한 바람을 타고 산속의 꽃향기가 송인규의 암자를 에워싸고 방에까지 흘러들었다.

달빛을 옆얼굴에 받으며 눈을 크게 뜨고 송인규의 손끝을 지켜보고 앉은 인레의 모습은 이 방의 아름다움을 응집해서 만든 선녀와 같았다. 바로 선녀였다.

이상한 영감 같은 것이 송인규의 뇌리를 스치고 가슴속에 설렜다.

이 밤 마지막의 수련이라고 다짐하고 송인규는 달걀을 바른손으로 옮기며,

"갈색에 누런 빛이 섞인 주둥이……."

하며 자기가 만들어낼 닭의 설명을 해내려갔다. 조용한 방 안에 나지막하게 주워섬기고 있는 인규의 말은 산골 개울의 물줄기가 달빛을 받고 빛나며 흐르는 리듬을 닮았다.

이때였다. 돌연 인레의 입에서 환성이 터져나왔다.

"보였어요, 보였어요, 닭이 보였어요!"

흰 털이 달빛을 받고 은빛으로 빛나는 닭이 인규의 바른손 위에 전아한 모습을 나타냈다. 인규는 그 닭을 한참 동안 지켜보다가,

"히말라야의 신, 강가의 신이여, 신의 섭리를 이어받은 어머니의 은혜여, 이 닭은 천지의 조화가 일순의 조화로 현현한 영물. 이제 원형으로 돌아갑니다."

마지막 주문을 외우고 바른손에 남은 달걀을 소중하게 곁에 있는 항아리에 넣었다.

이로써 송인규의 마술은 그 최후의 수련을 끝내고 완성된 것이다.

법열이라고나 할까. 송인규는 아직 깨지 않는 황홀 속에서 인레를 안았다. 인레도 꿈속에 있는 듯했다. 인레의 팔이 인규의 머리를 안았다. 인규와 인레는 자기들이 지금 무엇을 하고 있는지를 의식하지 못했다. 이러는 동안 송인규는 긴 세월 동안 한 번도 느껴보지 못한 회상과 같은 욕망이 체내에서 솟구쳐오름을 느꼈다. 이 욕망의 바람이 인레의 젊은 육체에 전달되었음인지 인레의 숨소리는 신음하는 듯 가빴다. 눈을 감은 채 있는 얼굴. 그 긴 눈썹이 만월의 빛을 받아 화사한 얼굴 위에 섬세한 그림자를 엮었다.

우주의 만상이 일체 그 소리를 죽인 것 같았다. 송인규는 자기 가슴속에서 울려나오는 심장소리를 거대한 망치로써 성벽을 치는 소리처럼 들었다. 그는 인레의 뜨거운 입술에 자기의 볼을 비볐다.

분류하는 욕망은 출구를 찾아야만 했다. 송인규는 인레의 육체, 그 깊은 속으로 스스로를 함몰시킬 행동으로 옮기고 있었다. 인레의 온몸은 열병을 앓는 사람처럼 뜨거웠다. 그리고 떨었다. 그의 욕망의 첨단이 깊은 곳에서 저항에 부딪히는 것 같았을 때 송인규는 반 광란상태에

있었다. 광란이 극해 신음소리와 함께 저항의 벽이 무너지자 인규는 비로소 인레의 깊은 곳에 스스로를 묻었다. 인레의 육체는 환희를 고통하고 고통을 환희하는 반복 속에서 움직였다.

급격한 높이에 이른 욕망이 가라앉자 송인규는 주위를 살폈다. 만월은 피를 머금은 것처럼 보였다. 주위의 산용山容이 삼엄한 힐책처럼 다가섰다.

죽은 듯한 인레의 육체를 안아 일으켰을 때 송인규는 하얀 시트의 일부를 물들인 피를 달빛 아래서 봤다. 그는 아까의 저항감을 그 피와 결부시키지 않을 수 없었다. 불현듯 뇌리를 스치는 상념은 '처녀!' 그러나 그럴 리가 있을 순 없다.

송인규는 인레를 자기 무릎 위에 안아 눕히면서 나지막하게 물었다.

"처녀?"

인레는 보일락말락하게 긍정의 뜻으로 고개를 움직였다.

"당신은 선생님의 마누라가 아니었소?"

인레는 역시 긍정하듯 고개를 끄덕였다.

"그렇다면……."

인규는 신음하듯 중얼거렸다.

그 밤, 인레는 인규의 품안에서 잤다. 잠들기 전에 인레가 떠엄떠엄한 말에 의하면 사정은 다음과 같았다.

어릴 때부터 인레는 크란파니의 마누라로 되어 있었으나 육체의 부부는 인레가 스물한 살 되는 생일부터 시작하자고 약속을 했었다. 스물한 살이 되었는데도 육체의 부부가 되지 않은 것은 크란파니가 생명의 은인인 송인규가 생애를 걸고 엄숙한 수련을 하고 있으니 인규의 수련이 끝날 때까지 피차의 몸을 청정하게 갖자고 했기 때문이라고 한다.

송인규는 이제 만사가 끝난 후, 그 깊은 크란파니의 마음을 알아보니 가슴이 떨렸다. 그러나 후회하지 않았다. 인레에의 사랑이 너무나 거세게 인규의 가슴을 부풀게 하고 있었기 때문이다.

이젠 수련도 끝났다. 기분이 내키면 연습만 하면 되는 것이다. 송인규는 인레와의 사랑에 몰두하면 되었다. 인레의 송인규에 대한 사랑도 날과 더불어 자랐다. 송인규와 인레는 크란파니가 돌아오면 솔직하게 고백할 각오를 했다. 크란파니의 충격을 생각하면 마음이 아팠지만 이와 같은 행복을 얻기 위해선 그보다 더한 것도 희생할 수밖에 없다고 인규는 생각했다. 다짐했다.

크란파니가 돌아왔다. 송인규가 수련 결과를 알리자, 그는 기쁨을 감추지 아니했다. 그리고 환각의 전달을 확인하고 나서,

"앞으로 몇 가지 요령만 더 가르치면 되겠지만 혼자서 수련할 수도 있으니 곧 고국으로 돌아가는 게 좋을 것입니다."

하고, 크란파니는 그날로 만달레이에 나갔다. 송인규의 귀국을 위한 여러 가지 준비가 필요하다면서 일주일은 걸릴 것이라고 했다.

귀국! 반가운 일이긴 했다. 그러나 인레를 어떻게 하면 될까. 송인규는 고민하지 않을 수 없었다. 크란파니는 여전히 따뜻하게 대해주었지만 긴 여행 끝에 집으로 돌아와 하룻밤도 묵지 않고 다시 만달레이로 간 데는 그 영리한 육감으로 인레와의 관계를 눈치챈 데 그 원인이 있는 성싶었다.

인규는 인레더러 같이 가자고 했다. 하룻동안을 생각한 끝에 인레는 같이 떠나겠다고 했다. 크란파니의 마누라가 될 자격을 이미 상실한 때문도 있지만 송인규와의 사랑이 더 절실하다는 이야기였다.

송인규의 양복·내복·구두 일체를 장만하고 귀국하는 데 필요한 서류까지 갖추어서 크란파니가 돌아온 것은 정확하게 일주일 후였다. 돌아오자마자 크란파니는,

"귀국하길 작정했으면 하루라도 빠른 것이 좋으니 내일 아침 이곳을 떠나도록 하십시오."

라는 듣기엔 독촉 같기도 한 말을 했다.

그날 밤 송별의 만찬이 있었다. 고백할 기회와 인례를 데리고 갈 의사를 표명할 기회를 찾고 있는 송인규에겐 안절부절못한 시간이었다. 그러나 크란파니는 좀처럼 그런 기회를 주질 않았다. 미리 알고 있으면서 고의로 그런 기회를 봉쇄하는 것 같은 느낌도 없지 않았다. 크란파니는 감개무량한 어조로 다음과 같이 말을 했다.

"당신이 이곳에 온 지 벌써 십 년이 되었습니다. 지금이 1953년 3월입니다. 버마도 독립했고, 우리 인도도 독립했고, 당신의 나라도 독립을 했습니다. 그러나 슬픈 일이 있었습니다. 우리 인류의 지도자이며 인도의 영도자이신 마하트마 간디가 1948년 1월 30일, 흉적의 흉탄을 맞고 세상을 떠났습니다. 그리고 우리 인도가 독립했다고는 하나 통일된 독립을 하지 못하고 파키스탄과 분열된 독립을 했습니다. 앞으로의 문제가 심상치 않습니다. 당신 나라도 38선으로 남북이 갈라졌습니다. 갈라진 채 독립을 했는데 그것이 화근이 되어 3년 전부터 전쟁 상태에 있습니다. 그러니 당신은 곧 고국으로 돌아가지 못할 것입니다. 일본쯤에 머물러 있다가 전쟁이 끝나거든 돌아가도록 하십시오. 하루빨리 당신의 나라에 평화가 오도록 빌겠습니다."

다음엔 마술에 대한 주의가 있었다.

"앞서 보았겠지만 화분에 씨앗을 뿌려 순식간에 꽃을 피우는 마술도

역시 환각의 전달입니다. 어떤 꽃이건 하나를 정해서 꽃잎 하나하나의 소상한 무늬까지 외우도록 해서 먼저 스스로의 환각을 확인해야 합니다. 다음은 닭의 마술과 같은 요령입니다. 충분한 수련이 되어 있으니까 정진만 하면 일 년 안 걸려 그 마술도 마스터할 수 있을 것입니다. 로프를 거슬러 올라가는 마술은 실제로 로프를 타는 기술부터 연마해야 하니까 어려울 것이니 단념해야 합니다. 닭의 마술·꽃의 마술, 두 가지면 훌륭한 마술사로서 행세할 수가 있고 다음은 스스로가 창안해서 좋은 기술을 엮을 수가 있을 것입니다. 꼭 주의해야 할 것은 닭의 마술을 할 때 달걀을 잘 선택해야 합니다. 언제나 열 개쯤 준비하고 있다가 사전에 어머니의 이미지를 눈앞에 떠오르게 하고 그 어머니가 가리키는 달걀을 가지고 행하도록 하십시오. 술중術中에 수탉이 나타나면 당신에게 커다란 불행이 닥칠 것이니 조심해야 합니다. 어머니가 알려준 달걀이면 절대로 그런 일이 없을 것입니다. 그리고 한 번 쓴 달걀은 두 번 쓸 수 없다는 것도 명심해야 합니다. 당신이 없었더라면 인도의 독립도 보지 못했을 것을 생각하면 생명의 은인에게 대한 나의 성의가 모자라지나 않았나 하고 두렵습니다. 그러나 살아 있는 한, 아니 죽어서라도 당신을 잊을 순 없을 것입니다."

고백할 기회를 놓친 채 송인규는 암자로 돌아왔다. 이 카타에서의 밤도 마지막이라고 생각하니 감회가 벅찼지만 인레의 문제가 마음속에 걸려 잠을 이룰 수가 없었다.

떠나는 날 아침. 인레가 식사를 가져왔다. 어젯밤 어떻게 했느냐고 물었더니 종전과 조금도 다를 바 없이 다른 방에서 따로따로 잤다고 하고, 얘기할 기회를 갖지 못했으니 송인규가 떠나기 전에 꼭 강단을 내야 한다는 말이었다.

식사를 마치고 크란파니를 찾았다.

크란파니는 송인규에게 1,000차트, 한국돈으로는 당시 백만 환 이상의 돈을 주며 엄숙한 표정으로 말했다.

"곧 떠나십시오. 그리고 인레를 데리고 가십시오. 어젯밤 얘기할까 했지만 그 뒤의 분위기가 인레를 위해서나 당신을 위해서나 또 나를 위해서나 고통스러울 것 같아서 보류하기로 한 겁니다. 인레의 여권까지 준비가 되어 있으니 수월하게 일본까지는 인레를 데리고 갈 수 있을 겁니다. 그 뒤는 당신이 알아서 고국엘 같이 갈 수 있도록 조처를 하십시오."

그러곤 인레를 불렀다.

"내가 이 세상에서 가장 사랑하고 고이 간직했던 인레를 내가 가장 큰 은혜를 입은 당신에게 선사할 수 있게 된 것을 행복하게 생각합니다. 당신에게라면 나는 어떠한 것도 아깝지 않습니다. 내 생명이 필요하다면 드릴 각오도 있습니다. 인레는 내 생명 이상입니다. 그러나 한 가지 서약은 받아놓아야 하겠습니다. 내 생명을 드릴 때는 서약이 필요 없겠지만 내 생명 이상의 생명이니 나는 꼭 당신에게서 서약을 받아야 하겠습니다. 이 서약은 지고지대한 섭리의 신 앞에 하는 서약입니다. 만약 이 서약을 어기면 죽음 이상의 파멸이 온다는 걸 각오해야 합니다. 서약이란 다른 것이 아닙니다. 앞으로 어떤 일이 있더라도 인레 이외의 여자를 알아선 안 된다는 것입니다. 인레가 이 세상에서 없어지든, 인레가 어떤 행동을 취하든 마찬가지입니다. 인레 이외의 여자를 알아선 안 된다는 뜻을 아시겠지요?"

"알겠습니다."

"그럼 서약할 수 있겠습니까?"

고백할 여유를 주지 않고 이렇게 처리하는 크란파니 앞에서 송인규는 감히 얼굴을 들 수가 없었다. 송인규는 고개를 떨군 채 나지막하게 말했다.

"서약하겠습니다."

"내 얼굴을 똑바로 보고 다시 한 번 서약하십시오."

송인규는 얼굴을 들었다. 크란파니의 눈이 쏘는 듯 인규의 시선과 부딪혔다. 혜지와 우수가 섞인 눈. 신비롭다고밖엔 달리 표현할 수 없는 눈에는 체관한 것 같은 고요함과 통곡을 참는 것 같은 슬픔이 고여 있었다.

"인레 이외의 여자를 알지 않을 것을 서약합니다."

"좋습니다."

시원한 아침 공기 속인데도 크란파니의 이마에는 구슬 같은 땀이 솟아 있었다. 크란파니는 조용히 인레에게 눈을 옮겼다.

"인레여, 내 사랑하던 인레여! 이 젊은이를 지구 끝까지라도 따라가서 성심과 성의를 다해 사랑해라. 사랑해라. 너의 사랑을 받을 자질과 인격과 용기를 가진 사람이고 그도 또한 너를 사랑할 것이다. 지금 네가 가는 나라는 불행하지만 네가 그 나라의 백성이 될 때 이 청년을 도와서 그 나라에 봉사하길 잊지 말아라. 아들딸을 낳거든 애국하는 사람으로 만들고 인류를 사랑하고 이웃을 사랑하는 마음과 용기를 갖도록 가르쳐라. 세계에 평화가 오면 나는 너를 데리고 세계 각국을 방문해서 내가 받는 갈채를 네게 선사하려고 했었는데 그 일까지도 이 청년이 맡아줄 것으로 믿는다. 가거라! 인레! 신의 뜻을 거역할 수가 없다."

카타에서 배를 탔다.

크란파니는 박아놓은 말뚝처럼 배 가는 방향을 보고 서 있었다. 인레는 몸부림치며 소리를 터뜨리지 않으려고 애를 쓰며 울었다. 인레의 몸부림이 크란파니의 심중에 어떠한 폭풍을 불러일으킬 것인가를 생각하니 안타까웠다. 크란파니의 흰 터번이 시야에서 꺼지자 송인규는 깊은 숨을 내쉬었다. 철쇄로 묶은 속박에서 풀려나온 것 같은 안도감, 허탈감이었다.

송인규는 언제 다시 볼 수 있을지 모르는 산하에 눈과 마음을 쏟기로 했다. 십 년이나 살던 곳이 아니냐.

푸른 하늘, 창창하게 양안 가득히 흐르는 강물. 조금 가니 정글이 나타났다. 정글에선 화려한 빛깔의 새들이 날고 있었다. 원숭이의 무리들이 끽끽거리며 이 나무에서 저 나무로 건너고 있었다. 강가에 있다가 배를 보자 밀림 속으로 쏜살같이 뛰어들어가는 사자도 볼 수가 있었다. 긴 코를 물에 담그고 한가하게 서 있는 코끼리도 있었다. 곳곳에 그로테스크한 악어의 대가리도 보였다.

밤이 되니 하늘 가득하게 찬란한 별들이 남국의 정서에 서려 있었다.

하룻밤을 지나 만달레이에 이르렀다. 만달레이. 십 년 전 새벽의 탈주가 선명하게 송인규의 뇌리에 차례차례로 인화되어 갔다. 열쇠를 훔칠 때의 그 심했던 가슴의 동계. 전화를 걸 때의 공포. 영문을 돌파할 때의 그 전율. 그처럼 뽐내던 일본군은 모두들 어떤 꼴을 하고 만달레이를 떠났을까. 히로카와라는 중위는 살아서 고국에 돌아갔을까.

하여간 그 새벽의 탈주가 없었더라면 크란파니도 없고 인레도 이렇게 송인규 곁에 있을 수도 없고, 항차 마술사 송인규가 존재할 까닭이 없다.

송인규가 이런 회상을 이야기하자, 인레는 감격해서 그의 가슴에 얼굴을 묻었다.

사강과 아바를 지날 적에는 십 년 전의 이야기를 했다.

중부 버마에 들어서자 한동안 사막이 나타났다. 풀 한 포기 없는 황량한 사막에 간혹 괴상한 암괴가 나타나기도 했다. 암염의 덩어리라고 했다. 그리고 곧 전개되는 일망무진의 청전靑田이 연속되는 곡창지대.

랑군에 도착한 것은 카타를 떠난 지 꼬박 팔 일 만이었다. 송인규와 인레가 홍콩으로 가는 배를 타기 위해선 약 일주일을 랑군에서 기다려야 했다.

그 일주일 동안이 송인규의 일생에 있어서 가장 행복한 시간이었다. 둘이는 낮이면 파고다 구경을 다니고 밤이면 극장엘 갔다. 모든 풍경이 송인규와 인레를 위해서 장만된 것처럼 즐거웠다.

홍콩으로 가는 배를 타야 할 그날의 아침, 인레는 돌연히 마음의 평정을 잃었다. 어젯밤까지 그처럼 상냥하고 활발했던 인레가 침통한 표정을 지으며 안절부절을 못했다. 그러더니 배를 타러 부두까지 갔을 때 인레는 울음을 터뜨렸다.

"난 버마를 떠나지 못하겠습니다. 크란파니를 그냥 두고 갈 수가 없습니다."

송인규는 인레의 돌변한 태도에 어쩔 줄을 몰랐다. 웬만한 설득을 가지고 될 것 같지도 않았고, 그렇다고 해서 인레를 버마에 두고 떠난다는 것은 상상조차 할 수 없었다.

"크란파니의 발을 씻고 한평생을 지내도 좋습니다. 노예로 지내도 좋습니다. 그러나 난 당신을 사랑합니다. 떠나지 맙시다. 이곳에서 삽시다."

인레의 광란에 가까운 태도를 보고 송인규는 크란파니와 인레와의 관계를 얼핏 생각해보았다. 이십 년 동안을 지내오는 동안 그들을 이은 유대란 운명보다 더 강한 것이 아니었을까, 하는 생각이 들었다. 남녀의 사랑을 초월한 보다 숭고하고 보다 강한 사람의 유대로써 두 사람은 묶여 있는 것이 아닌가, 그런 생각도 들었다. 그렇다고 해서 송인규는 비켜설 생각은 조금도 갖지 않았다. 인레와 같이 있기 위해선 자기 스스로 크란파니의 종이 되어도 좋다고까지 생각했다.

송인규는 버마를 떠날 생각을 단념할까 했다. 하지만 이 기회를 놓치면 영영 조국엔 돌아갈 수 없을 것이란 절망감에 사로잡히자, 허황한 눈으로 자기가 타야 할 배를 바라보지 않을 수 없었다.

인레의 마음은 갈기갈기 찢어질 것 같았다. 송인규와 같이 떠나고 싶은 생각과 남아야 한다는 생각과 송인규도 같이 못 떠나게 해야 한다는 생각과 그럴 수도 없다는 생각 사이를 헤매고 있는 듯싶었다.

"사랑해요. 당신을 사랑해요. 그러나 나는 크란파니를 두고 떠날 수는 없습니다."

이와 같은 딜레마에 빠진 인레를 보고 송인규는 나만이라도 진정해야겠다고 마음을 가다듬었다.

'나 혼자 떠나자. 그리고 곧 버마로 돌아오면 될 게 아니냐.'

뒤에 생각했을 때 이것이 커다란 함정이었다. 하지만 그때 송인규가 이미 어머니가 돌아가셨다는 사실을 알고만 있었더라면 이러한 함정에 빠지지는 않았을 것이다.

"인레!"

송인규는 인레의 어깨를 안으며 조용히 말했다.

"당신은 크란파니 선생에게로 돌아가라. 그러나 당신은 어디까지나 나의 마누라다. 나의 사랑이다. 선생님도 너를 마누라로선 맞아주지 않을 것이다. 시종하는 종으로서 선생님을 모셔라. 나는 고국에 갔다가 곧 돌아올 게다. 돌아오고야 말 게다. 인레를 위해서. 우리의 사랑을 위해서."

 인레는 눈물어린 눈으로 송인규의 눈을 한참 동안이나 들여다보았다. 송인규의 마음을 알아보려는 듯이. 꼭 돌아온다는 그 말이 믿을 수 있는 말인지를 확인해보려고 하는 노력이 예쁜 얼굴에 역력히 나타났다.

 "꼭 돌아오시지요?"

 "돌아오고말고."

 인레는 와락 송인규를 껴안았다.

 "꼭 돌아와야 해요. 돌아오셔야 합니다."

 송인규는 트랩을 오르고 인레는 부두에 남았다. 인규가 배 위에서 손을 흔들어 보이자 인레는 그 자리에 쓰러지듯 주저앉아버렸다.

 배가 기적을 울리며 떠나기 시작했다. 인레는 두 팔을 배 쪽으로 내밀면서 울부짖었다. 인규는 입술을 깨물면서 통곡을 견디었다.

 '정말 내가 다시 버마에 돌아올 수 있을까. 인레를 다시 만날 수 있을까.'

 이에 생각이 미치자 인규는 미칠 것 같았다. 고국엘 갔다가 다시 온다는 말은 왜 했는가 후회가 되었다. 만약 그말만 안 했던들 최후의 순간엔 인레가 배를 탔을 것이 아닌가 하는 생각조차 들어 자기 가슴을 조각조각 쥐어뜯고 싶은 충동에 휘말렸다.

 청춘을 묻은 버마. 처음이고 마지막인 사랑인데, 송인규의 시야엔 아무런 풍경도 비치질 않았다. 그는 홍콩에 도착할 때까지 거의 정신착란 상태에 있었다. 겨우 그를 지탱한 것은 일 년, 늦어도 이 년 후엔 인레를 찾아오리란 지극히 막연하고도 애매한 희망 때문이었다.


 홍콩에서 송인규는 처음 흥행을 했다. 호텔 명부에 마술사라고 기입

마술사 73

한 것이 계기가 되어 호텔 측의 요청을 받고 어떤 만찬회의 여흥에 참례했다. 송인규의 마술은 절찬을 받았다. 그 보수는 호텔 비용을 치르고 일본까지의 비행기표를 사고도 남을 정도였다. 직업 마술사로서의 시작은 대성공이었다.

그 그늘엔 유머러스한 일도 있었다. 송인규가 마술을 할 때 신문기자들이 사진을 찍었다. 그랬는데 현상을 해보니 제스처를 쓰고 있는 송인규만 있고 닭이 보이지 않았다. 신문기자들은 엉터리가 아니냐고 송인규를 회견석상에서 힐난했다. 송인규는 위엄을 갖추고 딱 잘라 다음과 같이 말했다.

"마술이란 환각의 전달이요. 나는 카메라의 눈에까지 환각을 전달할 순 없소."

홍콩에서 일본으로 갔다. 송인규는 일본에서 한국의 동란이 끝나길 기다릴 참이었다. 그동안에 이때까지 용어로 영어나 일본어를 써왔으니 한국말을 사용하는 마술을 익히고 동시에 '꽃의 마술'을 수련할 예정을 세웠다. 그러나 일본에서의 나날은 예상 외로 바빴다. 이곳저곳에서 초청이 왔다. 인기가 나게 되자 닭의 마술 하나 가지고는 부족하다는 느낌이 없지 않았으나 꽃의 마술을 수련할 겨를이 없게 되었다. 술도 마시게 되고 그러자니 생활 자체가 점점 해이하게 되어갔다. 인레에의 모정이 없어진 것은 아니나 이별의 고통은 날이 감에 따라 무마되어 갔다.

이러한 어느 날 사건은 오사카에서 발생했다. 전날 밤 술이 얼근하게 취한 그 기분으로 거리의 여자와 잠자리를 같이했다. 버마를 떠난 후 여자와 잠자리를 같이한 것은 이때가 처음이었다. 아침에 일어나니 기분이 좋질 않았다. 주취에서 오는 고통이 겹쳐 걷잡을 수 없는 불안감에 사로잡혔다. 흥행은 하오 1시에 있었다. 송인규는 목욕을 하고 한 꾸러미 달걀을 탁자 위에 놓고 어머니의 이미지를 염두에 떠올리려고 했다. 웬일일까, 그날따라 어머니의 이미지가 자꾸만 변하고 흐려졌다. 몇 시간이 걸려도 정신 집중이 안 되었다. 시간이 다가왔다. 송인규는 달걀 꾸러미를 무대 뒤에까지 가지고 갔다. 거기서 애를 써도 되질 않았다. 드디어 출연할 시간이 왔다. 송인규는 아무 거나 하나를 골라들고 무대로 나갔다.

주문을 외우고 마음속에서 부르면서 달걀을 관중들 앞에 보이고 나서 지금 곧 나타날 닭의 모양을 설명하기 시작했다. 환각이 흐트러진 것 같은 느낌에 초조했다. 그러나 닭은 서서히 나타나기 시작했다. 그 때 송인규는 자기도 모르게 "악!" 소리를 질렀다.

나타난 닭은 수탉이었다. 수탉이 나타나면 화가 닥친다는 크란파니의 말이 뇌리를 스치자 현기증이 났다. 정신을 가다듬었다. 그 수탉의 눈, 그 눈은 카타에서 마지막 이별을 할 때 크란파니가 송인규를 바라보던 바로 그 눈이었다. 슬픔을 머금은 듯한 그 눈, '인레 외에 다른 여자를 알아선 안 된다.' 는 서약이 되살아났다. 모두가 순식간의 일이었다. 송인규는 왼편 눈을 예리한 주둥이에 의해 각 찍히는 것 같은 아픔을 느끼자, 두 손으로 눈을 가렸다. 쥐고 있던 달걀이 이마에 부딪히고 그 달걀에서 나온 액체가 왼편 눈에서 나온 검붉은 피에 섞여 송인규의 앞가슴에 흘러내렸다.

송인규가 의식을 회복한 것은 어느 안과병원에서였다. 의사는 백만 명 가운데 한 번 있을 수 있는 사례라고 했다. 심한 정신적 충격이란 이 유밖엔 그 돌발 사건을 설명할 선례와 재료가 없다는 것이다. 송인규의 왼쪽 눈은 완전히 실명하고 말았다.

실명한 후 송인규는 하숙방에 칩거하며 크란파니에게 용서를 빌었다. 용서를 받기 전 마술을 할 생각은 완전히 없어졌다. 낮이고 밤이고 송인규는 크란파니의 이미지를 찾았다. 그리고 용서를 빌었다. 그러나 송인규의 눈앞에 나타나는 크란파니는 이별의 아침 송인규를 바라보던 엄숙한 그 얼굴이며, 한다는 말은 '이 서약을 어기면 죽음 이상의 파멸이 온다는 걸 각오해야 한다.' 는 선언일 뿐이었다.

날이 가고 달이 갔다. 한국의 동란은 끝났다고 들었다. 크란파니의 용서를 얻어 다시 마술을 시작해서 성공한 사람으로서 귀국하려는 희망은 버려야 했다. 수중에 돈은 떨어지고 거지의 몰골이 되었다. 송인규는 구걸하듯 여비를 마련해서 고국으로 가는 배를 탔다.

크란파니의 용서가 내린 것은 그 배 위에서였다. 거지의 꼴로서 돌아가면 어머니의 마음이 어떠하실까, 하고 상심에 젖은 마음으로 아득한 수평선을 바라보며 송인규는 크란파니 선생을 불렀다. 이상한 일이었다. 지난 일 년 동안 그렇게 나타나기 힘들었던 크란파니가 이웃 방에서 나타나듯 선명한 이미지로서 송인규 앞에 섰다. 용서를 비는 송인규의 머리를 쓰다듬는 듯한 크란파니의 얼굴엔 수심이 있었지만 동시에 미소도 있었다. 그리고 짤막하게 말했다.

"용서한다. 코리아의 친구여!"

십삼 년 만에 돌아온 고국이었다. 23세에 고국을 떠나 36세에 돌아온 셈인데 오사카의 사건 이후 송인규는 눈에 보이게 초췌해졌다. 누구도 36세로 보는 사람은 없었다. 50 가까운 사람으로 봤다.

고향에 돌아와보니 어머니를 위시해서 위의 형들은 모두 세상을 떠났고, 아우는 동란통에 죽었는지 살았는지 행방을 모른다는 것이다. 남아 있는 조카들의 생활은 말이 아니었다. 겨우 몸을 붙일 만한 것이라야 사촌 동생의 집이었다. 사촌 동생과는 인규가 지원병으로 가기 전 각별히 의좋게 지낸 사이이기도 했다. 그 사촌 동생 집에서 농사를 거들며 삼 년을 지냈다. 가난한 집에 얹혀살자니 그저 딱하기만 했으나 자기가 마술을 했다는 이야기를 하지도 않았고 또한 할 생각도 없었다. 이러한 정황 가운데 사촌 동생의 아내가 병석에 눕게 되었다. 급히 수술을 해야만 할 병이라고 했다. 삼십만 환쯤 있어야 급한 빚을 갚고 사촌 계수의 병 치료를 할 수 있는 사정이었다.

송인규는 지원병 시절 비교적 잘산다고 들은 친구들의 이름들을 기억 속에서 캐내려고 했다. 그 가운데 한 사람이 K읍에서 산다는 옛 기억을 더듬어 인규는 K읍에까지 갔다. K읍에 가보니 그 친구는 사변통에 처참한 죽음을 당했다는 이야기였다. 그때의 낙망이란 이루 형언할 수 없었다. 실신한 사람 모양 거리를 헤매고 있는데 눈에 뜨인 것이 '해동 서커스'의 깃발이었다. 송인규는 달걀 가게 앞에 가서 우두커니 섰었다. 어머니의 이미지가 나타나 달걀 하나를 가리켰다. 달걀을 하나 사들고 송인규는 '해동 서커스'의 단장을 찾았다. 마술을 다시 시작할 각오를 한 것이다.

송인규의 이야기는 여기서 끝났다. 나는 다음 몇 가지를 물어보지 않을 수 없었다.

"그래 단장 앞에서 한 마술은 썩 잘되었단 말이지요?"

"그랬습니다."

"그럼 왜 여기 와선 하지 않았죠?"

"부끄러운 얘깁니다만 K읍에서 단장한테 돈을 받지 않았습니까. 우편국에 가서 그걸 사촌에게 보내놓으니 아주 마음이 가벼워졌습니다.

그래 조금 남긴 돈을 가지고 어떤 주막집엘 들렀지요. 오래간만에 마신 술이라 기분 좋게 취했습니다. 취한 김에 그날 밤 그 주막에 있는 여자 허구 또 외도를 했습니다. 아침에 일어나 지난 밤의 일을 생각하니 등골이 오싹하는 느낌이었습니다. 도망을 갈까 했지만, 다시 크란파니 선생께 애걸하면 되지나 않을까 하는 막연한 기대가 있었고 게다가 그처럼 좋아 날뛰는 단장 내외분을 배신하기 싫었습니다. 기가 막힙디다. 이대로 마술을 했다간 틀림없이 수탉이 나올 것 같았습니다. 남은 눈 하나 실명하는 것이 두려운 게 아니라 그 눈, 닭의 눈을 상상하니 겁에 질렸습니다. 나는 그때부터 크란파니 선생님의 모습을 그리며 다신 그런 일이 없을 거라고 다짐하며 용서를 빌었지요. 그러나 선생님의 이미지 자체가 흔들리는데다가 나타나셔도 그 슬픈 눈과 엄한 모습뿐으로 그냥 사라져버렸습니다. 이곳에 오니 비가 오지 않겠습니까. 나는 살았다고 생각했지요. 그동안에 용서를 빌 수도 있을 거라고 해서 말입니다. 그러나 소원은 이루어지지 않았습니다. 환장할 지경이었습니다. 그때 국민학교에서 마술을 하라는 청을 받았으니 내 마음은 어떻게 되었겠습니까. 단장의 부인이 간청을 할 때 공연히 돈을 가지고 떼를 썼지요. 거절할 이유가 없으니 할 수 없는 수작이었지요. 그러면서도 눈을 감은 채 크란파니 선생을 마음속에서 부르고 있었습니다. 그러나 허사였습니다. 나는 수탉이 나와 나의 남은 눈이 실명하는 위험을 무릅쓰고라도 할까 하고 몇 번이나 마음을 다져보았습니다. 그러나 마술이란 환각의 전달인데 그런 상황으로선 수탉도 나오지 않을는지 모른다는 의구가 생겨나지 않겠습니까. 그때의 나의 마음은 지옥이었습니다. 죽음보다 무서운 파멸이란 뜻을 처음으로 알게 되었습니다. 단장과 단원에게 인간 아닌 사람이 되고, 게다가 생면부지의 선생님에게까지 누를 끼치게 하고 크란파니 선생의 고귀한 은혜를 짓밟고 인레에의 사랑을 모독했으니 나는 죽어 마땅한 인간입니다."

"그런 얘기를 미리 했더라면 봉변을 당하지 않았을 것 아니오?"

"이런 얘기를 할 수 있어요? 결국은 하기 싫으니까 둘러대는 변명이라고만 생각했지 별 수 없었을 것 아닙니까. 난 봉변이라고 생각하지 않습니다. 당연한 벌이라고 생각하고 있습니다."

밤이 깊었다. 옆방의 곡마단원들도 모두들 잠이 든 모양이다. 나는 돈 일만 환을 꺼내 노자라도 하라고 주고 그 고난의 역정을 헛되게 하지 말라고 일렀다. 송인규는 공손하게 인사를 하고 일어섰다. 일어서는 송인규를 보고 하마터면 잊을 뻔했던 것을 물었다.

"그런데 그 히로카와 중위라는 사람의 소식을 알아보았소?"

"알아볼 필요조차 없습니다. 굉장히 높은 사람이 되어 있습니다."

이렇게 답하는 송인규의 입 언저리에 쓴웃음이 번졌다. 나는 이 이야기를 몇몇 친구에게 했다. 그랬는데 그중의 한 친구가 나에게 되물었다.

"그래 넌 마술을 봤느냐?"

"남은 한 눈을 마저 잃을까봐, 아니 무어라 형언할 수 없는 겁에 질려 있는 사람을 보고 마술을 하라고 할 수 있겠던가."

이렇게 답을 하니까, 그 친구는 썩 잘 꾸며진 이야기이긴 한데 아무래도 네가 한수 넘은 것이라고 한다. 그 친구의 말은 말馬도 없는 곡마단에서 비에 갇혀 밥값을 치를 방도가 없게 되어놓으니 돈푼이나 있어 보이고 인심이 좋을 성부른 너를 이용하기 위해 그런 연극을 꾸몄을 거라는 것이다.

"며칠 같은 집에 있었으니까 너라는 인간을 주인에게 들어서라도 대강 짐작했을 것 아냐."

하지만 송인규란 사람의 인품이나, 단장과 단원들의 서슬이나, 송인규가 한 이야기의 결구와 밀도를 보면 틀림없는 사실이고(나는 아직도 아니 시간이 갈수록 송인규의 이야기가 진실이라고 생각한다) 그리고 그처럼 세상과 사람을 의심한대서야 어디 살맛이 있겠느냐고 했더니 그 친구의 결론은 다음과 같았다.

"그러니까 그게 바로 마술이란 말이다. 환각의 전달이란 말이다. 마술은 화술이라고 하더라며? 그런 뜻에서 송인규란 자는 틀림없는 마술사란 말이다."

# 변명

『역사를 위한 변명』은 마르크 블로크의 미완의 저작이다. 먼저 나는 그 제목에 마음이 끌렸고 읽어선 그 내용에 감동했고 그의 생애의 대강을 알고는 그를 사랑하고 존경하기에 이르렀다.

내가 『역사를 위한 변명』을 통해 마르크 블로크를 알게 된 것은 1966년 7월이다. 그 무렵, H신문이 '전후 이십 년 만에 처음으로 밝혀진' 것이란 타이틀을 달고 2차대전 중 일본의 군인·군속으로 끌려가 전몰한 동포들의 명단을 발표하고 있었다. 그 명단을 읽은 감상이 블로크를 읽은 감동과 얽혀 나는 내 스스로 역사를 위한 변명을 모색해보고 싶은 충동을 느꼈다. 허나 이 얘기는 뒤로 미루기로 하고 마르크 블로크란 인물을 이 기회에 소개해놓고 싶다.

1939년 2차대전이 발발하자 여섯 아이의 아버지며 나이가 이미 53세를 넘은 블로크는 소르본 대학의 교수인 신분으로 일개 대위로서 자진 군에 입대했다. 불란서가 항복한 뒤 곧 항독운동抗獨運動에 참가, 리옹 지방 레지스탕스의 지도자로서 활약했다. 그러다가 게슈타포에 체포되어 1944년 6월 16일 나치스의 흉탄을 맞고 생을 마쳤다.

기록은 그의 최후를 다음과 같이 전한다.

1944년 6월 16일 27인의 불란서인들이 몽류크의 감옥으로부터 끌려 나와 리옹 북방 50킬로미터의 상거에 있는 레 뤼세유란 곳으로 연행되었다. 일행 가운덴 발랄하고도 날카로운 눈초리의 은발의 노인이 한 사람 끼어 있었다. 그 노인 곁에 열여섯 살의 소년이 공포에 질려 부들부들 떨고 있으면서 "아플까요?" 하고 물었다. 은발의 그 노인은 소년의 손을 꼭 쥐곤 애정어린 어조로 말했다. "아프지 않다. 아플 까닭이 없다." 그리고 그 노인은 제일 먼저 총을 맞고 "불란서 만세."를 외치면서 쓰러졌다. 이것이 독일군에 의해 총살당한, 불란서가 세계에 자랑하는 위대한 역사가 마르크 블로크의 최후의 순간이다.

마르크 블로크는 자기의 저서를 "아버지, 역사가 무슨 소용이 있어요?" 하는 어린이의 질문으로부터 시작해선 『변명』을 쓰게 된 동기와 이유를 설명한다.

끊임없는 위기 속에 있는 어지러운 사회가 자기 자신을 의심하기 시작할 적마다 그들은 과거를 거울로 삼은 것이 정당한 일이었던가, 또 충분히 과거를 참고로 했던가를 자문자답한다. 극적 사건의 소용돌이 속에서 나는 거짓이 없는 그 반향을 포착할 기회가 있었다. 그것은 1940년 6월의 일이다. 내 기억에 틀림이 없다면 독일인이 파리에 입성한 바로 그날이 아니었을까 한다. 군대를 잃은 참모본부는 매일 무위 속에서 나태하게 보내고 있었다. 풍광 아름다운 노르망디에서 우리들은 재난의 원인을 몇 번이고 되풀이하며 마음속에서 묻고 있었다. "역사가 우리를 기만했다고 생각해야 될 것인가." 우리 가운데의 한 사람이 중얼거렸다. 원숙한 그 어른의 번민이 "역사가 무슨 소용이 있을까요?" 한 어린이의 단순한 호기심과 겹쳐 내 앞에 문제로서 나타났다. 나는 그 어른의 고뇌와 그 소년의 호기심 쌍방에 답안을 준비하지 않을 수 없는 심정이 되었다.

그의 심정을 내 나름대로 풀이하면 이렇게 된다. 역사가 가능하자면, 아니 역사가 믿을 수 있는 것으로 되려면 그것이 정의의 방향, 진리의 방향으로 움직여가야 한다. 또한 역사가 인생에 유익한 것이 되자면 그 교훈이 살아, 보람 있게 작용을 해야 한다. 그런데도 눈앞엔 패리(悖理)의 상황이 펼쳐지고 불의의 경향으로 역사가 전개되지 않는가. 이것은 반드시 충격이 아닐 수 없고 그 충격이 그 사람들의 가슴마다에 역사에의 불신을 심고 역사에의 회의를 싹트게 한다. 마르크 블로크는 "그러나 그렇지 않다."고 외치고 싶었고 그 외침이 『역사를 위한 변명』으로 나타난 것이다.

하지만 나는 그의 책에서 역사를 불신해선 안 된다는 안타까움을 읽을 수는 있어도 역사를 신뢰해야 한다는 그의 교훈에 설복될 수는 없었다. 역사를 위한 변명을 쓰고자 한 그의 심정은 이해할 수 있었지만 설혹 그 책이 미완으로 끝나지 않고 완성을 보았다고 해도 그가 목적으로 한 변명은 무망한 것으로 느껴졌다.

"역사의 대상은 인간이다……. 풍경·기계·제도의 배후에 역사가 파악하고자 하는 건 인간들이다."

그는 이렇게도 말했지만 마르크 블로크는 자기의 비극적 죽음을 예증으로 해서 역사를 위한 변명의 불모성을 스스로 증명하고 만 셈이다. 인생의 원통함을 구제하지 못한 채 파악되는 인간이란 해부대에 놓인 시체일 뿐이다. 역사는 비정의 학문으로선 가능할진 몰라도 칼로 찌르면 선혈이 터져나오는 인간이 그 변명을 써야 할 성질의 학문은 못 된다. 마르크 블로크의 죽음과 그와 유사한 죽음을 역사는 어떠한 설득력으로서 변명할 수 있단 말인가. 내가 마르크 블로크의 책을 언제나 되풀이해 읽는 것은 그러니 그의 물음의 진지함에 있는 것이지 그의 논증이 훌륭한 탓은 아니다. 내가 그를 존경하고 사랑하는 것은 불신하면서도 역사를 외면하지 못하고 회의하면서도 역사 속에서 답을 찾고자 하는 마음을 지워버릴 수 없는 탓이며 "역사가 우리를 기만하고 있다고 생각해야 할 것이 아닌가." 하는 질문을 그와 더불어 나누고 있는 시간이 내겐 그지없이 소중한 시간이 되기 때문이다. 그의 유언의 1절에 다음과 같은 것이 있다.

나는 생애를 통해 표현과 사상의 성실을 위해서 최선을 다했다. 나는 선량한 불란서인으로서 살았으며 선량한 불란서인으로서 죽는다.

이십 년 만에 밝혀진 전몰자 명단을 읽으면서도 나는 그다지 충격을 받지는 않았다. 가깝게 6·25동란의 쓰라린 기억이 있었고 이십 년이란 세월이 흐른 탓인지도 몰랐다. 다만 나는 역사를 위한 변명이 가능하자면 이들 전몰자들의, 그 죽음의 의미가 그들의 죽음을 보상할 수 있게 밝혀져야 한다는 생각을 해보았다.

일본의 공식 발표에 의하면 2차대전 중, 동원된 한국인의 수는 22만, 그 가운데 2만 2,000명 가량이 전사했다. 그 일부인 2,315명의 명단이 밝혀진 셈인데 그 유골은 일본 후생성 창고에 먼지를 뒤집어쓴 채 방치되어 있다고 했다. 그날 나는 일기에 다음과 같이 썼다.

"미군의 특수부대가 6·25 때 전사한 그들 동포의 유골, 또는 시체를 찾기 위해 이 나라 방방곡곡을 헤매고 있는 광경을 목격한 적이 있다. 그들은 그렇게 해서 찾은 유골, 또는 시체를 일본 고쿠라, 요코하마 기지로 옮겨가서 정중하게 선별 납관한 뒤 성조기를 둘러 본국으로 송환하는 것이다. 인간을 존중한다는 것은 사자死者까지 존중해야 한다는 정성을 나는 거기서 배웠다. 일본은 십여 년의 시간과 막대한 비용을 써서 태평양 전역에 걸쳐 그들 전사자의 유골을 찾았다. 단 한 구의 시체가 있다는 정보를 듣고 남방의 정글을 수십 명의 조사원이 헤맸다는 기록을 나는 가지고 있다. 2차대전 때 전몰한 동포의 수는 2만이 넘는다고 하는데 겨우 2천 수백 명의 명단이 밝혀졌을 뿐 아니라 그나마도 그 유골이 전쟁이 끝나고도 이십 년 동안 일본 후생성 창고에 방치되어 있다고 하니 기가 막힌다. 살아 일제의 무자비한 마수에 번롱당하고, 가혹한 운명 속에 죽어서 이십 년이란 장장한 세월 동안 창고의 먼지를 쓴 채 있어야 하다니 참으로 억울하기 짝이 없는 영혼들이다. 『예기』禮記에 '사이불황' 死而不荒이란 말이 있는데 이들이야말로 죽어도 죽을 수 없고 죽어 눈을 감을 수 없는 '사이불황'의 망자들이다 ……."

일기는 이 정도로 끝내버렸지만 나의 감상은 꼬리에 꼬리를 물고 서렸다. 나는 다시금 명단 위에 눈을 쏟지 않을 수 없었다. 알듯말듯한 이름들이 시각과 뇌리 사이로 간혹 왕복했기 때문이다.

성명이 있고 본적이 있고 전사한 곳이 적혀 있었는데 성은 일본식이고 이름은 한국식인 것이 눈에 거슬리면서 야릇한 감회를 돋우기도 했다. 그런데 전사한 지명이 다양했다. 가장 빈번히 나타나는 지명이 필리핀과 유황도硫黃島(=이오 섬)였다. 그밖에 영인·트라크·라바울·사이판·파라오·뉴기니·웨이크·뉴브리튼·인도네시아·마카사르·발리·셀레베스·브라운·마로에라프·솔로몬·말레이·비스마르크…… 등 태평양 전역의 도서 이름이 차례로 나타나 있었다. 나는 그 인명과 지명들을 읽어내려가며 나도 모르게 뺨에 눈물이 흐르고 있는 것을 느꼈다. 태평양에 점재한 섬마다에 우리 동포의 핏자국이 있다는 느낌, 태평양 바다 깊이 물고기가 뜯어먹다 만 앙상한 뼈다귀가 깔려 있다는 느낌! 나는 선뜻 이러한 대화를 연상해보았다. 그 대화란,

"이웃집 아저씨는 전쟁터에서 돌아오셨는데 십 년이 넘도록 우리 아버지는 왜 돌아오질 않죠?"
열두세 살 되는 딸의 물음을 받고 어머니는 조용히 말한다.
"네 아버지는 태평양 넓은 바다, 그 바다 밑을 걸어서 오시느라고 이렇게 늦단다."

그런데 그들의 죽음의 의미는 무엇일까. 전연 무의미한 것일까. 그렇다면 사람이 그처럼 무의미한 죽음을 할 수 있을까. 인류를 위한 희생도 아니고 조국을 위한 봉사도 아니고 어떤 사상, 어떤 신념을 위한 순교도 아니다. 변명할 여지도 없는 노예로서의 죽음일 뿐이다. 사람이라면 본의 아니게 전쟁에 끌려나가선 안 되는 것이며 누구를 위해 무엇을 하라는 명분이 뚜렷하지 못할 땐 무기 따위를 들어선 결단코 안 된다. 이것이 사람으로서의 최소한도의 각오라야 한다. 이왕 죽어야 할 바엔 항거하다가 죽어야 옳다. 노예의 죽음보다 비참한 죽음은 다시 없다. 그러면서도 이러한 다짐이 무력한 푸념밖엔 더 될 것이 없다는 걸 나

자신 잘 알고 있다. 나는 '카이로 선언'이 있고 난 후에 일본군에 끌려간 비굴한 놈이다. 그런 까닭에 해럴드 래스키의 다음과 같은 문장은 비수로 우리의 심장을 에이는 내용으로 된다.

전 세계에 걸쳐 오늘날 청년들은 죽음의 문전에 서 있다. 몇백만이란 청년들이 아직 성년에도 미달한 그 생명을 자유를 위해서 바치고 있다. 이 꿈을 위해서 이미 수백만의 청년이 죽어갔는데 전쟁이 끝날 무렵엔 보다 더한 수의 청년이 죽어 있을 것이며 혹은 장님이 되고 귀머거리가 되고 불구자가 되어 이 인생에 있어서의 아름다움과 완전히 격리된 채 그 여생을 보내게 될 것이다. 전 세계의 청년이 그 생명, 그 소유물 일체를 바치도록 요구당한 것은 우리들의 생애에 있어서 이번이 두 번째다. 그들은 그들 자신이 일으키지도 않은 전쟁 속에 고투하고 있다. 그리고 전쟁의 결과에 아마 대부분은 참여하지도 못할 것이다. 그들이야말로 그들 자신이 만든 것이 아닌 운명의 희생자이며 자신들의 선택을 거부당한 운명의, 그 제단에 바쳐진 제물들이다……. 그들의 과감한 투쟁을 볼 때 현대 청년 앞에 마음으로부터의 겸허를 느끼지 않을 사람은 없을 것이다. 용기를 가지고 전쟁터로 나갔다.

이것은 연합국의 청년들에 대한 찬사다. 우리들은 그 연합국 청년들을 도살하고 세계를 정복하려고 서둔 흉악한 하수인들 편에 서서, 총을 들었던 것이다.

이런 생각을 하다가 나는 지금 이렇게 그 명단을 지켜보고 있는 나와, 이미 백골이 되어버린 그들과의 차위差違에 생각이 미쳤다. 어떤 사람은 생자와 사자와의 차이를 폭탄이 떨어진 곳에 있었다는 것과 그곳을 살큼 피했다는 것과의 차밖엔 안 된다고 했는데 나는 그보다도 더욱 사소한 차라는 것을 발견했다. 일본 참모본부에 있는 어떤 장교의 연필 끝의 장난일 뿐이다. 그 연필 끝이 어떤 사람들은 태평양으로 보내고 나는 중국 소주蘇州로 보냈다. 그 연필 끝의 역사를 어떻게 설명할 것인가. 마르크 블로크는 그래도 역사를 위한 변명을 고집할 수 있을 것인가. 마르크 블로크는 "있다."고 대답한다. "서둘러선 안 돼. 역사는 변명돼야 해." 그의 근엄한 소리가 들려오지만 변명되어야 한다는 것과 변명할 수 있다는 것과는 다르다.

그때 H신문의 명단 발표는 일주일 동안의 연재 발표였다. 나는 매일처럼 그 명단을 살피고 있었는데 마지막 부분에 단 한 사람, 본적도 전사지명도 밝히지 않고 일본식 성명이 아닌 한국식 그대로의 이름만으로 있는 것이 눈에 띄었다. 그 이름이 탁인수卓仁秀였다.

탁인수! 나는 벼락을 맞은 사람처럼 심장의 경련을 느꼈다. 나는 가까스로 숨을 몰아쉬며 중얼거렸다.

'과연 바로 그 탁인수일까?'

1945년 8월 하순, 중국 소주의 하늘은 연일 화려하게 맑았다. 여름의 열기가 흥분된 내 마음에 서려 나의 회상 속에 나타나는 그 하늘의 푸르름은 거의 보랏빛으로 아름답고 은빛을 언저리로 한 하얀 뭉게구름은 소년의 꿈처럼 황홀하기도 했다. 얼마간의 외포가 섞인 미래에 대한 부푼 기대는 썩어가는 풀잎 내음에도 인생의 향기를 맡았고 구슬땀이 얼굴을 구르는 더위에도 생명력의 약동을 느꼈다. 일본의 항복, 조국의 해방이란 엄청난 사실이 역사라는 작용을 실감케 했고 일본의 용병이란 처지로부터 벗어난 해방의 뜻이 감당하기 어려운 감동으로 치밀어

올라 가끔 눈에 눈물이 고였다. 아직 일본의 군복을 입고 있을 망정 나의 마음은 이미 자유인이었다. 날개를 달고 하늘을 나는 꿈을 밤마다 꾸었다.

이러한 어느 날 나는 부대장 부관인 야마사키 중위의 부름을 받았다. 야마사키는 대학에서 사학을 공부한 간부 후보생 출신의 장교였다. 나와는 간혹 어울려 잡담을 하는 그런 사이였다. 화제에 38선 문제가 올랐다. 그리고 나서 야마사키는 나더러 부대의 기밀문서를 소각해달라는 부탁을 했다. 기밀문서는 거의 반 트럭이나 될 만큼의 부피였다. 부대원이 고작 4백 명 안팎인데 웬 기밀문서는 이렇게 많으냐고 빈정댔더니 야마사키는,

"일본군대가 주로 페이퍼 플레이만 한다는 걸 이제사 알았나."
하곤, 덧붙였다.

"한 장 남기지 않고 완전 소각을 해주게."

나는 병정 세 사람을 시켜 그 문서의 더미를 제철공장 후면에 있는 방공호 근처로 옮겼다. 그 방공호는 미완성인 것이어서 지붕이 덮여 있지 않았다. 그 속에서 문서를 태우고 난 뒤 흙으로 방공호를 메워버릴 작정을 세웠다.

기밀문서라고 했지만 대단한 건 아니었다. 일일명령철, 작전명령철이 대부분을 차지했고 하드 커버로 장정된 전훈철이란 것이 십수 권 있었고 그밖엔 잡서류였다.

일일명령철이란 인사명령, 근무명령 등을 모은 것이고 작전명령이라야 신편사단에의 병력 차출, 분견대의 배치, 출동에 관한 명령, 연습에 관한 명령 등으로 이곳저곳 책장을 넘겨보아도 별반 흥미있는 것이 눈에 띄지 않았다. 나는 그 명령철과 잡서류를 먼저 태우라고 이르고 제

철공장의 그늘에 앉아 전훈철을 뒤졌다.

　전훈이란 일본군대에 있어서의 관보다. 하사관 이상의 인사동정, 즉 승진과 보직 내용이 소상하게 기록된 부분도 있고 대소 전투의 상황을 요령있게 기록한 부분도 있었다. 그밖에 군사시설, 교육방법에 관한 지침 같은 것도 있었다. 가령 이런 따위의 기사도 있다. 유황도에서 철근 콘크리트의 토치카를 만들었는데 몇십 센티미터 이상의 두께를 가진 것은 직격탄에 의하지 않곤 파괴되지 않았고 그 이하의 것은 주변에 낙하된 폭탄의 폭풍으로 붕괴되었다. 그러니 앞으로 만드는 토치카는 이러이러하게 만들도록 설계도와 재료표를 붙여 지시한다…….

　대본영 발표라고 해서 허무맹랑한 거짓 선전을 하고 있던 일본군도 이 전훈에서만은 거짓을 하지 않았던 모양이다. 나는 그 전훈철을 통해서 6개월 전 부대에서 출발한 주정중대舟艇中隊가 양자강 상류에서 전원 익사한 사실을 알았고 바로 몇달 전, 소주로부터 얼마되지 않은 지점에서 제47부대가 신사군新四軍의 습격을 받고 대손해를 본 적이 있다는 사실도 알았다. 이렇게 흥미에 이끌려 책장을 넘기고 있는데 돌연 군법회의 기록이란 것이 눈에 띄었다. 얼핏 보니 거기 한국인의 이름이 나타나 있었다. 나는 읽다가 말고 병정들이 눈치채지 않게 그 부분을 뜯어 호주머니에 집어넣었다. 그리고 또 그런 것이 없는가 하고 바쁘게 전훈철을 뒤지고 있는데 병정들의 소리가 들렸다. 먼저 것은 다 태웠으니 나머지를 태우자는 것이다. 나는 병정들을 보고 가져가라고 일렀다. 야무지게 장정되어 있는 것이 돼서 태우기가 힘들었다. 나는 한 장 한 장 찢어서 불 속으로 던져지는 전훈철을 보며 아쉬움을 느꼈다. 다시 없는 역사의 자료가 될 수 있을 것이란 생각에서였다.

　"제기랄! 이렇게 태워 없앨 걸 야무지게도 해놨네."

하고 병정 하나가 투덜댔다.

"이처럼 앞을 못 보는 놈들 밑에 절절맸다고 생각하니 어이가 없군."

다른 하나의 대꾸였다.

기밀문서 소각 작업은 꼬박 세 시간이 걸렸다. 작업이 끝나면 자기 방으로 와서 술이라도 한잔 하자는 야마사키의 청이 있었지만 나는 호주머니 속의 문서가 마음에 걸려 그것을 읽을 장소를 물색하기에 바빴다.

나는 전에 내가 맡아 있던 소모품 창고를 택했다. 나는 창고의 문을 잠그고 광선이 잘 들어오는 구석진 곳을 골라 앉아 그 서류를 꺼냈다.

제목은 '탁인수 군법회의 기록'이라고 되어 있었고 사건 경위는 다음과 같이 적혀 있었다.

성명 탁인수. 본적 경북 ×군 ×면 ×리. 생년월일 대정大正 10년 ×월 ×일. 학력 동경 W대학 경제학부 졸. 이자는 소화昭和 19년 (1944) 1월 20일 조선 용산부대를 거쳐 동년 2월 5일 중지中支 파견군 제70사단 제21부대에 입주. 상주常州에서 초년병 교육을 마치고 동년 7월 진강 분견대에 파견되자 일주일 후인 7월 17일, 부대를 이탈 중국 충의구국군으로 분적奔敵 황군皇軍의 기밀을 팔아 충구군 참령少佐相當階級으로 임명되어 이적행위를 거듭했음. 그러고는 소화 20년(1945) 1월, 조선인을 규합하여 충구군 내에 조선인 부대를 만들 목적으로 상해에 잠입, 인원포섭과 자금조달의 공작을 시작했음. 그동안 십수 명의 조선인을 포섭(인명 생략), 약간의 자금도 모았는데 이 동태를 찰지한 상해 화성돈로華盛頓路 ××번에 거주하는 조선인 장병중張秉仲이 제보해왔으므로 2월 3일 오전 7시 장강반점長江飯店에 투숙중인 것을 상해 헌병대가 체포했음.

이어 군법회장에서의 문답내용이 있었는데 그 가운덴 이런 응수가 있었다.

문 탈출한 동기는 무엇이냐.
답 나는 입대할 때부터 탈출할 기회만 노려왔다.
문 동기와 이유를 말하라니까.
답 조선인이 일본의 병정 노릇을 할 수 없다는 신념이 탈출의 동기이고 이유다.
문 너는 조선인이 일시동인一視同仁의 혜택을 받고 있는 사실에 감사하게 생각하지 않는가.
답 나는 일본을 조국의 원수라고 생각한다.
문 너는 조선독립이 가능하다고 보는가.
답 가능하건 않건 꼭 독립을 해야 한다고 생각한다.
문 조선독립이 목적이면 조선독립을 위한 단체로 갈 것이지 왜 충의구국군으로 갔느냐.
답 중경은 멀어 가기가 힘들었기 때문에 방편상 충의구국군에 편입을 했다.
문 충의구국군 따위의 잡군이 조선독립에 도움이 되리라고 생각했던가.
답 독립운동은 우리가 할 일이지 충의구국군이 할 일이 아니다.
문 네가 가담한 충의구국군의 본거는 어디에 있으며 사령관은 누구냐.
답 답할 수 없다.
문 왜 답할 수 없느냐.

답  동맹군의 정보를 알릴 수 없다는 군인의 본분으로서 말할 수 없다.

문  네가 포섭한 조선인의 이름을 대라.

답  말할 수 없다.

문  네가 순순히 본 법정이 묻는 말에 대답하고 반성하는 빛이 있으면 너는 살 수 있고 그렇지 않으면 죽음이 있을 뿐이다. 삶과 죽음 가운데서 어느 편을 택할 것이냐.

답  나는 죽음을 택하겠다.

문  또 할 말이 없는가.

답  너희들이 조금이라도 도의를 안다면 나를 죄인 취급할 것이 아니라 일단 포로로 취급하라고 요구도 했겠지만 그런 도의가 있는 놈들 같지 않으니 할 말이 전연 없다.

문  너는 가족을 생각해본 적이 있는가. 너의 불충·불효·불손한 행위가 너의 가족에게 미칠 화를 생각해본 적이 있는가.

답  나의 불효는 장차 역사가 보상해주리라고 믿는다.

적전敵前 부대이탈, 분적, 이적 등의 죄명으로 판결은 사형. 1945년 6월 15일 상해 경비사령부에서 법무장교 입회하에 교수형 집행.

이란 대목으로서 그 문서는 끝나고 있었다.

나는 넋을 잃고 앉아 있었다. 편편한 관념의 조각이 휘날릴 뿐 하나의 상념으로 이어지질 않았다. 탁인수란 이름이 뇌리에 꽉차게 확대되기도 하고 장병중이란 이름이 그것에 겹쳐지기도 했다. 6월 15일이라면 그땐 나는 상숙常熟이란 곳에서 미군의 상륙에 대비한 진지 구축을 하고 있었을 무렵이다. 불과 두 달 남짓한 시간, 그 시간만 용케 견딜 수 있었더라면 탁인수는 그가 그처럼 바라고 애썼던 조국의 해방을 보았을 것이었다. 나는 8월 15일 역사를 실감했다. 탁인수는 자기의 불행을 역사가 보상할 것으로 믿고 죽었다. 나는 내가 실감한 역사라는 것이 보잘것없는 감상이란 걸 알았다. 그 엄숙한 탁인수의 역사 속에 내가 기어들 자리는 없었다. 나는 한 마리의 버러지에 불과했다. 어둠이 창고 안에 기어들자 나는 대강의 사항을 수첩에 적어놓고 그 문서를 가루가 되도록 찢어 마루청 틈서리에 버렸다.

창고에서 나와 노을이 짙은 영정營庭을 걸어가다가 나는 큰 실수를 저질렀다는 뉘우침을 깨달았다. 그 문서를 없애버려선 안 되는 것이었다. 나는 그 문서를 한 자 틀림없이 내 기억 속에서 재생할 수 있다는 자신을 가졌고 그것을 믿고 한 짓이었지만 내 기억만으로 대처할 수 없는 국면이 반드시 있을 것이었다. 그 문서는 증거재료로서 보존했어야 옳았다.

그렇게 되고 보니 내가 읽은 내용을 경위 설명과 함께 친구들에게도 얘기할 수 없게 되었다. 왜 그 문서를 없애버렸느냐는 힐난이 있을 것이었다. 항복한 일본군대 내에서 그만한 부피의 문서를 간수하기란 어렵지 않았으니 명령이면 그대로 복종해야 하는, 어느덧 몸에 배어버린 습성만으로 나의 실수를 설명하기란 힘들었다.

이러한 가책이 커감에 따라 나는 하필이면 야마사키 중위가 내게 왜 이 일을 시켰을까 하는 생각으로 번졌고 그것이 단순한 우연이라고 치더라도 그 우연엔 나의 지각을 넘은 곳에 있는 어떤 의미가 있는 것이라고 믿어졌다. 장병중이란 자를 찾아내서 그를 징벌하라는 섭리의 명령일지도 몰랐다. '나의 불효를 역사가 보상한다.'고 탁인수는 그의 최후 진술에서 말했는데 역사가 그의 불행을 보상하기 위해선 나의 역할이 필요하다는 뜻으로서도 해석될 수 있었다.

H신문에 발표된 명단의 맨끝에 있는 탁인수란 이름을 보고 심장의 경련을 일으킬 정도로 놀란 것은 이런 까닭이 있어서였다.

'그런데 과연 그 탁인수일까?'

한 가닥 의혹은 남았다.

1945년 9월 초, 나는 한국 출신의 학도병 30여 명과 함께 소주에서 현지 제대를 하고 상해로 갔다.

처음으로 보는 국제도시 상해의 경관에도 그 이색적인 풍물에도 나의 마음은 끌리지 않았다. 장병중이란 이름이 가슴 한가운데 걸려 있었기 때문이다. 나는 우선 어떤 사람의 호의로 자포로作浦路에 거처를 정했다. 상해의 지리에 익숙하길 기다려 소재를 확인할 작정이었다. 그랬는데 뜻밖의 기회에 장과 대면하게 됐다.

서徐라고 하는, 나와는 동향인 교포가 하룻밤 한국 요정인 금강주가金剛酒家에 나를 초청했다. 나는 두 사람의 친구를 데리고 그 장소에 갔다. 서는 세 사람의 손님을 동반하고 기다리고 있었다. 서로 인사를 주고받고 보니 그 가운데의 한 사람이 장이었다. 나는 전신이 경직하는 듯했다. 서라는 동향인도 장과 한패로구나 하는 생각이 들자 도저히 그 자리를 견딜 수가 없었다. 그러나 참아야 했다. 천재일우라고 할 수 있는 이 기회에 장이란 자의 거동을 냉철히 관찰해야겠다고 다짐했다.

장은 서른대여섯으로 보였다. 회색 플라넬의 즈봉 위에 곤색 상의를 입고 격자무늬의 갈색 넥타이를 매었는데 사파이어 비슷한 넥타이핀이 유난히 눈을 끌었다. 몸집은 약간 뚱뚱한 편이었다. 로이드 안경이 얼굴의 윤곽을 선명히 한 느낌이었고 얼굴의 빛은 반들반들 윤이 나 있었다. 외관으로선 어느 모로 보나 빈틈없는 신사의 차림이었고 의젓한 태도였다. 동포의 애국청년을 일본 헌병에게 팔아넘길 위인으론 아무래도 보이지 않았다. 동명이인일지도 모른다고 생각을 해보려는데 주고받는 얘기 가운데 화성돈로에 있다는 그의 집 얘기가 나왔다. 집을 팔아야겠는데 중국인들이 정세의 탓으로 값을 낮잡아 본다는 얘기였다. 나는 묘한 압박감을 느끼고 한시라도 그 자리를 피하고 싶은 충동이 거듭 솟구쳐 올랐지만 그 충동을 억제하기로 했다. 장병중은 국제정세와 국내정세에 대해서 제법 그의 견식을 과시하려고 들었다. 그러면서 중경에 있는 임시정부에 정치자금을 대주었다는 자랑을 말 가운데 은근히 섞기도 했다.

"애국자가 상해에서 살기란 광대 줄타기보다 더 아슬아슬한 노릇이었습니다. 독립운동을 도와야 하는데 일본놈들의 감시가 여간 심하지 않았으니까요."

이렇게 말하며 숨은 애국자로서 고생이 많았다는 듯 그는 사뭇 심각한 표정을 짓기도 했다. 그러나 장의 그런 포즈에 탁인수가 넘어갔을 것이라고 생각했다. 독립운동자인 척하는 그 포즈를 믿고 탁인수는 사정을 통했을 것이다. 장은 그런 포즈를 미끼로 많은 애국청년을 유도해선 일본 헌병에게 넘기고 그 대가로 풍족한 물질적 생활을 해온 것이란 짐작도 들었다. 나는 보기 좋게 술잔으로 그 면상을 후려갈겨놓고 그의 죄상을 폭로할 수 있으면 얼마나 후련할까 하는 생각을 되뇌이면서도 그럴 용기가 없는 나 자신이 너무나 안타깝고 억울했다. 내가 만일 그런 태도로 나갔다간 생명이 없어질 것이라고 판단할 수도 있었다. 증거 없는 발언은 모함이라고 되잡힐 것이고, 상해의 그 무렵은 사람을 죽이기란 간단한 일이었다.

술자리가 익어가자 장은 멋진 사교춤 가락을 보였다. 여자를 다루는 솜씨가 보통이 아니었다. "나의 불효는 장차 역사가 보상할 것이다." 탁인수의 말이 또렷또렷 뇌리에 새겨졌다. 그런데 그날이, 그 보상이 언제 이루어질 것인가. 동포의 애국청년을 죽음의 구렁텅이에 몰아넣고 그 대가로 사파이어 넥타이핀으로 치장하곤 멋진 춤가락을 보이며 여자들과 희희낙락하는 장병중의 거동을 보고 있으니 아무리 참으려고 해도 견딜 수가 없었다. 현기증이 났다. 기분이 좋지 않으니 돌아가 쉬어야 되겠다면서 나는 자리에서 일어섰다. 서가 만류를 했다. 그 꼴마저 보기가 싫었다. 나는 친구들은 남게 하고 굳이 그 자리에서 빠져 나왔다. 장이 문간에까지 따라나왔다.

"앞으로 서로 협력해서 건국운동에 힘씁시다." 진정 귀를 씻고 싶은 장의 말이었다. 장병중이 내 어깨에 손을 얹을 것 같아서 나는 질겁을 했다. 현기증이 심하다는 듯 표정을 꾸미고 장이 청해온 악수를 가까스로 피하곤 금강주가를 뒤로 했다. 거리로 나와서야 나는 비로소 깊은 숨을 내쉬었다.

초가을 상해의 밤. 자동차와 인력거와 사람들이 붐비고 있는 거리를 나는 혼자 걸어 브로드맨션 앞을 지나 가든 브리지에 섰다. 황포강黃浦江 어두운 수면에 상해의 불야성이 비치고 있었다.

그때에 떠오른 상념을 모조리 기억할 수는 없다. 다만 탁인수를 대신해서 장병중에게 보복할 책임이 내게 있다는 자각과 다짐을 굳힌 기억만은 지금도 생생하다. 가든 브리지의 난간 이곳저곳에 기대서 고랑姑娘과 키스하고 있는 미군 병사들이 보였다. 인력거에 인력거의 차부를 태우고 끌고가는 미군 병사의 장난스러운 모습도 보였다. 그날 밤

나는 백계로인白系露人의 할머니가 경영하는 술집을 찾아 보드카를 마셨다. '타챠나'라는 그 집 손녀는 『죄와 벌』의 '소냐'처럼 가냘프고 아름답고 창백한 소녀였는데 내게 '오오첸 하라쇼.'란 러시아어를 가르쳐 주었다.

"오오첸 하라쇼! 영어론 베리 굿이란 뜻예요. 베리 굿, 트레 비앙보다 훨씬 이 말이 좋죠? 오오첸 하라쇼!"

10월 중순, 중경으로부터 이연호李然浩 장군이 상해로 왔다. 이 장군은 장개석 총통의 고문으로 계셨다. 그 본명은 이상천李相天. 무인이며 문인인, 시인 이상화李相和, 역사학자 이상백李相伯 선생의 백형이다. 나와는 초대면이었으나 집안의 어른을 대니 우리 집안 어른과는 친숙한 사이라고 했다. 그분에게만은 나는 집안의 어른에게 대하듯 어리광을 피울 수 있었다. 어느 날 나는 탁인수의 사건을 얘기하고 장병중이 현재 상해에 있다는 사실도 알리고 나의 도의적인 책임같은 것도 말해 보았다. 이 장군은 묵묵히 한동안 앉아 있더니 입을 열었다.

"지금은 보복할 때가 아니고 지켜볼 때다. 지금 보복이 시작되면 나라의 일은 뒤죽박죽이 된다. 왜놈의 밀정은 장병중 하나만이 아니다. 이 상해는 왜놈의 밀정이 우글거린 곳이다. 물론 도의적인 책임감을 포기해선 안 된다. 나는 자네보다 수십 배나 많은 밀정을 알고 있고 수십 건 증언해야 할 사건을 가지고 있다. 그러나 상해에서만은 그런 일을 잊고 지내도록 하자."

그러고는 이렇게 덧붙였다.

"그런데 보복이나 복수라는 건 사람의 힘으론 비겁한 노릇이다."

나는 그와 비슷한 뜻의 말이 톨스토이의 『안나 카레리나』 권두에 있다면서 외어 보였다.

"복수는 내게 있다. 내가 갚을 것이다."
"그런 게 있었지, 바로 그거다."
이 장군은 호방하게 웃었다.

나는 당분간 탁인수의 사건과 장병중의 이름을 묻어두기로 했다. 그러나 때때로 그 사건과 그 이름은 나의 심상을 흐리게 하는 구름이 되었고 나의 양심을 찌르는 바늘 끝이 되었다.

그 이듬해 2월 나는 고국으로 돌아왔다. 아득히 부산항의 윤곽이 보이기 시작할 때 어쩌면 같은 배를 타고 돌아오게 되었을지도 모르는 탁인수를 생각했다. 같은 배는 아니었지만 동시에 상해를 떠난 다른 배에 장병중이 타고 있는 사실을 나는 알고 있었다. 그것도 우연한 기회에 알게 된 것이다. 나는 그때 탁인수의 고향을 찾아가볼 작정을 했지만 귀국 후에 뒤따른 황망한 나날 속에 그 작정은 묻혀버리고 말았다. 장병중에 대한 집념도 점차 희석되어 갔다. 그랬는데 어느 날 장 쪽에서 나를 찾았다. 그가 나를 직접 찾아온 것이 아니라 내가 그의 소재를 알려고 하지도 않았는데 우연한 기회에 그가 서울에서 무역회사를 한다는 사실과 그 주소까지 알게 되고 보니 그가 나를 찾았다는 느낌으로 강세强勢되었다는 뜻이다.

그러나 장병중의 소재를 알았다고 해서 어떻게 문제를 만들어볼 방도가 없었다.

그후, 수년이 지나 6·25동란 당시 나는 장과 부산 광복동 거리에서 지나친 일이 있다. 내가 그를 아는 척할 까닭도 없었고 그가 내게 인사할 까닭도 없었다. 그저 지나친 정도였는데 여전히 형편은 좋은 모양으로 피난민이 우글거리고 있는 거리에선 눈에 띄게 말쑥한 차림을 하고 있었다.

그리고 또 4, 5년의 세월이 흘렀다.

어느 날 신문을 펴들었더니 장병중이 K도의 D군에서 제3대 국회의원 선거에 입후보했다는 기사가 나와 있었다. 나는 공연히 당황하기 시작했다. 이때를 놓치면 탁인수 사건에 대한 나의 도의적 책임을 다할 기회는 영영 없어질 것이란 짐작 같은 것도 들었다. 생각하면 우연이라고 하겠지만 어떤 의미가 있다고 보지 않을 수 없도록 우연은 연속되었다. 탁인수 사건의 문서를 보게 된 우연, 상해에 가자마자 장병중을 만나게 된 우연, 귀국하자 얼마 안 되어 그의 소재를 수월하게 알 수 있었던 우연, 6·25 때 광복동에서 지나친 우연 그리고 이 신문 보도를, 수백 명 입후보자에 섞여 깨알만하게 기재되어 있는 보도를 읽게 된 우연······. 다시 말하면 섭리는 집요하리 만큼 우연을 만들어 나의 행동을 재촉하는 것이라고 느껴지기도 했다.

나는 생각다 못해 내가 근무하고 있는 학교에 일주일의 휴가원을 내놓고 K도의 D군으로 갔다. 거길 가서 무엇을 어떻게 하겠다는 계획도 작정도 없었다. 그저 가보지 않을 수 없는 초조감에 강박당한 행동이었다.

K도의 D군은 아담한 산과 들과 강으로서 꾸며진 소박한 고장이었다. 나는 읍내의 중심에 있는 여관에 자리를 잡고 나름대로의 동정을 살폈다. 장병중 외 일곱의 입후보자가 있었는데 대체의 공기로선 지방의 명망가인 C씨라는 사람이 결정적으로 우세했다. 그의 선친이 3·1운동 당시의 지사인데다가 본인도 부친의 유업을 맡아 일제시대를 무난히 살아온 사람이고 그 군이 선출해 부끄럽지 않을 정도의 덕망과 능력의 소유자이기도 했다.

내가 그곳에 도착한 이틀 만엔가 읍내 국민학교에서 합동 정견발표회라는 것이 있었다. 가장 유망하다는 C씨의 연설은 그저 무난할 정도였는데 장병중이 연단에 서자 군중을 압도하는 듯한 효과를 거두었다. 그는 중국에서 자기가 얼마나 열렬하게 독립운동을 했는가를 신파조 웅변조로서 지껄여댔다.

"누구나 말로는 애국한다고 한다. 그러나 애국자라면 실적이 있어야 한다. 실적을 가지고 사람을 평가해야 한다. 나는 생명을 바치고 조국 광복을 위해 싸웠다. 나는 그 대가로서 여러분의 표를 원하는 것은 아니다. 그러한 실적이 있기에 누구보다도 충실한 일꾼이 되리라는 자신이 있기 때문에 여러분의 지지를 바란다."

대강 이런 결론으로 맺어진 연설이었는데 그 연설이 있고부턴 읍내의 공기에 변동이 생긴 것 같았다. "장병중이 애국자다, 그리고 똑똑하다." 이런 말이 술집 한구석에 앉아 있는 나의 귓전을 스쳐가기도 했다.

나는 새삼스럽게 탁인수 사건의 기록을 없애버린 나 자신을 뉘우쳤다. 그 기록만 있으면 그것을 복사해서 군내에 돌려 장의 가면을 갈기갈기 찢어놓을 수 있을 것인데 싶으니 가슴이 무거워 터질 것만 같았다. 뒷일이야 어떻게 되건 시장 한복판에 서서 장의 과거를 폭로해볼까 하는 충동도 일었다. 그러면서도 내겐 그런 용기가 없다는 것을 내 자신 너무도 잘 알고 있는 터였다.

생각한 끝에 나는 내 기억을 되살릴 수 있는 범위에서 탁인수 사건의 기록을 우리말로 재생해보기로 했다. 그것을 재생해서 인쇄물로 만들어 어떤 수단을 써서라도 군내에 돌리기만 하면 효과가 있을 것 같았다. 그 의논을 하기 위해 나는 서울에 가서 옛날 같이 일군에 있었던 M이라는 친구를 찾았다. M에게만은 장에 관한 얘기를 한 적이 있었다. M군은 내 말을 듣자 집어치우라고 한마디로 잘라 말했다.

"그렇게 한 뒤의 법률 문제가 귀찮아서가 아니라 입후보한 놈들 가운데 장병중이 같은 놈이 어디 한두 사람 뿐인 줄 아나? 일제 때 경찰한 놈도 입후보하고 있고, 일제 때 헌병노릇한 놈도 입후보하고 있고, 일제에 아부해서 출세하려고 덤빈 별의별 놈들이 입후보하고 있는 판인데 자네가 장병중을 방해한다고 대한민국의 국회가 올바로 될 줄 아나? 내버려 둬, 국회가 친일파 민족반역자의 소굴이 되건, 사기꾼의 집합소가 되건."

나는 본래 굳은 각오를 하고 간 것이 아니라 M군으로부터 용기를 얻을 양으로 찾아간 형편이었고 보니 M군이 그렇게 나오는 바람에 기가 꺾이고 말았다.

그날 밤, 다동 어떤 술집에서 M군은 이런 말도 했다.

"보라구, 전쟁으로 파괴된 서울을 재건할 생각은 않고 시체에 똥파리 엉겨붙듯 이권에만 웅성대는 게 요즘 정치가들의 생리라네."

그리고 우스운 얘기 하나 할까 하고 다음과 같은 얘기를 들려주었다.

"언젠가 대전에서 J당대회가 있었지. 그것을 빈정댄 얘긴데 참 기가 막혀서. 서민들의 비판의식을 보여준 좋은 예라고 생각했지. 얘기는 이랬어. 대전에서 후레자식들 대회가 있었는데 거기서 누가 일등을 했는지 아나? 제 어미를 서방질해서 돈 안 벌어 온다고 호되게 두드려 팬 놈이 일등을 했다네."

정치가나 정당이 그만큼 부패했고, 민심을 잃었다는 M군의 결론으로 나는 들었다.

나는 그 길로 돌아와버렸다. 선거 결과 장병중은 3위로 낙선하고 C씨가 당선했다는 사실을 알았다. 그로써 반분이나마 풀렸다는 기분으로 나는 장병중을 까마득히 잊고 말았다.

'그런데 탁인수가 과연 그 탁인수일까.'

나는 몇 번이고 그 명단을 되풀이해서 보고 또 보고 했으나 본적지도 전사지도 밝혀 놓지 않은 이름만의 활자가 명확한 답을 해줄 까닭이 없었다.

그리고 다시 육 년이란 세월이 흘렀다. 작년, 그러니까 1971년이 저물 무렵 일본 후생성 창고에 있는 2천여 주의 유골 봉환문제가 어느 일각에서 일어나더니 그 가운데의 일부분이 돌아오게 되었다는 보도가 있었다. 나는 그 일을 서둘고 있는 J씨를 찾아가서 무슨 수단을 부려서도 탁인수의 유골만은 이번에 돌아오는 유골 가운데 끼이도록 해달라고 부탁했다. 드디어 작년 11월 20일, 246위의 유골이 돌아왔다. 다행하게도 탁인수의 유골이 그 속에 끼어 있었다.

그 유골이 돌아오고 나서야 비로소 탁인수가 바로 그 탁인수라는 것을 확인할 수가 있었다. 일제에 항거한 탓으로 해방 두 달 전에 참살당한 그의 영혼이 이십육 년 동안 이역에서 방황하다가 드디어 고산故山의 품에 묻히게 된 것이다.

동시에 탁인수에겐 입대 전에 결혼한 부인이 탁인수의 유복자를 성인시키고 그냥 수절의 생활을 하고 있다는 사실도 알았다. 자그마하나마 이십육 년 전 같은 운명에 묶였던 친구들의 정성으로 부산항을 굽어보는 양지바른 언덕에 순국열사로서의 그를 송덕하는 비를 세웠다.

그러나 나는 내게 과해진 문제가 낙착을 보았다고는 생각하지 않는다. 사람이 사람답게 살 수 있는 세상이 되려면 인과의 법칙이 일월성신의 운행처럼 분명해야 하는 것이다. 선인善因엔 선과善果가 있고 악인惡因엔 악과惡果가 있어야 한다. 이러한 섭리의 보람을 다하기 위해서 섭리는 우연이란 계기를 통해 필요로한 사람을 소명한다. 나는 탁인수에 관한 섭리를 위해 분명히 소명을 받은 사람이었다. 그런데 나는 그 소명의 명분을 다하지 못했고 나의 게으름과 나의 비겁함으로 인해서 섭리의 톱니바퀴를 어긋나게 비틀어놓은 결과가 되었다.

고발해야 할 일을 고발하지 않는 것은 스스로의 겁타怯惰만으로서 끝나는 노릇이 아니고 인과의 섭리를 어긋나게 하는 범죄행위이며 증언해야 할 것을 회피하는 것은 섭리의 법정에서의 위증 행위가 된다고 볼 때 나는 천제天帝의 심판 앞에서는 장병중과 공범이 되는 것이다. 인과의 섭리가 일월성신의 운행처럼 정연하지 못한 탓이 나 같은 인간의 게으름과 비겁함 때문이라고 생각할 때 우울하지 않을 수 없다.

이런 경우 나는 부득이 마르크 블로크에게 물어보고 싶은 마음이 된다.

"블로크 교수, 당신이 나의 처지가 되었더라면 어떻게 하셨겠습니까."

"……"

"섭리의 소명을 받았다고 생각하면 자기를 희생하더라도 결단적인 행동을 일으켜야 하는 것이 옳지 않았을까요. 당신이 리옹에서 레지스탕스를 한 것처럼……."

"……"

"탁인수나 당신 같은 희생자를 한 세대에 수백만 명씩 생산하고 있는 상황 속에 앉아 역사의 합리적 설명이 가능하다고 보십니까, 블로크 교수!"

"……"

"인과의 섭리가 행해지지 않고 악인惡因을 쌓은 인간들이 아직도 히틀러처럼, 무솔리니처럼 설치고 있다면, 그런 상황을 그대로 허용할 수밖에 없다면 역사를 위한 변명이 무슨 소용이 있겠습니까."

"……"

"역사가 인생에 유익하려면 악의 원인을 철저히 캐내어 그것을 근절하는 방법을 만들어내야 하지 않겠습니까."

그제야 겨우 블로크 교수는 입을 연다.

"역사에 있어서의 유일한 원인의 탐구란 일종의 미신이며, 책임자를 가려내려고 하는 가치판단의 교활한 형식에 불과하다. 공죄가 어느 편에 있느냐고 재판관은 묻는다. 학자는 왜? 라고 묻고 그 답안이 단순할 수 없다는 결론으로 만족해버린다. 원인의 일원론은 역사의 설명에 있어서 장애물일 따름이다. 역사는 원인의 파도를 파악해야 한다."

나는 이 블로크 교수의 말을 다음과 같이 풀이하기로 한다.

"역사는 원인을 파도로서 파악해야 하는데 그 파도에 휩말려 익사할 경우도 있다고."

동시에 이런 말도 들린다.

"섭리의 소명에 용감하게 응해야지만 섭리는 너를 소명한 것으로 작용을 정지하는 것이 아니라 보다 큰 규모로 보다 치밀하게 그물을 치고 작용한다. 그러나 섭리란 것을 나는 싫어한다. 섭리가 등장하면 역사는 퇴장해야 하니까."

나는 초조하게 반박해본다.

"역사를 위한 변명이 가능하자면 섭리의 힘을 빌릴 수밖엔 없을 텐데요."

이때 마르크 블로크 교수는 내게 부드러운 웃음을 보내며 말한다.

"서둘지 말아라. 자네는 아직 젊다. 자네는 역사를 변명하기 위해서라도 소설을 써라. 역사가 생명을 얻자면 섭리의 힘을 빌릴 것이 아니라 소설의 힘, 문학의 힘을 빌려야 된다."

"어디 역사뿐일까요? 인생이 그 혹독한 불행 속에서도 슬기를 되찾고 살자면 문학의 힘을 빌릴 수밖엔 없을 텐데요."

그러면 마르크 블로크의 대답이 돌아온다.

"그렇다. 나도 문학을 외면한 어떤 인간 노력도 인정하지 않는다."

간혹 이렇게 마르크 블로크 교수를 비롯한 철학자와 문인들과 밤을 새워가며 대화를 나눠보는 것이지만 탁인수의 죽음과 마르크 블로크의 죽음, 그리고 이와 유사한 죽음을 한 세대에 수백만 명씩 만들어내고 지금 이 순간에도 그러한 죽음이 세계 도처에 깔려 있을 것을 생각하면 역사를 위한 변명은 고사하고 인생을 위한 변명조차 성립할 수 없다는 느낌에 사로잡힌다.

그러나 뭣인가 변명에의 노력 없이 우리는 살아갈 수가 없다.

생각에 따라서는 우리가 살고 있는 하루하루가 변명에의 시도인 것이다.

가을의 밤이 깊었다.

나는 이제 막 써놓은 원고의 부피를 보면서 이것이 탁인수에 대한 나의 변명이 될 수 있을까 하고 생각해본다.

어느덧 일기 시작한 가을의 밤바람이 창틀을 흔들고 지나가는 소리가 쓸쓸하다. 그 바람소리를 타고 들려오는 탄식이 있다.

秋墳鬼唱鮑家詩 恨血千年土中碧

"원한에 사무친 사람의 피는 천년이 가도 흙 속의 벽옥처럼 완연하리라."는 아득히 1천 년의 저편에서 들려오는 이하李賀의 탄식이다.

# 예낭 풍물지

인간이 된다는 것 그것이 예술이다.
• 노발리스

## 풍경

예낭! 나는 이 항구도시를 한없이 사랑한다. 태평양을 남쪽으로 하고 동서로 뻗은 해안선을 기다랗게 점거하곤 북쪽에 산맥을 등진 그림처럼 아름다운 예낭. 누구나 모두 행정구역이나 법률 또는 지도에 구애되지 않는 스스로의 도시 속에 제나름의 감정과 꿈을 가지고 살아가듯이 나도 나의 '예낭'이란 의식으로서 이곳에 살고 있는 것이다.

그러나 나의 예낭을 타인의 지도에선 찾아낼 수 없다. 마르셀 프루스트가 살고 있던 그 의식 속의 파리를 지도 위에서 찾아낼 수 있을까. 인생은 이를 생활하느니보다 꿈꾸는 편이 낫다고 믿은 프루스트의 파리는 지금 파리라고 불리는 도시와 연관이 있는 그만큼 연관이 없기도 하다. 그렇다고 해서 나의 예낭이 공상의 도시라는 말은 아니다. 타인의 지도엔 없다는 말이 나의 지도에도 없다는 뜻은 아니며, 공상이 때론 현실보다 더욱 진실일 수 있다는 의미에서 내겐 실재 이상의 실재다. 쉴새없이 유착이는 파도는 코펜하겐 · 부에노스아이레스 · 카크드미크 · 이비디얀과 호흡을 나누고 고독한 호랑이가 처량하게 포효하는 홍

안령興安嶺, 우랄알타이와도 첩첩이 주름잡힌 산과 들로서 이어져 있다.
　많은 사람이 이곳에서 나고 자라고 죽었다. 많은 사람이 이곳을 찾아오고 지나가기도 했다. 그리고 지금의 인구는 이백만. 이 이백만 가운데는 열다섯 관의 육체를 팔아 한 근의 쇠고기를 사먹는 여성들도 있고 자기의 인격을 팔아선 스스로의 돼지를 살찌우는 남성들도 있다. 부귀의 추잡도 있고 화려한 가난도 있다. 태양도 달도 별도 바람도 꽃도 나비도 있다. 사람보다 나은 쥐와 사람보다 못한 쥐도 있고 벼룩에도 낯짝이 있고 빈대에도 체면이 있다는 그 벼룩 그 빈대들도 있다.
　이백만 인구의 예낭이라고 하지만 나의 예낭은 이백만과 공유하고 있는 예낭이 아니다. 장님의 예낭은 촉각의 예낭이고 권력자의 예낭은 군림하기 위한 예낭이지만 나의 예낭은 식물처럼 그 속에 살면서 꽃처럼 꿈꾸며 살기 위한 예낭이다. 그런 까닭에 나의 예낭에는 꿈과 현실과의 경계가 없다. 생자와 사자와의 구별조차 없다. 피카소의 그림처럼 조롱烏籠 속에 물고기가 놀고 바다 속에서 새들이 헤엄친다. 내 두뇌의 염증을 닮아 계절의 순서가 뒤바뀌기도 한다. 그러나 영웅이 노예가 되고 패자가 승자되길 바라는 기원과 내일의 기적을 위해서 오늘의 슬픔을 견디며 살아야 하는 사정은 지구 위의 모든 도시와 마찬가지다. 기적은 이 예낭에 있어서도 바라는 사람 스스로가 만들어야 하는 것이다.

모母와 자子

　어머니의 기동하는 소리가 들린다. 눈을 떠본다. 천장은 아직도 캄캄하다. 나는 다시 눈을 감으며 말을 건넨다.
　"어머니 잠을 깨셨어요?"

"음."

"오늘도 나가려우?"

"나가야지."

"고단하지 않아요?"

"고단하긴, 버릇이 됐는데."

멀리서 기적소리가 들려온다.

"장사를 그만두시면 어때요."

"그만두고 어떡헐라구."

"친구들과 의논을 해보겠어요."

"신세질 곳이 있거든 내가 죽고 난 뒤를 위해서 미뤄둬라!"

어머니가 돌아가시면 나도 같이 죽는다는 말을 언제든지 준비해놓고는 있으나 입 밖에 낼 수는 없다.

"전에 있던 회사에 부탁을 하면 전표를 끊는 일쯤이야 시켜주겠지요."

"그 회사 애길랑 하지도 마라. 네가 거기 있을 때, 그 매정스럽던 꼴을 생각하면 치가 떨린다."

거기 있을 때란 내가 감옥에 있을 무렵을 가리킨다.

"그땐 도리가 없잖았겠어요? 무슨 화라도 뒤집어쓸까봐 걱정이 됐을 테니까요."

"네겐 쓸개도 없니? 그 회사 애길랑 다시 하지 마라!"

"허지만 어머니가 안타까워서 볼 수가 있어야죠."

"내 걱정일랑 말구, 네 병 고칠 생각이나 해라. 네 병이 낫는 날 만사는 다 풀린다."

"제 병은 퍽 좋아졌어요."

"그러니까 더욱 몸조심하란 말이다. 약도 정성들여 먹구."

나는 인생을 거의 포기하고 있는데 어머니는 그렇지가 않다. 말은 안 하시지만 다시 며느리를 볼 생각을 하고 자기 생전에 손주를 안을 희망을 버리지 않고 계신다.

"하여간 너 죽는 날 나는 죽는다. 어미를 오래 살릴 생각이 있거든 빨리 병을 고치고 그럴 생각이 없거든 알아서 해라."

어머니는 어둠 속에서 옷을 차려입는다. 나는 그냥 누워 있어야 한다. 이윽고 문을 여는 소리가 난다.

"어머니 잘 다녀오세요."

"오냐."

동이 트기엔 아직도 시간이 있는 거리로 내려가는 어머니의 발자국 소리가 멀어져가는 것을 들으며 이미 판에 박은 듯 몇백 번을 되풀이했을 아까의 대화를 되뇌어본다.

"하여간 너 죽는 날 나는 죽는다. 어미를 오래 살릴 생각이 있거든 빨리 병을 고치고 그럴 생각이 없거든 알아서 해라!"

억양도 고저도 없이 담담히 이어지는 어머니의 이 말. 수백 번을 되풀이하는 바람에 명우名優의 대사처럼 다듬어진 말!

어머니는 생선도매시장으로 가는 것이다. 거기서 도매상인들이 입찰하는 광경을 지켜보다가 낙찰이 되면 마음이 내키는 도매상인과 얼마간의 생선을 두고 흥정을 벌인다. 흥정이 끝나면 그 생선을 해변가에 있는 가게로 옮긴다. 천막을 머리 위에 친 구멍가게, 그 판자 위에 생선을 늘어놓곤 하루종일 앉아 있다. 모질게 비가 내리는 날은 제외하고 바람이 부나 눈이 오나 영하 20도가 되거나 30도가 되거나……. 그렇게 해서 번 돈으로 모자의 끼니를 이어가고 나의 약값도 치른다. 서른다섯 살의 사나이가 칠순 가까운 노모의 등에 업혀 살아가는 꼴이다.

그러나 나는 이러한 정황을 서러워하는 것은 아니다. 어머니에게 있어선 내가 서른다섯 살이건 혹 다섯 살이건 상관이 없다. 다만 죄스러운 것은 "너 죽으면 나는 죽는다."는 말의 뜻엔 하루빨리 병을 고치란 독려가 절실한 밀도로 서려 있는데 내겐 나의 병을 완치해야겠다는 생각이 도시 없다는 점이다.

아무것도 갖지 않은 사람에겐 병도 또한 재산인 것이다. 나는 나의 폐장 속에 준동하고 있는 결핵균에 대해서 적의를 느끼기는커녕 되레 친근감을 느끼고 있는 터이니 말이다.

학자들의 말에 의하면 지금으로부터 오천 년 전의 것이라고 추측할 수 있는 이집트의 미라 흉추에 결핵균이 작용한 흔적을 발견했다고 하니 결핵균은 인류의 역사와 비등한 역사를 지닌 생명력 있는 균이라고 할 수가 있다. 그리고 그 학명은 '마이크로 박테리아 퉁베르크로시스'. 라틴아메리카 어떤 나라의 대통령을 시켜도 의젓한 이름이 아닌가.

"사람은 병으로 인해서 고독하게 되는 것은 아니다. 병으로 인해서 인간이란 본질적으로 고독할 수밖에 없다는 사실을 알게 된다는 얘기일 뿐이다. 병자에게 있어서 병은 다정한 친구, 때론 충실한 반려일 수도 있다."

이런 내용의 글을 어디선가 읽은 적이 있다. 나는 이것을 진실이라고 생각한다. 사실 나는 나의 병을 통해서 내 나름대로 인간의 진실을 알았다. 자연의 아름다움을 배웠다. 꿈꾸는 능력을 길렀다. 만일 섭리라는 것이 있다면 병은 인간 스스로의 분수를 깨닫도록 하기 위한 책략, 스스로의 존귀함을 알게 하기 위한 수단, 파괴를 통해서만이 개전開展할 수 있는 생명의 아름다움을 계시하는 혜지의 작용이라고도 말할 수 있지 않을까.

결핵균에 대한 나의 친근감엔 이보다 큰 이유가 있다. 나는 국가에 대죄를 얻어 십 년 형을 받고 징역살이를 하고 있었는데 결핵균의 작용으로 인해서 오 년 남짓한 세월을 치르고 옥문을 나서게 되었다. 나는 아무래도 결핵균이 나를 위해서 연극을 꾸며준 것에 틀림이 없다고 생각한다. 감옥 생활 오 년째 접어들자 결핵균은 맹활동을 해선 나의 육체를 꼼짝달싹도 못하게 침대 위에 묶어버렸다. 영리하고 차가운 눈을 가진 감옥의 의사는 나를 사경에 이르는 사람이라고 진단했다. 감옥의 의사가 초청한 바깥세상의 의사들도 꼭같은 결론을 내렸다.

사기死期가 거의 확정된 사람을 감옥에다 가둬둘 필요는 없다. 아무리 매정스러운 법률도 죽은 사람, 죽어가는 사람을 징역살이시킬 순 없다. 죽는 마지막 의식만 남았으니 그건 집에 가서 치러라, 이렇게 해서 나는 감옥으로부터 추방된 것이다. 그랬는데 옥살이에서 풀려나오자 한 달도 못 되어 나는 보행을 할 수 있게까지 되었다. 의사는 아직도 절대 안정을 강요하지만 내 병은 내가 잘 안다.

그러고 보니 감옥에서 나온 지 벌써 두 번째의 봄을 맞이하는 셈이다. 수갑을 차인 채 서울의 감옥으로 떠날 때, 예낭의 바다와 산과 거리가 어쩌면 그처럼 아름다울 수 있었을까! 들것에 실려 이제 출감한 병든 눈으로 예낭을 돌아보았을 때 그 바다와 산과 거리가 어쩌면 그토록 아름다울 수 있었을까. 따지고 보면 '나'라는 인간은 아직 옥중에 있고 폐병의 보균자가 폐병과 함께 지금 밖에 나와 있는 것이다.


화창한 날이면

화창한 날이면 산에도 올라보고 바닷가에도 나가본다.

산에 가선 아득히 바다를 바라본다. 나가는 배도 있고 들어오는 배도 있다. 나가는 배엔 꿈을 실어보내고 들어오는 배와는 귀항의 기쁨을 나눈다. 드디어 감상의 날개가 돋힌다. 한가닥 해류가 필리핀 해구에 고였다가 마이애미 비치를 감돈다. 그러다가 플로리다의 해변에서 유착이고 라 프라타의 강물과 어울렸다간 케이프타운의 등대 아래서 도성濤聲을 높이며 비말을 올린다. 아이보리코스트를 지나 지브롤터로, 거기서 북상해선 오슬로, 거기서 핀란드의 기슭을 돌아 북해, 북해의 두터운 얼음 밑을 지나 오호츠크 해로, 거기서 뒤돌아 동해, 다시 예낭의 항구로 와선 바로 내 눈 밑에서 환성을 올린다.

파도소리는 지구의 맥박이 뛰는 소리다. 그 맥박이 빈혈된 나의 심장에도 뛴다. 살아 있다는 사실! 단순히 그저 살아 있다는 사실만으로도 인생은 이처럼 아름답고 훈훈하고 갸륵하다.

고개를 돌리면 자질구레한 골목골목, 부스럼 딱지 같은 지붕의 중락이 보인다. 이 지상에 생을 지탱하기 위해서 인간의 악착함이 엮어 놓은 경관. 그 밑에 그 사이에 헤아릴 수 없는 비극, 헤아릴 수 없는 희극이 시간처럼 무늬를 새기고 시간과 더불어 흐른다. 비극도 희극도 모두 살아 있는 증거다. 살아 있다는 건 좋은 일이 아닌가.

산 위에 있으면 지상의 소음이 여과되어 음악적인 음향만 기어오른다. 산 위는 천국과 가장 가까운 곳이다. 산 위에서 사람들은 사악한 음모에 몰두할 순 없다.

해변으로 가도 흥겹다. 우선 어머니의 가게에 들러본다. 조상처럼 앉아 있던 노녀는 손님이 앞에 서기만 하면 얼굴의 주름마다에 애상의 웃음을 띠고 온몸이 장사의 화신으로 변하는데 내가 그 앞에 서기만 하면 모성의 화색으로 화한다. 어머니는 나온 김에 따뜻한 생선국을 먹으라고 한다. 그러면 나는 배가 불러도 어머니 가게의 건너편에 있는 생선집 탁자 앞에 앉아야 하고 생선 간 한 접시와 따끈한 생선국을 맛이 있는 듯 먹어야 한다. 한 접시 생선 간과 한 그릇 생선국을 먹고 나면 바다의 정기를 받은 생명력에 충만해져선 나는 어머니의 가게를 비롯해 해변가에 즐비한 생선가게를 원수가 졸병들을 사열하듯 한 바퀴 돌아본다.

상어는 그 사나운 꼴이 아무리 잘 봐주려고 해도 시카고의 갱족을 닮았다. 날씬한 꽁치는 영국 왕실의 근위병, 배가 불룩한 복어는 중국인 브로커, 전어는 그 민첩한 스타일이 일본 상인과 비슷하고 도미는 의젓한 품위로 봐서 고급 관리라고 해둔다. 사팔뜨기가 하나의 매력이라고 역설하는 사람에게 보여주고 싶은 건 도다리, 낙지는 크나 작으나 제정 러시아 말기의 테러리스트, 갈치는 일정시 순사들이 차고 다니던 사벨 외엔 연상할 것도 없고……. 갈치라는 이름은 잘도 지은 이름이다. 그리고 도마 위에 오른 고기란 비참한 비유도 썩 잘된 비유라고 아니할 수 없다.

헌데 그 누누한 물고기의 시체를 봐도 육지에 사는 동물의 시체를 보고 느끼는 것 같은 연민과 비참함이 느껴지지 않는 것은 어떠한 이유일까? 육지와 바다라는 구별의식에서 온 것일까? 그 형체에 있어서 사람과의 유사점이 조금도 없는 탓일까? 나는 그 이유가 물고기들의 눈에 있다고 생각한다. 셀룰로이드로 바른 것 같은 그들의 눈동자가 생명있는 것에 대한 우리들의 공감을 감쇄하기 때문이라고 생각한다. 물고기의 눈엔 감정이 없다. 호소력이 없다. 안경을 낀 사람에게 제일 인상으로 당장 정이 가질 않는 사실을 참작해봄직하다. '물고기의 눈에도 눈물'이란 시가 생각이 난다. 그 졸렬하게 만든 셀룰로이드 세공품 같은 물고기의 눈에조차 눈물을 고이게 하는 슬픔이란 어떠한 슬픔일까. 아무렴 그러한 슬픔이 없진 않을 것이다. 슬픔의 바다, 바다와 같은 슬픔이 범람하고 있는 인생이 아닌가.


거리의 의미

 산도 좋고 바다도 좋지만 가장 즐거운 것은 거리를 돌아다니는 일이다. 땅이 꺼질세라 사뿐사뿐히 그리고 천천히 걸음을 옮겨놓으며 그 회색의 군중 틈에 회색의 입자로서 끼이면 나 자신이 투명한 먼지가 된 것처럼 마음이 가벼워진다. 각기의 욕망을 각양각색으로 페인트한 간판과 상품 사이를 걷고 있으면 살아 있다는 의식과 더불어 인생의 고독한 의미와 이제 곧 기적이 나타날 것 같은 기대가 가슴 밑바닥에서부터 부풀어오른다. 항상 미열을 띠고 있는 내 육체와 마찬가지로 나의 감정도 언제나 미열을 띠고 살큼 보랏빛으로 물들어 있는 탓이기도 했지만 나는 하나의 기적을 절실하게 찾고 기다리고 있는 터이기도 했다. 나의 기적이란 간단하고 명쾌하다. 그만큼 그것이 나타날 공산 또한 큰 것이다.
 내가 바라고 있는 기적이란 나를 버리고 떠난 옛날의 나의 마누라를 꼭 한 번만이라도 만났으면 하는 기대다. 그까짓 무슨 기적이냐고 할 사람이 있을지 모르지만 내게 있어선 커다란 기적임에 틀림이 없다.
 마누라의 이름은 경숙이다. 경숙은 내가 감옥살이를 삼 년째 하던 어느 날, 마지막 편지를 내게 보냈다. 진눈깨비가 내리는 추운 날, 나는 그 편지를 읽고 오한으로 몸을 떨었다. 그 편지를 마지막으로 하고 경숙은 딴 사나이의 품으로 갔다. 그 무렵 점심시간이면 현미란 가수가 능청스럽게 뽑아내는 「검은 상처의 블루스」란 가락이 형무소 안에 울려퍼지고 있었다. "그대 나를 버리고 어느 님의 품에 갔나. 가슴의 상처 이를 데 없네……." 왜 하필이면 그 무렵, 그 노래를 형무소 안에 울려퍼지게 했는지! 운명은 간혹 묘한 장난을 한다.

그 마지막 편지의 사연을 나는 지금도 외우고 있다. 글자 하나 하나의 모습에서부터 어느 구절에서 행을 바꾸었는가에 이르기까지 그 편지의 전 문면이 나의 뇌수에 선명하게 인화되어 있다. 그 편지엔 "저를 용서해주옵소서."라고, 한 세 번을 되풀이한 글귀가 있다.

누가 누구를 용서하란 말인가. 정작 용서를 빌어야 할 사람은 나다. 그런데 나는 그 편지에 답을 쓰려고 해도 답을 보낼 곳이 없었다. 경숙에게 죄가 있다면 나를 버리고 다른 남자의 품으로 가버렸다는 그 사실에 있는 것이 아니고 내게서 답장을 쓸 수 있는 기회와 방도를 빼앗아버렸다는 바로 그 점에 있다. 그때 내가 회답을 할 수가 있어 '용서를 빌 사람은 경숙이가 아니고 바로 나.'라는 말 한마디만 전할 수 있었더라도 나는 경숙을 이처럼 찾지는 않을 것이다.

감옥에서 나온 지 벌써 이 년이 넘었어도 나는 아무에게도 경숙의 행방을 묻지 않았다. 아무에게도 묻지 않고 그 여자를 찾을 작정이었다. 작정이었다기보다 우연히 만나기를 바랐다. 아무에게도 묻지 않겠다는 덴 이유가 있다. 나는 경숙이 나를 버리고 떠난 사연에 관해 한 편의 정교한 스토리를 만들어놓고 있었는데 혹시 누구에겐가 그 여자의 행방을 묻다가 그 여자에 관해서 엉뚱한 말을 듣게 되면 그 스토리에 금이 갈 걱정이 있었기 때문이었다. 그리고 또 아무에게 묻지 않아도 그 옛날 경숙과 나를 결합시킨 섭리의 신이 반드시 한 번쯤 더 작용해서 다시 만나게 해주리란 마음이 신념처럼 굳어 있기도 했다. 그러니까 어느 거리에서 뜻하지 않게 경숙을 만나야 했다. 그런 기회를 있게끔 하기 위해서 나는 게으름 없이 체력이 용서하는 한 거리를 배회해야만 한다.

만나면 어떻게 할까.

그것까지도 나는 한 편의 희곡을 엮듯 치밀하게 준비하고 있다. 치밀한 준비라야 별것이 아니다.

"나를 용서해주시오."

이것이 첫 말이 될 것이다.

"나를 버리고 딴 사람에게 갔다고 해서 께름한 생각일랑 일체 갖지 마시오. 책임은 내게 있으니까요."

이것이 둘째 말.

"부디 행복하게 살아가시오."

이것이 마지막 말. 그러고도 남는 시간이 있으면 다음과 같이 덧붙이고 싶다.

"기왕 우린 아름답게 살지 않았소. 슬픈 대목은 잊어버리고 앞으론 아름다운 추억으로서 서로를 이해합시다."


오아시스

거리를 방황하다가 지치면 '오아시스'란 다방으로 간다. K신문사 가까이에 있는 클래식 음악을 들려주는 다방이다. 오아시스란 정말 적당한 명칭이다. 거리의 잡담·소음·욕지거리가 들끓고 있는 한복판에서 인간이 만들어낸 음 가운데서도 최고의 음향을 들을 수 있다는 건 오아시스를 만난 기분이 아닐 수 없다. 나는 그곳 어두컴컴한 구석에 정물처럼 앉아 베토벤이나 모차르트를 듣는다. 베토벤의 음악엔 일관된 주제가 있다.

"내게 닥친 고난을 착하게 고귀하게 극복함으로써 인간의 존귀함을 내 스스로 증거해야겠다."

베토벤처럼 위대한 인물이 그처럼 벅찬 고난을 당한 것을 생각하면 나 같은 버러지나 다름없는 존재는 어떠한 모멸, 어떠한 학대를 받아도 불평할 거리가 없다는 사실을 뼈저리게 느낀다.

모차르트의 경우도 마찬가지다. 그렇게 많은 현란한 명곡을 만들어 인류의 가슴에 무진장의 희열과 감동과 활력을 불어넣어주었는데도 삼십 몇 년밖엔 살지 못한 모차르트! 그리고 그 비참했던 최후를 생각하면 나 같은 위인은 돼지의 발굽에 밟혀죽어도 할 말이 없다.

이러한 자기비소自己卑小를 강요하면서도 어루만지듯 내 속의 영혼을 달래주는 음악이라는 것, 내 폐장에 우글거리는 결핵균도 이럴 때만은 깃을 여미듯 진정하는 눈치다. 결핵균도 음악에 감동할 줄 안다.

조금 그렇게 앉아 있으면 권철기權哲基가 나타난다. 권철기는 K신문의 부장기자이며 나와는 국민학교 중학교 때의 동기동창이다. 수많은 친구가 있지만 지금 내가 내왕하고 있는 친구는 이 권철기 외에 두세 사람밖엔 되지 않는다. 그런데 권철기는 베토벤과 모차르트를 좋아하는 나를 못마땅하게 여긴다. 그 이유는 간명하다. 히틀러의 부하 괴벨스가 모차르트의 피아노곡을 즐겨 연주했다는 것이고 히틀러유겐트가 베토벤 작곡의 「환희의 송가」를 단가團歌처럼 불렀다는 것이다.

"그게 어디 베토벤의 책임이고 모차르트의 책임이냐?"
고 내가 말하면

"괴벨스의 손가락이 닿으면 곡이 얼어버리고 히틀러유겐트가 부르려고 하면 입이 굳어버렸어야 모차르트고 베토벤의 면목이 살았을 것 아냐!"

하고 권철기는 익살을 부린다.

아무리 모차르트와 베토벤이 위대하기로서니 못마땅한 사람이 자기의 곡을 연주한다고 해서 그 손가락을 얼어붙게 하고 그 노래를 부르는 악한의 입을 굳어버리게 하는 신통력을 가질 수야 없는 것이 아닌가. 그러나 권철기는 바로 그 점이 못마땅하다는 것이다.

'강간을 당했대서 정절에 티가 들지 않았다고는 말할 수 없는 것이 아닌가.'

이렇게 우길 만큼 권철기의 성격은 강직하다. 그는 조그마한 부정도 견디어내지 못한다.

그러니 자연 불평투성이의 인간이 되고 말았다. 권철기란 인간은 피와 살로써 구성되어 있는 것이 아니라 불평으로 구성되어 있다는 평도 지나친 말이 아니다.

"그 벅찬 불평을 안고 어떻게 사느냐."

고 물어본 적이 있다. 그랬더니 그의 답은 이랬다.

"술이지 술. 술을 마시면 불평이 실물의 열 배쯤 부풀어버리고 그 다음엔 그게 비애로 변하고 그 비애를 슬퍼하는 동안에 분해해버리고 그리고 잠들고……."

권철기는 나를 만나기만 하면 거의 반드시라고 할 수 있을 만큼 다음과 같은 인사로써 시작한다.

"오늘은 자네 주인의 기분이 어때?"

자네 주인이란 내 폐장 속에 있는 폐결핵균을 두고 하는 말이다.

"오늘의 기분은 괜찮은 것 같애."

하면

"빨리 술 마시는 버릇을 가르쳐야 할 텐데……."
하고 씨익 웃는다.
그런데 요즘 권철기에게 무슨 고민이 있는 것 같다.
"신문살 그만두어야겠어."
이 말이 입버릇처럼 되어버렸다
"그만두고 어떻게 할려구."
하고 물으면
"어떻게 되겠지 뭐. 차라리 리어카를 끌고 먹는 게 속 편할 것 같애."
하는 우울한 답이 나온다.
"이유가 뭐야."
"신문의 사명이 있지 않겠나. 그 사명을 잃으면 삐라지, 어디 신문인가. 아무리 메카나이즈된 사회이고 신문이 상품이라지만 신문에 종사하는 사람에게만은 지사적인 기질과 실천이 다소는 있어야 하는 거야. 밥을 먹기 위해서만이라면 굳이 신문에 매달릴 필요가 있겠나 하는 말야."
"구체적으로 얘기해보렴."
"추상적으로밖에 살고 있지 않은 자네가 구체적 얘길 들어 무엇 할 꺼고……. 하여튼 그렇단 말이다."
지난번 이런 말을 주고받은 일이 있었기 때문에 나는 더욱 권철기가 기다려졌다.
드디어 나타난 권철기의 얼굴에 흥분의 빛이 있었다.
"무슨 일이 있었나?"
하고 그가 앉자마자 내가 물었다
"있었지. 예낭시장이 뇌물을 받아먹은 사건이 터졌어."
"시장이?"

"지금까지 잡힌 단서는 얼마되지 않지만 앞으로 확대될 모양이야. 어디 뇌물을 처먹은 놈이 그자뿐이겠냐만 예낭 전 시민의 얼굴에 똥칠을 한 거나 다름이 없지, 뭔가."

나는 언젠가 호사로운 자동차를 타고 지나가는 예낭시장을 본 적이 있다. 그렇게 멋진 자동차를 탈 수가 있고 2백만 시민을 다스리는 영예로운 직책에 있다면 설혹 굶는 일이 있어도 배고픈 줄 모를 것이 아닌가 하는 생각이 들었다. 그런 사람이 뇌물을 먹었다 싶으니 충격이 아닐 수 없었으나 나는 권철기처럼 흥분할 순 없었다.

"뇌물을 먹은 것이 잘못이 아니라 탄로가 난 것이 잘못이 아닌가. 요컨대 그자의 운수가 사나웠다는 얘기가 아냐?"

이렇게 말하는 나를 권철기는 말끄러미 바라보고 있더니

"그 말은 자네가 하는 말인가. 자네 주인이 하는 말인가."

하고 뱉듯이 말했다.

참으로 핵심을 찌른 반문이다. 나는 어설프게 나라는 사람의 의견을 말해서는 안 된다. 나는 아직도 감옥에 있고 바깥에서 이렇게 권철기와 대좌하고 있는 것은 폐결핵균인 것이다. 나는 그 결핵균을 대변해야 옳았다. 그럼 결핵균은 이 경우 뭐라고 할 것일까. 소리가 들린다.

"뇌물을 먹든 말든 내버려 둬라! 네가 참견할 영역도 아니고, 문제도 아니다."


### 서양댁

서른 살 남짓한 여인이 찾아왔다. 이 이웃간에서 서양댁으로 통하고 있는 여인이다. 간혹 골목길에서 지나친 적이 있어 저분이 서양댁이로구나, 하는 짐작은 했지만 인사를 나눈 적은 없다. 그런데 그 여인의 돌연한 방문이고 보니 우선 놀랐다. 미군 병사와 결혼해서 아들 딸까지 낳았는데 그 미군은 미국으로 가고 여권이 나오질 않아 따라가지 못한 채 이것저것 팔아서 살다가 보니 이런 빈민굴에까지 기어들지 않을 수 없게 되었다는 사연을 푸념 섞인 투로 한참 늘어놓고 나더니 자기 남편이 보내온 것이라면서 한 통의 편지를 꺼냈다.

"아는 통역이 있었는데요. 어디로 가버리구유. 부탁할 사람이 있어야지유. 그래 들으니께 아저씨는 꽤 유식하다드만유. 영어편지도 읽을 기라구유. 예는 할 테니까유 이걸 보구 답장 한 장 써주세요."

'유' 라는 음을 이처럼 많이 빈번하게 사용하는 사람은 천하에서도 드물 것이라고 생각하니 피식 웃음이 터졌다. 이렇게 피식 웃음을 터뜨린 게 죄가 되어 자신도 없는 영어편지를 난생 처음으로 쓰게 되어버렸다.

먼저 저편에서 온 편지를 읽어보았다. 그건 도저히 영어가 아니다. 한참 들여다보니 분명 영어 같기는 한데 짧고 얕은 영어지식밖에 없는 나로서도 지적할 수 있는 철자법의 미스가 수두룩하다. 게다가 기초문법과는 너무나 동떨어진 문장법이고 시제가 엉망이다. 겨우 암호해독하듯이 읽고 나니 진땀이 흘렀다. 대강 그 편지의 내용을 전했더니 답장은 다음과 같이 써달랜다.

"하니여.

당신의 편지를 받고 어떻게 반가운지유. 눈물이 났어유. 존과 캐럴라인은 많이 컸에유. 당신이 보면 놀랠 것이유. 지금 우리 모자들의 형편은 딱해유. 빨리 당신이 와야겠어유. 빨리 안 오면 우리는 굶어 죽어유. 당신의 사랑이 식지 않았거든 빨리 오세유. 존과 캐럴라인이 보고 싶지 않으세유. 꼭 못 올 이유가 있거든 돈이라도 먼저 보내줘야 되겠어유.

하여튼 빨리 오세유……."
　나는 그 많은 '유'를 영어로 어떻게 표현할 것인가 생각하고 겁에 질렸다. 도저히 가능한 일이 아니다. 그러나 저편으로부터 온 편지까지 읽고 절절한 이 편지의 사연까지 들어놓고 거절할 수는 없었다. 그래 내일모레쯤에 와보라고 이르고 나는 거리의 책점으로 가기로 작정을 세웠다. 책점에 가서 한영사전을 뒤져 필요한 영어 단어를 주워모을 계획이었다.
　초라한 차림의 사나이가 책점에 나타나 비싼 사전을 뽑아내니까 훔쳐 온 것이 아닌가 하고 두리번거리는 눈들이 어깨 언저리에 느껴져서 한 집에 오래 머물 순 없었다. 그래 두서너 집을 다니면서 모으기로 했는데 그렇게 해서 모은 어귀들을 밤에 집에 돌아와 옛날 학교시절에 배운 펜맨십을 상기하면서 조립하기 시작했다. 근래에 있어보지 못한 중노동이었다. 그런데 써놓고 보니 그 매력 있는 함축이 있는 '유'의 표현은 간 곳이 없고 멋없고 딱딱하고 괴팍하기조차 한 단어의 나열이 되어버렸다.
　"친애하는 하니여!
　귀하의 서한을 일독하니 흔쾌 지극이로소이다. 옥체건강이 여전하다 하오니 행복이라. 존군과 캐럴라인양의 발육은 일익왕성하여 귀하가 일견하면 대경하리라. 우리 모자지정황은 곤란막심하여 만약 귀하가 속래치 않으면 아등我等은 아사경에 지할지 모르도다. 만약 귀하의 애정 냉각을 면하였거든 속래하라. 불연이면 약간의 금전이라도 속송하라……."
　'유, 유'가 '이다', '이라', '로다'로 변하고 염연한 호소가 경화된 명령조로 뒤바뀐 문면을 보니 식은땀이 흐를 지경이지만 원래 실력이 없는 것을 어떻게 할 도리도 없고 글자를 쓰는 데만은 정성을 다했다.
　편지의 됨됨을 알 까닭이 없는 서양댁은 고맙다고 연신 머리를 숙였다. 자기 남편이 돌아오기만 하면 보답을 하겠노라고 몇 번이고 되풀이 해서 말했다.
　말이 통하지 않아도 글이 통하지 않아도 이루어지는 사랑, 그러기에 단순하고 명쾌한 사랑일는지 모른다. 말하자면 원시의 사랑을 닮은 사랑, 사랑하는 마음의 가닥가닥은 일체 생략해버리고 사랑한다는 결론만 가지고 이어지는 사랑, 상부에 달려 있는 입은 침묵하고 중부에 달린 육체의 심부들끼리 웅변할 수 있는 사랑, 그 미국의 병사는 그 서양댁을 남방의 정글에서 만난 원시인처럼 다룬 것이 아닐까? 허지만 이건 내가 할 걱정이 아니다. 하물며 나의 친구, 나의 주인인 결핵균이 탐탁하게 여겨줄 사상도 아니다. 웬일인지 그 편지를 써주고 나니 뒷집 장 청년의 생각이 난다.


## 장 청년

　나는 내가 살고 있는 집보다 편리한 집은 이 지구 위 어느 곳을 찾아도 없으리라고 생각한다. 담도 없고 울타리도 없고, 그러니까 대문이라는 것도 없다. 방문을 열면 손바닥만한 뜰, 그 앞이 곧 골목길이다.
　오늘도 쾌청. 습성화된 기침을 몇 차례 쿨룩거리고 있으니 터덜터덜 발자국 소리가 들린다. 보나마나 윗집 장 청년의 발자국 소리다. 고개를 돌려보았다. 후리후리한 키의 허여멀겋게 생긴 장 청년의 얼굴이 나타났다.
　그는 나를 보자 눈꺼풀을 가늘게 접곤 히쭉 웃는다. 웃는댔자 1초의

10분의 1도 될까말까 찰나적인 동작이지만 나를 보기만 하면 으레 하는 버릇이다. 그는 본래대로의 화석같이 굳어버린 표정으로 터덜터덜 비탈길을 내려간다. 나는 그의 옆구리를 본다. 밥덩어리를 싼 보퉁이가 달려 있다. 그러면 나는 안심하고 그가 둘러멘 낚싯대 끝이 비탈진 언덕길의 구배에 따라 흘러내린 지붕 사이로 사라질 때까지 바라본다.

"이상하재, 그애가 안씨만 보면 웃거든!"

장 청년의 어머니가 언젠가 한 말이다. 이상하다면 이상한 일이다. 그 찰나적인 웃음을 웃어 보이는 사람은 나밖엔 없으니 말이다. 평소의 장 청년은 뭔가를 골똘히 생각하다가 지쳐버린, 지친 그 모양이 그냥 얼어붙은 듯한 그런 얼굴을 지니고 누구에게나 대한다.

사람들은 그를 미쳤다고 한다. 의사는 정신분열증이란 제법 근사한 이름을 붙였다. 그러나 나는 그를 미쳤다고 생각하지 않고 항차 정신분열증 운운은 얼토당토않은 말이라고 생각한다. 장 청년은 단순히 뭔가를 골똘하게 생각하다가 지쳐버린 것이다. 너무나 어처구니가 없고 어렵게 엇갈린 문제를 풀려다가 그 답안을 얻지 못한 채 말문이 막혀버린 것이다.

장 청년은 비가 오거나 눈이 와서 한사코 그의 어머니가 말려 방 안에 가두어놓지 않는 날이면 어떤 날이고 빠지지 않고 낚싯대를 메고 나간다. 그가 어딜 가서 낚시질을 하는지 아무도 모른다. 나는 한번 그가 어딜 가나 하는 호기심을 일으켜 따라가볼 작정을 했으나 조금만 빨리 걸어도 숨이 차는 나로선 『임격정전』의 황천왕동이처럼 긴 컴퍼스를 마구 놀려 훨훨 걸어가는 그를 따라갈 수가 없어 그 작정을 포기했다.

게다가 또 신기로운 건 장 청년이 여태껏 한 마리의 고기도 낚아가지고 온 적이 없다는 사실이다. 한 마리도 낚아보지 못한 것인지, 낚아갖

곧 곧 풀어주어버리는 것인지, 낡은 것은 아무에게나 주어버리는 것인지 그것조차 알 수가 없었다. 그랬는데 얼마 전에야 나는 그 까닭을 알았다. 우연한 기회에 먹이는 무엇을 쓰느냐고 장 청년에게 물었다. 그는 고개를 살래살래 흔들었다.

"파리?"

했으나 아니라는 표정.

"지렁이?"

해도 아니라는 표정.

"그럼 새우!"

했는데도 아니라는 표정이어서 그의 몸 둘레를 살펴보았더니 어느 곳에도 먹이를 준비하고 있는 흔적이 없었다. 그래 나는 먹이를 달지 않고 낚싯바늘을 그냥 들이고 있는 것이냐고 몸 시늉으로 물었더니 그도 시늉으로 그렇다고 했다.

　옛날 강태공은 위수渭水에 곧은 바늘을 들이고 앉아 천하를 낚는다고 주책을 부렸다지만, 우리 장 청년은 먹이 없는 낚시를 들이고 뭣을 낚는다는 것일까.

"무슨 고기를 낚을 작정이오?"

하고 물었더니 실어증의 증세가 있는 그는 긴 팔을 활짝 펴보이면서 "큰, 큰." 하고 입을 우물거렸다. 큰 고기를 낚겠다는 뜻일 게다.

　장 청년에 관한 얘기를 그 어머니로부터 들은 지도 꽤 오래 전의 일이다. 그는 과묵하고 온순하고 착실한 소년이었다. 국민학교를 나온 해에 어떤 운수회사에 사환으로 취직했다. 충실하고 근면하고 영리한 장 청년은 중학교를 졸업할 나이가 되면 중학 졸업생과 동등한 자리와 대우를 받았고 고등학교를 나올 연령이 되면 고등학교 졸업생과 똑같은 대우를 받을 수 있었을 정도로 회사가 신임한 청년이었다.

그러는 동안에 장 청년은 같이 사환으로부터 사무원으로 올라간 여자동료 한 사람에게 열렬한 사랑을 느끼게 되었다. 성실한 성품만큼 그 사랑의 집중력도 강했다.

장 청년은 드디어 그 여자동료와 결혼했다. 직장 전체의 축복을 받은 성대한 결혼식이었다고 한다. 그랬는데 결혼한 지 얼마 안 가 신부에게 다른 애인이 있었다는 사실이 발견되었다. 신부의 애인이란 직장에서 상사로 모시고 있는 과장이었고 그 사람에겐 처자가 있었다.

그때 장 청년이 받은 충격이 얼마나 컸는가는 얘기하나 마나다. 그러나 그는 그 과장에겐 처자가 있고 그 마누라의 견제도 있고 하니 언젠가는 신부의 마음이 자기 편으로 돌아오리라고 은근히 믿고 그런 날을 기다리고 있었다. 허나 상사인 과장과 장 청년 부인과의 사랑은 의외로 열렬했던 모양이다. 여자 편에서의 사랑이 더욱 강했다는 것은 그 과장이 딴 곳으로 전출되자 공공연하게 장 청년의 부인이 그 과장의 신임지까지 따라갔다는 사실로써 알 수가 있다.

그러한 어느 날 장 청년은 자기의 마누라가 친정엘 갔다가 곧바로 다시 과장이 전출한 곳으로 가기 위해서 차를 탄다는 정보를 들었다. 그는 역으로 달려갔다. 기차가 이제 막 움직이기 시작해서 속도를 더하려는 찰나의 일이었다. 장 청년은 달려가 최후차량의 승강구에 매달리려고 했다. 승강구의 손잡이에 손이 가닿자, 그리고 조금 끌려가다가 장 청년은 뒤로 나가떨어졌다. 후두부에 심한 타박상을 입었다. 의식을 회복하기까지 일주일이 걸렸다. 의식을 회복했으나 정상적인 의식은 아니었다. 그 뒤 차츰 정상 상태로 돌아오는 것 같더니 재작년부터 완전히 실성한 사람이 되었다. 회사엔 나가지 않고 낚싯대를 메고 해변으로 나가기 시작했다.

"그애는 어릴 때부터 낚시질을 좋아하긴 했지만."

하고 그의 어머니는 한숨을 지었다. 그렇다고 치더라도 장 청년의 낚시질에 대한 편집이 너무 지나치다는 뜻이 섞인 한숨이었다.

"그래 그 여잔 지금도 그 과장이란 사람과 지내고 있는가요?"

나는 이렇게 물었었다.

"벌써 헤어졌다는 소문이드만요."

"그럼 그 여자를 데리고 오도록 해보실 일이지."

"징그러워서 어디, 그리고 본인도 무슨 체면으로 나타나겠수."

"장군의 정신을 돌릴 수 있을는지 모를 일 아닙니까. 장군을 위해서라면 불쾌한 것쯤 참아야지요. 그 여자에게도 그렇게 말하구."

"그렇지 않아도 그런 뜻을 은근히 비춰봤더니 그애의 형이 노발대발하는 통에……."

"세상일을 어디 감정으로만 처리할 수 있겠습니까."

이렇게 말하면서도 나는 암연한 심정이었던 것을 기억한다. 만일 내가 경숙일 데리고 와야겠다고 할 때 어머니의 반응이 어떨까 하는 생각이 들어서였다. 그때 장 청년이 내게만 피식 웃어 보이는 그 웃음이 혹시 동병상련하는 의식에서 나온 것이 아닐까 하는 생각을 나는 해보았던 것이다.

흐린 날씨면

결핵균처럼 계절과 천기에 민감할 수 있을까. 날씨가 흐리면 오한이 심하다. 이 오한이란 것이 문제다. 밖에서 조작된 추위가 사람을 엄습

하는 게 아니라 오한은 내 육체의 내부에서 만들어진 음산한 한숨과 같은 추위다. 결핵균의 선동이 일으키는 음습한 반란이기도 하다. 이럴 때면 나는 풀칠을 해서 발라버린 듯 방바닥에 누워 있어야 한다. 그러고는 눈을 감고 가쁘게 숨을 내쉬고 있으면 수천만 배의 확대율을 가진 현미경을 통하지 않아도 내 폐장 속의 결핵균을 관찰할 수가 있다. 결핵균 가운데도 왕초가 있다. 그 왕초가 일제히 공격명령을 내리면 수억으로 헤아리는 부하균들이 이미 퇴락해가는 폐장의 성벽을 뚫으려고 결사의 습격을 한다. 나이드라지드의 가스탄이 그 무리들을 향해 집중 폭발을 한다. 그럴수록 균들은 더욱 기를 쓰고 덤빈다. 그러나 균들도 휴식해야만 하는 시간이 있다. 그 시간을 나는 고요히 기다릴 뿐이다.

균들의 퇴각과 오한의 종식은 거의 같은 시간에 이루어진다. 나는 눈을 뜨고 파리똥이 군데군데 깔려 있는 천장을 바라보며 겨우 차린 의식으로 경숙이 딴 남자의 품으로 가야만 했던 사연에 관한 스토리에 손질을 하기 시작한다. 그 스토리를 보다 정교하게 보다 진실답게 꾸미기 위해서 디테일을 엮어나간다. 이렇게 해서 나는 내가 꾸며낸 스토리를 사실인 양 믿게 되고 경숙의 행동이 백번 타당하다는 것을 인정하고 "나를 용서해달라."고 경숙의 환상 앞에 머리를 숙인다.

'5월이었다. 나는 신록의 내음과 청포의 향기가 삽상한 아침 공기에 서려 있는 집을 나왔다. 그때 유치원에 가는 영희의 차비를 차려주고 있으면서 경숙은 "오늘도 빨리 돌아오세요." 했다. 영희는 그 고사리 같은 손을 귀엽게 흔들어 보이면서 "아빠 잘 다녀와요."라고 했다. 나는 의젓한 가장의 품위와 아빠로서의 행복한 미소를 지니고 회사로 향했다. 평화의 상징으로서의 화재가 될 만한 하늘이었다. 거리였다. 그런데 바로 그날 나는 집으로 돌아가지 못했다. 그리고 영영 그 집으론 돌아가지 못했다. 신록의 내음과 창포의 향기가 삽상한 아침 공기에 서려 있는 아담하고 단란했던 그 집! 나는 그 집으로 다시는 도로 돌아가지 못한다……. 그날 오후 나는 회사에서 체포되었다. 그로써 하나의 가정은 수라장이 되었다. 십 년 걸려 이루어놓은 나의 가정은 튼튼한 성이기는커녕 작은 유리그릇에 불과했다. 나라고 하는 중심이 없어지자 시멘트 바닥에 굴러떨어져 산산이 조각나버렸다. 운동비다, 변호사비다 해서 집은 남의 손으로 건너갔다. 한 해가 가고 두 해가 갔다. 내가 짊어진 징역은 고스란히 십 년이었다……. 그동안 팔 수 있는 건 모조리 팔았다. 영희란 여섯 살 난 딸은 급성폐렴으로 죽었다. 직접 사인은 급성폐렴이지만 영희는 내가 체포된 그 찰나에 이미 죽었다고 생각한다. 하늘보다도 높게 생각하던 아버지가 죄인으로 묶였을 때 그 딸은 그때 죽어야 하는 법이다.

"다신 유치원에 안 나가겠다고 하잖아. 그래 무슨 까닭이냐고 물었더니 동무들이 느그 아버지 죄인이 되어 푸른 옷 입고 감옥살이한다더라고 놀려대더라는 건데, 그후 며칠 안 가서 애가 자리에 눕더니 하룻밤 사이에 그만……."

어머니는 영희의 죽음에 대해서 이렇게 울먹이며 말했지만, 나는 영희에의 애착은 부풀어 있으면서도 그 죽음에 대해선 냉담했다. 여섯 살 난 영희가 나의 영원한 영희, 죽음으로써도 어떻게 할 수 없는 유대가 나와 그애를 함께 묶고 있는 것이다.'

나의 스토리는 영희의 죽음에 이르자 중단된다. 세상이 뭣인지도 알기 전에 슬픔을 먼저 안 아이, 살기에 앞서 죽음부터 익혀버린 그 가냘픈 영혼! 나는 다시 눈을 감는다.

'……영희의 죽음이 있은 후, 집안의 형편은 더욱 말이 아니었다. 경숙은 시어머니에게 직장을 구해 나가겠노라고 했다. 어머니는 자기가 생선장수라도 할 테니 경숙은 집안에 머물러 있어야 한다고 완강히 거절했다. 그러나 밀어닥치는 곤란은 어떻게 할 수가 없었다. 경숙은 그의 친구가 경영하고 있다는 다방일을 거들어주게 되었다. 월급이 삼만원이나 된다는 게 커다란 유혹이었다. 체포되었을 무렵의 내 월급이 그 정도였으니까.

……처음엔 어색했던 다방종사가 날이 감에 따라 차츰 기름이 올랐다. 수월하게 애교를 피울 줄 알게 되고 단골손님과 심심찮게 농담을 주고받을 수 있게도 되었다. 집구석에 처박혀 있으면서 상을 찌푸리고 살림 걱정을 하느니보다 그렇게 나와 활동하는 편이 몇 배나 낫다는 생각도 하기에 이르렀다. 보다도 내게 대한 옥바라지를 수월하게 해낼 수 있다는 데 경숙의 어깨는 한결 가벼웠다. ……허나 시어머니와의 관계는 날로 험악해지기만 했다. 돈을 벌어오는 사실과 정비례해서 며느리에 대한 불신과 의혹은 커갔다. 이런 시어머니의 감정이 며느리인 경숙의 심상에 복사되지 않을 수가 없다. 불신을 받을 만한 거리가 아무것도 없는데 불신을 당할 때 사람은 반발을 느끼게 마련이며 나아가선 이왕 그럴 바에야 하는 자포자기적인 충동마저 인다.

……시어머니의 편으로선 매일 밤늦게 돌아오는 며느리가 달갑지 않았을 것이며 짙게 화장하는 꼴이 탐탁치 않았을 것이며 여느 때면 보통으로 보아줄 수 있는데도 그런 처지에서 새옷을 사입는 등의 행동에 분격에 가까운 감정을 불태우기도 했을 것이다. ……이렇게 되었으니 경

숙으로선 집에 있을 땐 지옥을 느끼고 밖에 나와 있을 땐 자유를 느꼈다. …… 때마침 마누라를 얼마 전에 여의고 홀몸으로 있는 부유한 중년 신사가 경숙 앞에 나타났다.

……그 신사는 경숙에게 은근히 호의를 보였다. 간혹 식사를 같이하자고 했다. 인품도 좋고 재산도 있는 사람이니 같이 식사쯤 하는 것이 어떠냐는 다방 주인의 권고도 있고 해서 세 번 초대가 있으면 한 번쯤은 응해야 했다. ……그런 장소에 있는 사람은 남편이 있어도 있다고 하지 않는 게 상식이다. 그리고 남자란 그런 치사스런 질문은 아예 하지도 않는 법이다. 경숙의 경우, 입장은 더욱 미묘했다. 남편이 있다고 말하고 싶지만 그랬다간 감옥살이하는 사실마저 털어놓아야 하니 말이다. 하물며 시어머니를 모시고 있다고는 더더구나 말할 수가 없다.

……화류계와는 조금 다르겠지만 다방 같은 데 종사하는 여성들도 스스로의 입장을 언제나 누군가의 사랑을 받을 수 있다는 가정 위에 세워놓아야 한다.

……이러한 상황 속에서 그 신사는 경숙에게 적극적으로 접근했다. 자기와 같이 살게 되었을 때의 비전을 보라색으로 그려 보이기도 했을 것이다. ……아직도 팔 년이나 형기를 남긴 남편을 생각하면 남편을 안타깝게 생각하는 마음과 병행해서 그 열렬한 구애에 경사되는 스스로의 마음을 경숙인 걷잡을 수 없었다. 남자의 정열은 자꾸만 강화되어 갔다. 드디어는 다방이 끝나길 기다려 집에까지 모셔다 주마고까지 나섰다. 거절했지만 도리가 없어 도중까지 동행하는 일이 거듭되었다. 이런 광경을 기갈이 센 시어머니가 목격하게 되었으니 그 결과는 짐작할 만하지 않는가. 그렇지 않아도 잔뜩 의혹에 사로잡혀 있는 사람이 외간 남자와 나란히 밤길을 걷고 있는 며느리를 보았으니 그 시어머니의 입

에서 좋은 말이 나올 리가 없다. 한편, 마지못해 동행을 했을 뿐 그 이상의 아무 일도 없는 사람을 화냥년 취급을 할 때 경숙의 반발도 당연했을 것이니 그 입에서도 또한 좋은 말이 나올 수가 없다. ……드디어 경숙은 시어머니의 집에서 나오지 않을 수 없었다. 시어머니와 헤어져 살게 되었다는 바로 그 사실에 운명의 함정이 있었다. 집에 꼭 들어가야한다는 절대적 조건이 무너졌을 때 여러 가지 행동의 가능이 전개되는 것이다. 먹지 못하는 술도 마시게 되고 유혹을 받을 수 있는 합리적인 이유를 스스로 만들어내기도 하고 남녀간이란 어쩌다 선을 넘기만 하면 낭떠러지 굴러떨어지는 바위와 같은 것이다.'

이와 같은 줄거리로 나의 상념은 미微를 쪼개고 세細를 나누어 한 장면, 한 장면을 극명하게 묘사해선 경숙이 내 곁을 떠난 사연을 엮어보는 것이지만 그 결말을 석연하게 밝힐 수 없는 것이 언제나 가슴 아프다. 단 하나의 결론이 있다면 경숙의 미모가 모든 사건의 원인이다. 미인박명이란 말은 나면서부터 미녀가 기막힌 팔자를 타고나는 것이 아니라 이리떼 같은 사내들이 미녀를 가만두지 않는 데 운명의 장난이 시작된다. 세상은 미녀의 정절을 거의 절대로 용납하지 않는다. 운명의 여신은 여인의 미모를 질투한다고 했다. 경숙에겐 그러니 잘못이 없다. 경숙을 미워해선 안 된다. 용서를 받을 사람은 바로 나다. 결코 경숙이가 아니다.

결핵균이 다시 공세를 취하는 모양이다. 비를 섞은 바람소리가 들려온다.

성을 만든다

 떠나간 아내의 사연을 꾸며, 그 핑계를 믿는 것까진 좋지만 그 사연과 그 핑계로써는 어떻게 할 수 없는 무엇인가가 찌꺼기처럼 가슴 밑바닥에 고인다. 그 뭣인가가 나를 지치게 한다. 결핵균은 내가 지칠 무렵을 노리고 덤빈다.
 염증으로 열띤 나의 상념 속으로 지나가는 풍경이 있다. 신록의 내음과 창포의 향기가 서려 있는 집. 그 지붕, 그 벽, 그 마루의 판자 하나하나가 십수 년 입립신고粒粒辛苦한 모자의 피와 땀의 결정이었다. 나는 몇 권의 책을 마련해서 서가를 만들고 몇 장의 음반을 사선 다소곳한 음악의 분위기를 만들고 명화의 복제를 구해서 아담한 미술관을 꾸며놓기도 했다. 거기 어머니의 유순한 미소의 주름살이 광파했고 경숙의 화사한 얼굴이 겹쳤고 영희의 무구한 재롱이 봄바람처럼 일었다. 솔로몬의 영화도 들에 피어난 한 떨기 백합꽃의 호화를 닮지 못한다지만, 누구도 지상의 평화와 행복을 그처럼 작은 집에 그처럼 충실하게 담아놓진 못했을 것이다. 그러나 그 모든 것이 화창한 오월의 어느 날, 비누방울에 비친 한 토막의 경치처럼 사라져갔다.
 하지만 아쉬움은 없다. 나는 죄인이었으니까, 죄인은 그만한 벌을 받아야 한다. 그런데 죄인이란 무엇일까. 범죄란 무엇일까. 대영백과사전은 '범죄…… 형법위반 총칭'이라고 되어 있다는 것이고 제임스 스티븐은 '그것을 범하는 사람이 법에 의해서 처벌되어야 하는 행위, 또는 부작위'라고 말했고 유식한 토머스 홉스는 '범죄란 법률이 금하는 짓을 하는 것'이라고 말하고 있다는데, 나는 이것을 납득할 수가 없다. 형법 어느 페이지를 찾아보아도 나의 죄는 없다는 얘기였고 그밖에 어떤 법률에도 나의 죄는 목록에조차 오르지 않고 있다는 변호사의 얘기였으니까 그런데도 나는 십 년의 징역을 선고받았다. 법률이 아마 뒤쫓아 온 모양이었다. 그러니까 대영백과사전도 스티븐도 홉스도 나를 납득시키지 못했다. 나는 스스로 나를 납득시키는 말을 만들어야 했다. "죄인이란 권력자가 '너는 죄인이다.' 하면 그렇게 되어버리는 사람이다."

드디어 나는 비누방울처럼 사라져간 옛집을 그리워할 것이 아니라 새로운 집을 지을 결심을 했다. 그리고 그 집은 어떤 재난도 어떤 권력도 내가 살아 있는 한 빼앗아갈 수 없는 집이라야 한다고 마음먹었다. 내 관념 속에 지어놓은 집은 내 생명을 빼앗아가지 못하는 한 이를 뺏지 못할 것이 아닌가.

애당초의 작정은 화사한 방갈로를 짓는 것이었다. 코발트 빛깔의 지붕, 하얀 벽, 집 주위엔 프리지아의 화단이 있고 뜰 가운덴 조그마하나마 분수가 있어 언제나 무지개를 엮고 있어야 했다. 창은 크게 뜬 소녀의 눈동자를 닮아야 했고, 새들이 간혹 와서 지숙止宿하는 열린 조롱이 창가에 달려 있어야 한다. 방갈로를 지을 계획이 성을 만들어야겠다는 각오로 바뀐 것은 어떠한 경우에라도 집주인이 체포될 수는 없어야겠다고 생각한 때이다. 어떤 경우에라도 체포될 수 없도록 하는 구조를 가진 성이란 아이디어. 이것이 나를 열중하게 했다. 그만큼 성은 성다워야만 했다.

위치는 예낭 동단의 절벽 위로 작정했다. 모양은 중세의 영국식이어야 하고……. 성을 둘러싼 성벽엔 창연한 이끼가 끼어야 하고 한쪽 성벽엔 언제나 거센 파도가 쉴 새 없이 부딪혀야 한다. 성 위엔 언제나 암울한 하늘, 성 전체가 풍기는 기분은 언제나 음산, 성문은 돌다리를 통해서만이 드나들고 그 견고함은 최신식 탱크, 백 밀리미터 포의 위력도 당하지 못한다. 성의 건물은 적어도 원주 이백 미터가 넘는 못을 둘러 싸는 회랑에서 시작해 차근차근 피라미드식으로 중천에 솟는다. 다락 방엔 거미줄이 얽히고 지하장地下藏엔 유령이 나타나고 그 사이로 미로 가 얽히고설켜 어떤 추적자도 성에 들어서기만 하면 길을 잃고 만다.

'그래도 추적을 피하지 못할 땐 창으로부터 절벽 위로 내려뛴다. 태 평양의 파도가 되는 것이다. 아아! 화려한 환상!'

그런데 이러한 성 속에 하나의 방만은 전아하고 황홀하다. 원앙새를 수놓은 태피스트리가 커튼을 대신하고 한쪽 벽엔 렘브란트의 그림, 또 한쪽 벽엔 고야의 카프리초스가 걸렸고 천장엔 루이 왕조의 성시를 방 불케 하는 샹들리에가 수백의 촛불을 피우고 찬란하다. 널찍한 방 안은 여름엔 시원하고 겨울은 따뜻하고 들창을 열면 동서의 명화名花가 계절 을 초월한 현란을 이루고 황혼 무렵엔 뜰 가운데의 못에서 일 미터 길 이나 되는 잉어가 도약해선 석양에 황금색 비늘을 번쩍거린다.

그 방의 주인은 햄릿극에서 빠져나온 오필리어. 오필리어는 바깥을 싫어한다. 그리고 나 이외의 아무도 만나려 하지 않는다. 그 소녀는 나 의 눈으로써만 만상을 보고 나의 귀로써만 세계의 일을 듣고 나의 입을 통해서만 말한다.

긴긴 겨울밤 오필리어가 세계정세를 알고 싶다고 하면 나는 다음과 같이 설명할 것이다.

"미국에선 텍사스에서 나온 존슨이란 대통령이 월맹과 베트남의 정 글에 빗발같이 폭탄을 퍼부으라고 호령하고 있죠. 프랑스에선 코가 크 고 키가 큰 드골이란 사람이 덮어놓고 자기만 따르라고 외치고 있죠. 영국에선 총명하다고 소문이 난 윌슨 수상이 로디지아 문제 때문에 골 치를 앓는답니다. 인도의 인디라 수상은 정치를 하느니보다 연애를 해야 했다고 후회하고 있고 인도네시아의 수카르노 대통령은 쫓겨나게 되었답니다."

이래놓으면 나의 오필리어는 꽃잎 같은 입술을 움직여 다음 다음으로 질문을 한다.

"존슨 대통령은 왜 월맹에다 빗발처럼 폭탄을 퍼부으라고 호령을 할까요?"

"월맹엔 빨갱이들이 살고 있으니까요."

"드골은 왜 덮어놓고 자기만 따르라는 걸까요?"

"위대한 프랑스를 만들어야 한답니다. 드골은 오늘의 프랑스가 자기의 키나 코처럼 크지 못한 것에 안달이 나는가 봅니다."

"그 총명한 월슨이 로디지아 때문에 왜 골치를 앓는지요?"

"이안 스미스란 작자가 괴팍합니다. 십분의 일도 채 못 되는 수의 백인이 절대다수인 아프리카인을 지배해야 한다고 우기니까요."

"인디라 수상은 왜 후회를 하나요?"

"생각해보십시오. 사랑처럼 감미롭고 충실한 시간이 어디에 있겠습니까. 시끄럽기만 하고 불모한 정치토론에 시간을 다 빼앗기고 애인의 품에 안길 수가 없으니 청춘이 다 가버린 이제에 와서 후회가 되지 않을 까닭이 있습니까. 벼슬보다 사랑이 중한 겁니다. 심프슨 부인을 사랑한 나머지 왕관을 버린 에드워드 8세가 가장 현명한 사람이죠."

"수카르노는 왜 쫓겨났을까요?"

"하나의 여자만을 사랑하지 않고 여러 여성에게 마음을 옮긴 때문이 아닐까 합니다."

이렇게 밤이 깊어가면 나의 오필리어는 사랑의 노래를 듣고 싶어한다. 나는 나의 사랑의 시를 조용하게 읊는다.

"바람도 그대의 머리칼을 흔들지 못하리, 구름도 그대의 눈동자를 가리지 못하리, 태양도 그대의 화려한 웃음을 닮지 못할 것이고 달도 그대의 고요한 아름다움을 흉내낼 수 없으리. 낮이나 밤이나 바다는 그대 그리워 도성濤聲을 올리고 별들도 그대를 찬양하는 합창으로 밤을 지새운다. 나의 눈은 그대의 눈, 나의 귀는 그대의 귀, 나의 입은 그대의 입, 나의 팔은 그대의 팔, 영원하여라! 시간이여. 그대와 나와의 사랑을 위해서."

밤은 길다. 노래가 끝나도 밤은 남는다. 나는 나의 오필리어에게 예낭의 소식을 전한다.

"오늘도 예낭에서 몇몇 새로운 생명이 탄생한 것 같습니다. 그리고 몇몇 낡은 생명이 숨을 거둔 모양입니다. 배고픈 소년들이 굶주린 이리떼처럼 거리를 쏘다녔지만 모멸과 학대만을 얻었을 뿐입니다. 태양은 내일도 예낭의 하늘에 떠오를 예정이라고 합니다."

나의 오필리어는 화사하게 웃어 보인다. 그런데 그 화사한 웃음이 어쩌면 경숙의 웃음을 닮을 때가 있다. 오한이 시작된다. 오한이 풍겨내는 먹구름 사이로 나의 성은 그 자취를 감추고 만다.


황혼

엷게 모색暮色이 깔린 거리다. 솜털로 피부를 문지르듯 공기는 부드럽다. 각양 각색의 극채색이 담백한 흑색으로 분해되어가는 시간. 나는 이런 시간이 마음에 든다. 노추도 부각되지 않고 치졸도 눈에 거슬리지 않는 낮과 밤, 빛과 어둠의 어림길. 사람들의 걸음걸이는 가볍고 얼굴들도 밝았다. 나는 어떤 예감 같은 것에 몸을 떨었다. 이럴 때야말로 무슨 기적 같은 일이 일어나는 것이다. 나는 흥분을 가까스로 진정하고 나이드라지드를 사러 약국으로 막 들어서려는 찰나였다. 누군가의 부름을 받기나 한 것처럼 나는 고개를 돌렸다.

고개를 돌리자 나의 시선은 건너편 길을 걸어가고 있는 여자의 옆얼굴에 스파크했다. 그 여자였다. 그 여자는 이제 막 꽃핀 가등 밑으로 꿈 속에서 나타난 선녀처럼 걸어가고 있었다.

나의 동작은 민첩했다. 순식간에 사오 미터의 간격을 두고 나는 경숙의 뒤를 따르고 있었다. 뜻하지 않은 기적을 만난 흥분과 급격하게 몸을 움직인 탓으로 숨이 가빴지만 고통은 느끼지 않았다. 나는 말쑥히 몸치장을 한 경숙의 뒷모습을 만족한 가정생활을 하고 있는 중년여성의 기품으로 보았다. 옛날보단 약간 살이 오른 것 같은 몸집으로부터 우아한 에로티시즘을 발산하고 있는 경숙은 혼자 걷고 있는 것이 아니었다. 그의 남편이라고 단정할 수 있는 중년 신사와 동행이었다. 나는 내 앞에 걸어가고 있는 그 여자가 분명 경숙일 수밖에 없다고 확신하면서도 한때 나의 아내였다는 사실을 실감할 수가 없었다. 저 우아하게 차린 여인이 불과 몇 해 전 실오라기 하나 걸치지 않고 나의 품안에서 신음한 여자라곤 아무래도 믿어지지 않았다.

그들은 가끔 쇼윈도를 들여다보곤 뭔가를 소근거려가며 천천히 걸었다. 나는 문득 그 남자에게 공손히 절을 하곤 "경숙일 이처럼 사랑하고 행복하게 해주셔서 대단히 감사합니다." 하는 인사를 하고 싶은 충동에 사로잡혔다. 그러나 어떻게 해야 좋을지 몰랐다. 앞질러 돌아가서 길을 막고 해야 하느냐, 어깨를 두들겨 돌아서게 하고 해야 하느냐. 이렇게 망설이며 걷고 있는데 그들은 큰 거리에서 작은 거리로 접어들더니 미리 자동차를 거기다 대기시켜놓았던 모양으로 자동차를 타자마자 미끄러지듯 나의 시계에서 사라져버렸다.

닭을 쫓던 개의 꼴도 아니다. 이제 막 꿈에서 깨어난 그런 기분이었다. 나는 가까이에 있는 전신주에 몸을 기댔다. 일시에 피로가 엄습해 온 느낌이었다. 그런데 한 가닥도 질투 같은 감정은 없었다. 에로티시즘을 느꼈다곤 하지만 그건 이미 객관화된 상념이었을 뿐이다.

'어디로 갈까?'

나는 약국으로 되돌아갈 생각을 잃었다. 집으로 바로 들어갈 생각도 일지 않았다. 어둠이 짙어진 모양이다. 전등의 광채가 요란함을 더했다. 나의 뇌리로 하얀 포장의 구멍가게가 스쳐갔다. 그 앞을 지날 때마다 유심히 보아오고 아련히 마음이 끌렸던 구멍가게의 안주인 얼굴이 떠올랐다. 도레미 위스키란 글자를 새겨넣은 하얀 포장의 구멍가게. 거기 가서 위스키나 한잔 해볼까, 하는 생각이 돋았다.

"네가 죽는 날, 나는 죽는다."

어머니의 말이 들려왔다. 그러나 칠 년 만에 소생한 알코올의 유혹이 강했다. 알코올보다도 그 구멍가게의 안주인을 보고 싶었다. 다행히 약을 살 돈이 주머니에 있었다.

나는 그 구멍가게를 향해 가며 마음은 끌렸는데 왜 이때까지 거기 가볼 생각은 안 하다가, 경숙을 본 이 시간에 거기엘 갈 작정을 한 까닭이 뭣일까, 하고 생각해보았다. 마음의 움직임이란 그저 '미묘하다' 고밖엔 더 말할 나위가 없는가보다.

구멍가게의 포장을 헤쳤더니 간데라의 불을 반사한 검은 눈을 크게 뜨며 안주인은 나를 반겼다. 그곳에 들른 것은 처음이지만 그 앞을 빈번히 지나다닌 나의 얼굴엔 익어 있었던 모양으로 초면답지 않은 친숙함을 보였다.

손님은 나 하나뿐이었다. 나는 의자에 걸터앉았다. 안주랬자 고기와 간과 파를 꼬치에 끼워 구운 것밖엔 없고 술은 도레미 위스키뿐이라고 했다.

"전 한 잔이면 됩니다. 옛날엔 술을 조금은 마셨지만 지금은 안 돼요. 모진 병에 걸려서요."

"무슨 병인데요."

하는 눈초리로 안주인은 나를 바라보았다. 서른네댓은 되어 보이는 여자, 상대편을 바라보는 얼굴의 표정에 확실히 경숙을 닮은 데가 있다. 나는 고개를 숙였다.

안주인은 세 꼬치의 안주를 하얀 접시에 담고 조그만 유리 글라스에 암녹색의 액체를 채워 내 앞에 갖다놓았다.

"술은 어떨는지 모르지만 그 안주는 병자에게 나쁘지 않을 건데요."

하고 안주인은 조심스럽게 웃었다.

"어떤 병이신지."

"폐병하고도 제3기랍니다."

"폐병?"

하고 놀라는 눈치더니 안주인은 조용히 말했다.

"요즈음은 좋은 약이 많아서 폐병쯤은 수월하게 고칠 수 있다고 하던데요."

"전 병 고칠 생각은 안합니다. 이대로 살다가 죽는 거죠, 뭐."

"별말씀을 다하셔. 아직 젊으신 어른이 빨리 나으셔서 잘살아보셔야지. 그런데 그런 병엔 이 간이 좋대요. 참, 포도주가 조금 있으니 포도주를 하실래요?"

"걱정 마시고 위스키를 한 잔만 더 주세요. 칠 년 만에 마시는 건데 조금은 어떨라구요."

고기와 간과 파를 사이사이에 놓고 꼬치에 꽂아 연탄불에 구운 그 안주는 맛이 좋았다. 위스키는 두 잔을 했을 뿐인데 순식간에 취기가 돌았다.

그런 장사를 하는 사람답지 않게 안주인은 청초한 기품을 가지고 있는 듯했다. 청결한 맵시, 더욱이 안주인의 이빨은 상냥하리만큼 청결했다.

주기가 돌자 나는 뭔가를 호소하고 싶은, 갈증 비슷한 감정을 억제할 수가 없었다.

"아주머니! 저 얘기 하나 해도 될까요?"

"하세요. 전 손님들 얘기 듣는 것 좋아해요."

"이건 내 자신의 일이 아니고 내 친구의 얘긴데요."
하고 나는 다음과 같이 이야기를 꾸몄다.

"그 친구는 징역살이 했죠. 그동안에 그의 마누라가 딴 남자와 결혼을 했거든요."

"어마나, 그럴 수가."

"그럴 수가 있죠. 그리고 그렇게 된 데는 그 여자에겐 책임이 없어요. 그렇게 될 수밖에 없는 사정이었죠."

그래놓고 나는 이미 꾸며놓은 일편의 스토리를 들려주었다.

"하여간에 몹쓸 여자구먼요."

안주인은 두 번 생각해볼 필요도 없다는 듯이 잘라 말했다. 나는 내가 모욕을 당하는 것처럼 당황했다. 그래 얼른 말을 이었다.

"감옥에서 나오자 그 친구는 옛날의 마누라를 꼭 한 번만이라도 만나기를 원했죠. 그 친구는 마누라를 만나면 '참 잘했소. 나와 같이 불행해지는 것보다 당신 혼자만이라도 행복하게 된 건 다행한 일이오. 그러니 나를 배신했대서 조금도 께름하게 생각하지 말고 잘살도록 하오.' 이렇게 말할 참이었답니다."

안주인은 어이가 없다는 듯 나를 바라보고 있었다. 나는 말을 이었다.

"그랬는데 며칠 전 그 친구는 거리에서 마누라를 봤어요. 현재의 남편과 나란히 걸어가더라는 거예요. 그래 그 친구는 그 두 사람의 뒤를 따라갔는데 어떤 골목에서 그만 놓쳐버린 모양이죠. 마누라의 지금 남편에게 공손히 절을 하고 '아내를 이처럼 행복하게 해줘서 고맙다.'고 할 판이었는데 그 기회를 놓친 것이 안타까워 못견디겠다고 하잖아요."

"손님의 친구라는 분! 그래도 남잔가요? 거리에서 마누라를 만났거든 머리채를 휘어잡고 뺨이라도 한번 야무지게 갈겨줄 일이지!"

가게주인은 슬그머니 화가 나는 표정이었다. 나는 더욱 당황했다.

"그 여자에겐 나쁜 것이 없대두요."

"나쁘지 않다구요? 남편이 무슨 일로 징역살이를 하게 됐는지 모르지만 그런 역경에 있을 때 딴 남자와 눈을 맞추는 여자가 나쁘지 않단 말예요."

"생각해봐요, 아주머니. 남편은 십 년 징역을 살아야 하고 게다가 시어머니완 사이가 나쁘고 또 오해도 있었구."

"백 가지 이유가 있어도 안 돼요. 남편이 살인강도를 했대도 안 돼요. 그러니까 부부란 게 아뇨? 좋을 땐 좋고 나쁠 땐 나쁜 건 남남이라도 되는 것 아뇨? 좋을 때고 나쁠 때고 서로 돕고 서로 위한다는 게 부부란 것 아녜요? 내 말을 할 주제는 아니지만 내 남편이 집을 나간 지 벌써 십 년이 넘습니다. 그래도 자식 하나 데리고 비록 이런 장사를 하고 있을망정 저는 남편을 기다리고 있어요. 도덕이니 뭐니보다도 그게 인생이란 것 아니겠어요."

"인생이니까 딴 남자에게 갈 수도 있는 것 아닙니까."

"어쨌건 전 반대예요. 그런 여자가 있기 때문에 여자들이 욕을 먹게 되는 거예요. 그런데 뭐라구요? 손님의 친구는 마누라의 지금 남편에게 감사할 작정이었다구요? 사람이 좋은 것하고 소갈머리가 없는 것하곤 다르지 않아요?"

이렇게 결연하게 말할 때 안주인의 얼굴은 뚜렷한 윤곽으로서 결연했다.

"게다가,"

하고 나는 어물어물 말했다.

"그 친구는 심한 폐병환자이기도 하거든요. 도리가 없잖아요. 사람은 누구나 행복하게 살 권리가 있어요. 남을 희생시킬 수도 없는 것이고 남의 희생이 돼서도 안 되는 거구요. 둘 다 망하고 불행해지는 것 아니겠어요?"

안주인은 응수하지 않았다. 말을 하지 않는 대신 안주를 세 꼬치 더 접시에 집어놓았다.

"거 안 됩니다. 가진 돈이 그렇게는 없습니다."

하고 나는 손을 저었다.

"돈 걱정은 마시고 잡수세요. 이건 우리집 단골이 되어줍소사 하고 드리는 거예요."

"그건 더욱 안 됩니다. 나 같은 가난뱅이를 단골로 해보았자 이득도 없고 또 내 처지로선 단골이 될 수도 없구요."

"하여튼 걱정 마시고 잡수세요."

안주인은 아까의 얘기가 나의 친구의 것이 아니라 바로 나 자신의 얘기란 것을 눈치챈 모양이었다. 자리를 뜨려고 하자 안주인은 정이 깃든 어조로 말했다.

"몸조심하세요. 그리고 내일 밤 또 오세요. 내일 밤은 제 얘길 들어주셔야 하잖겠어요. 술을 자시지 않아도 좋아요. 그저 얘기 벗으로 꼭 와주세요. 꼭 오시죠."

"네, 꼭 오겠습니다."

봄비는 거리를 걸으면서 나는 눈물을 흘리고 있었다. 이 말라빠진 육체의 어느 곳에 그처럼 흔하게 눈물이 고여 있었단 말인가!


### 풍경 II

나는 예낭을 한없이 사랑한다. 그 가운데서도 내가 살고 있는 동리를 더욱 사랑한다. 이곳에선 가난의 부끄러움이란 게 없다. 거리마다에 골목마다에 가난의 호사가 있다. 보다도 한량없는 슬픔이 범람하고 있다. 사람들이 그 거친 슬픔의 파도를 헤치고 사는 걸 보는 건 장엄하다고 할 수 있는 광경이다. 사람들은 이곳을 빈민굴이라고 부르지만 정식 이름은 도원동桃源洞이다.

이곳에서 가장 높은 것은 목욕탕의 굴뚝이고 목욕탕의 이름은 평화탕이다. 시멘트 바닥이 거칠고 군데군데 움푹 팬 곳이 있고 천장에서 떨어지는 찬 물방울 때문에 목덜미를 움츠리는 경우가 때때로 있긴 해도 탕 내의 풍경은 평화롭다. 여탕 쪽에서 들려오는 아낙네들의 재잘거리는 소리, 어린애들의 비명처럼 울어대는 소리마저 평화롭다.

"임금이구, 부자구 목욕탕에 들어서면 마찬가지다."

수건을 머리 위에 얹어놓은 영감이 탕 안에서 중얼거린다.

"우찐 일이고 목욕탕엘 다 오고."

"아닌 게 아니라 두 달 만의 목욕이구마. 오늘은 우라부지 제사구만."

그런가 하면,

"목욕한 날은 재수가 없어. 오늘은 집에 틀어박혀 오랜만에 여편네 궁둥이나 두드려줘야겠다."

고 조알대는 상습 노름꾼도 있다.

나는 목욕탕에서 나오면 국제이발관으로 간다. 닳고닳아서 젓가락 넓이만한 면도칼이 낭창낭창 목덜미 언저리에서 휘청거리면 적어도 국제적 스릴을 만끽할 수가 있다. 대머리 까진 이발관의 주인은 그러나 슬픔의 소유자다. 6·25 때 그의 마누라가 흑인병사 삼사 명에게 윤간을 당했다. 그 마누라를 이웃집에 살려놓고 쌀과 연탄을 대어주긴 해도 지금껏 말은 안 한다고 했다. 그래놓고 본인은 외입질이다. 눈은 언제나 핏발이 서 있다. 언젠가는 어떤 선원의 마누라와 밀통을 하다가 탄로가 나서 똥물이 나오도록 얻어맞았는데 아직도 버릇을 고치지 못한다고도 했다. 마누라의 사건이 계기가 되어 색정 도착증에 걸렸다는 본인의 고백이다.

중고품 라디오를 두 대쯤, 먼지가 뿌옇게 쌓인 진열창에 내어놓고, 그 진열장의 유리는 비스듬히 금이 갔는데, 그 금이 간 부분에 꽃무늬 모양으로 도린 종이를 발라놓고도 상호는 우주전파사라고 했다. 우주전파사의 주인은 점방 깊숙한 곳에 잡동사니를 쌓아놓은 책상을 앞에 놓고 하루종일 앉아 있다. 움푹 들어간 눈, 살이란 한 점도 없는 가죽과 뼈만인 팔과 다리, 이렇게 거미와 같은 형상으로 거미가 먹이를 노리듯 손님을 기다리고 있지만 매일처럼 허탕인 것 같다. 이 우주전파사의 사장은 폐병에 있어선 나의 선배다. 소시적 폐를 앓았는데 올챙이와 개구

리만 먹고 나았다는 것이다. 그래 나만 보면,

"경칩이 지나거든 올챙이를 먹어요. 올챙이를 조금 지나면 개구리를 먹구. 뭐니뭐니해도 올챙이와 개구리가 제일이지."

하고 권한다. 그래도 올챙이나 개구리를 먹을 생각을 않는 내가 그는 불쌍해서 배겨내지 못하겠다는 눈치로,

"어른 말을 들어야 하는 긴디 말이여!"

하곤 투덜댄다.

그럴 때면,

"사장, 팔뚝 좀 내보슈."

하고 나는 내 팔을 그의 팔뚝에다 갖다대곤,

"올챙이를 안 먹어도 올챙이를 먹은 사장에게 비하면 나는 역도산이오."

하며 빈정댄다. 사실, 지금 병을 앓고 있는 나보다도 그는 더 여위었다.

그 우주전파사의 사장이 어떤 사람의 라디오를 고쳐주었다가 혼이 난 일이 있다. 공교롭게도 그 사나이가 간첩용의자였던 까닭이다. 그로부터 그는 낯선 사람이 라디오를 갖고 들어오면 간첩으로 알고 이웃 백화점으로 뛰어가선 112에 신고하기가 바쁘다. 그래가지곤 또 경을 친다.

"제기랄 관상술이라도 배웠으면."

하고 그 여윈 얼굴에 울상을 지으면 속절없이 거미가 우는 꼴이 된다.

그런데다 절구통 같은 아내의 구박이 심한 모양이다.

"돈을 벌면 인삼도 먹구, 녹용도 먹어야 할 긴디."

그러나 좀처럼 그런 처지는 안 되는 것 같다.

우주전파사의 이웃이 세일백화점世一百貨店이다. 연필·종이·노트·잉크 등속의 문방구로부터 칫솔·비누·타월에 이르기까지의 일

용품·수세미·양초·성냥·눈깔사탕·껌 할 것 없이 이른바 '없는 것은 없다'는 식으로 늘어놓고 있으니 백화점의 칭호에 궁색함이 없고 거기다 세계제일이라고 자부가 붙었으니 그만이다.

"이 백화점 주인은 언제 보아도 아침부터 저녁까지 술에 취해 있다. 불그레한 얼굴, 두터운 눈꺼풀이 축 처져 있으니 자세히 보지 않으면 눈을 떴는지 감았는지 알아보기 힘들다. 내가 지나가면 익사한 누에처럼 부풀어 있는 손가락으로 눈깔사탕을 헤이다가도 씨익 한번 웃어 보인다. 그것이 유일한 애교이고 인사다. 그 웃는 모양이 하도 독특해서 며칠을 그 표현방법을 생각하던 터에 마침내 어떤 외국작가의 다음과 같은 글귀를 기억해냈다. "살찐 지렁이의 웃음."

살찐 지렁이에게도 슬픔은 있다. 큰아들은 좌익운동하다가 죽고 작은아들은 국군으로서 죽었다. 그 때문에 술을 마셔야 한다는 핑계고, 눈꺼풀이 처진 건 너무 울다가보니 눈언덕이 부어서 그렇다는 핑계다. 핑계라고는 하지만 사실이 아닐까. 슬픔을 견디다가 보니까 지렁이가 되었다.

그러나 이보다 더 슬픈 얘기가 있다. 세일백화점 건너편 제세당약국 濟世堂藥局이 있는데 그 주인을 이곳 주민들은 당수라고 부른다. 당수의 뜻으로 부르다가 보니 어느덧 그 영감은 당수의 관록을 지니게 되었지만 비극의 주인공은 그 당수가 아니고 약국마루에 우두커니 앉아 있는 조曹 노인이다.

이 조 노인의 아들은 나와 같은 무렵에 서울의 감옥에 구금되었다가 그해의 초겨울 사형을 당했다. 선고를 받고 수갑을 찬 조 노인의 아들과 나는 미결감방에 한동안 같이 있은 적이 있다.

그가 처형될 무렵엔 나는 그와 같이 있지 않았다. 수일 후, 그의 처형 소식을 전해 듣고 나는 며칠 동안 식욕을 잃었다. 수갑을 채인 채 눈을 감고 벽을 등지고 앉은 그의 모습이 지금도 눈에 선하다.

제세당약국의 마루 끝에 중얼중얼하며 앉아 있는 노인이 그의 아버지란 사실을 알았을 때 나는 기겁을 했을 정도로 놀랐다. 점심때쯤 되면 그 노인은 옛날부터의 친지인 그 약국에 찾아와선 우두커니 몇 시간이고 중얼거리며 앉아 있다가 해질 무렵 노인의 아내인 노파의 부축을 받고 돌아간다는 것이다.

도원동엔 이처럼 슬픔도 많지만 볼 만한 풍경도 많다. 낮엔 숨을 죽이고 있다 밤이면 요란스럽게 피어나는 꽃들이 구석마다에 숨어서 산다. 겨 한 되를 사기 위해 품삯을 손바닥 위에 헤아리는 지게꾼들도 이 골목에 빈대처럼 끼어서 산다. 아침이면 구두약통을 메고 밝은 눈동자의 소년들이 이 골목 저 골목에서 뛰어나온다. 한 개 십 원의 껌을 이십 원에 팔아 중풍이 든 할아버지를 먹여살리는 갸륵한 소녀가 살고 있는 곳도 도원동이며 일단 싸움이 일어나면 국어사전에서는 찾아볼 수 없는 욕이란 욕, 악담이란 악담이 홍수처럼 쏟아지는 곳도 이 도원동이다.


### 대화

"어떻게 해서 감옥살이를 하게 되었죠?"

구멍가게의 안주인 윤씨가 이렇게 물은 것은 우리들이 서로 알게 된 지 한 달쯤 뒤의 일이다. 언젠가 한번은 받을 질문이라곤 예상하고 있었지만 막상 당하고 보니 당황하지 않을 수 없었다.

"살인강도쯤으로 해둡시다."

나는 어색하게 웃으며 이렇게 말했다.

"아무리."

하는 윤씨의 눈초리엔 비난하는 빛이 있었다. 성실한 질문을 하는데 답이 불성실하다는 그런 비난이다.

"내가 그런 짓 못할 사람으로 뵙니까?"

"사람은커녕 파리 한 마리 잡지 못할 것 같애요."

"그럼 살인미수 정도로 보아두십시오."

"미수?"

역시 윤씨는 믿기지 않는다는 표정이다.

"레닌을 암살한 사람은 유순하기 짝이 없는 십육 세의 소녀였답니다. 1차대전의 도화선이 되었다는 오스트리아 황태자 암살사건도 그 주인공은 말없고 온순한 세르비아의 청년이었답니다."

"얘기하시기 싫으시면 말씀 안 하셔도 돼요."

윤씨는 포도즙을 내 앞에 놓인 글라스에 따라넣으면서 공연한 질문을 했다는 듯 미안한 표정을 지었다.

잠깐 침묵이 흘렀다. 포장 바깥으로 오가는 사람들의 발자국 소리와 주고 받는 말들이 시끄럽게 흘러들었다. 깜박거리는 간데라의 불그늘이 윤씨의 앞이마에 흐트러진 몇 가닥 머리칼을 부각했다. 나는 윤씨를 미안하게 한 내 언동을 죄스럽게 생각했다. 그래 침을 삼키곤,

"저의 아버지는 나라에 대해서 불온한 사상을 가지고 있었던 사람이었습니다."

하는 말을 해놓고 나는 망설였다.

"불온하다니요?"

"일제 때부터 몹쓸 사상을 품고 있었던 것 같애요."

"좌익운동을 했던가요?"

"엄밀하게 따지면 아버진 좌익이라고까진 할 수 없었던 것 같은데, 해방이 되니까 일제 때의 경력 때문에 좌익들이 자기들 편으로 끌어넣은 모양입니다."

"그래 지금 살아계시나요?"

"아뇨. 그런 사정으로 해서 6·25동란이 일어나자마자 비명에 죽었죠."

"저런."

윤씨는 얼굴을 찌푸렸다.

"그런데 4·19가 있지 않았어요? 그 직후, 어떤 사람이 절 찾아와서 그렇게 죽은 사람들의 유골을 찾자는 운동이 벌어지고 있으니 같이 일을 하자고 합디다."

"대강 알 것 같애요."

윤씨에겐 무슨 짐작이 드는 모양이었다.

"어머니와 의논해보겠다고 했지요. 어머니는 그 말을 듣자 깜짝 놀라시드만요. 천부당만부당하다구요. 어머니에겐 무슨 예감 같은 것이 있었던 모양이죠."

"자, 포도즙이나 드시고 얘길 하세요."

윤씨는 즙이 든 글라스를 좀더 가까이 내 앞으로 옮겨놓았다.

"어머닌 절대로 안 된다는 거였어요. 일제 때는 독립운동한다고 애를 먹이구, 해방 후는 또 그 꼴로 해서 골탕을 먹이구, 죽어선 자식마저 못살게 굴 작정이구나 하면서 죽은 아버지를 비난하기 시작하지 않겠어요? 이왕 비명에 돌아갔으니까 살아 있는 사람이나 편하게 살아야 한다면서 어머니는 펄펄 뛰는 거예요. 그러나 저는 저 나름대로 생각했죠. 유골이라도 찾아서 정성들여 매장하는 것이 자식된 도리가 아닐까 하구요. 아무리 아버지가 잘못했다지만 아버지는 아버지라고 생각한 거죠. 그래 어머니에겐 비밀로 하고 유골찾기운동에 나선 겁니다. 그게 화근이죠."

"화근이라뇨?"

"처음엔 단순히 유골이나 찾아 매장이나 하자는 순수한 동기로서 시작된 것인데 하다가보니까 배상금을 내라, 장례비를 내라, 사과하라는 등 과격한 운동으로 번져졌죠. 이를테면 조직이 이루어지자 그 조직을 정치적으로 이용하려는 움직임이 나타나게 된 거죠."

"그럴 때 탈퇴라도 해버렸더라면 아무 일도 없었을 것을……"

윤씨의 아쉬워하는 표정이 순진한 소녀의 그것과 닮았다.

"그렇죠. 그때 탈퇴했더라면 아무 일 없었죠. 그런데 그게 잘 안 되드면요. 정치적인 작용을 내 나름대로 막으려고 해보았죠. 그게 탈이었습니다. 막으려고 노력한 바람에 점점 그 조직 속에 빠져들어 결국은 다수의 의사에 복종하지 않으면 애당초 그 조직을 파괴하려고 들어온 나쁜 놈이란 낙인이 찍히게 되겠드먼요."

"그랬다고 징역이 십 년입니까."

"나는 그 조직의 간부였으니까요. 그래도 나는 가벼운 편입니다. 같이 일하던 사람 가운덴 사형도 있고, 무기징역도 있구, 십오 년 징역쯤은 수두룩했으니까요."

"어머님의 상심이 이만저만 아니었겠어요."

"어머니는 광란상태가 되었죠. 살아서 애를 먹이던 애비가 죽어서도 아들을 못살게 군다고 땅을 치고 울기도 하셨죠. 우리 어머님은 참으로 불쌍한 어머닙니다. 젊을 땐 남편의 덕은커녕 그 옥바라지나 했고 늙어선 또 병든 아들을 짊어지고 고생이니까요. 칠십 평생에 조금 나았다는 세월이 제가 취직을 하고 있던 불과 십 년 동안이죠. 그러니 어머닌 좌익이라면 원수 취급을 하죠."

나는 약간 피로를 느꼈다. 간데라 불빛 밑에 윤씨와 그렇게 앉아 있는 것이 먼 옛날부터 익혀온 일인 것 같은 착각조차 일었다.

"선생님의 요즘 건강상태는 퍽 좋아지신 것 같애요."

우울한 공기를 깨뜨릴 양인지 윤씨는 이런 말을 했다.

"아주머니의 덕택인가 합니다. 포도즙을 마시구 고기 간도 먹구......"

"천만의 말씀을 다하셔. 허나 그런 게 선생님 건강에 조금이라도 도움이 된다면 얼마나 좋겠어요. 앞으로도 매일 밤 오셔야 돼요. 안 오시는 날은 공연히 기다려져요."

"폐가 될까 해서 안 오지, 그렇지 않은 담에야."

"폐라니, 또 무슨 그런 말씀을 하실까. 아무런 딴 생각하시질 말고 산책을 겸해 오시도록 하세요."

나는 잠자코 있었다. 고맙다는 말이 얼른 안 나오는 것은 고맙다는 말로써 나의 감정을 표현할 수 없었기 때문이다.

"그런데 선생님,"

하고 윤씨는 말을 이으려다가 말았다. 나는 그런 윤씨를 똑바로 쳐다봤다. 눈동자가 유난히 물기를 띠고 있었다. 금방이라도 눈물이 쏟아질 것 같은 그런 눈동자였다. 나는 윤씨의 돌연한 변화에 어리둥절해선 고개를 떨구었다.

"선생님, 이댐 달밝은 밤에 해변가에 놀러가시지 않겠어요? 제가 한턱하겠어요."

"그럴 짬이 있습니까?"

"있구말구요. 저도 하루쯤은 쉬어야 하지 않겠어요?"

나는 좋다고 했다. 포도즙을 마셨다.

## 서양댁 II

뜻밖인, 참으로 뜻밖인 사태가 벌어졌다. 서양댁이 태평양을 건너온 한 통의 편지를 들고 달려왔다. 가쁜 숨을 돌리지도 않고 어떤 좋은 소식이나 있는가 하곤 빨리 읽어달란다.

편지를 폈다. 이번 것은 육필이 아니고 타이프라이터로 찍은 것이었다. 문장도 달랐다. 지난번의 편지는 철자법과 문법이 엉망이었는데, 이번 편지는 그렇지가 않았다. 정연한 문법·정확한 철자, 조지란 미국 병사가 그렇게 빠른 시간에 문장을 마스터했을 까닭이 없으니 딴 사람에게 부탁해서 쓴 편지인 것이 분명했다.

보다도 나는 내용을 읽고 나서 놀랐다. 요지를 말하면 존과 캐럴라인 어머니가 미국인의 어떤 장교나 이와 비슷한 급의 미국인과 간통을 했을 것이란 내용이었다. 이유인즉 한국인의 통역이 그렇게 훌륭한 편지를 쓸 수 없다는 것이고 "만일 한국인이 쓴 것이라면 외무부 장관이나 그와 비슷한 상류인이 썼을 텐데 그런 사람이 당신을 위해서 편지를 써 줄 리 만무하다."는 것이고 그러니 미군의 장교와 하룻밤을 동침한 끝에 그 편지를 쓰게 한 것일 거라는 단정을 하고 있는 것이 아닌가.

그리고 이어 다음과 같이 쓰여 있다.

"나는 쓸 돈 안 쓰고 절약해서 당신과 같이 잘살려고 애쓰고 있는데 당신은 그동안을 참지 못해 그런 짓을 했으니 지금 나는 절망상태에 있다. 그런 여성이 아니라고 믿었기 때문에 한국 여성과 결혼한 것인데 이 꼴이 되고 보니 '갓뎀'이다. 달리 연락할 테니 존과 캐럴라인을 미국으로 보내라."

그 편지를 읽고 나니 얼떨떨해졌다.

내가 쓴 편지가 그렇게 훌륭했다고 생각하지 않거니와 존과 캐럴라인 그리고 그 어머니를 위해서 다한 나의 정성이 그런 꼴이 되고 보니 정말 어처구니가 없었다. 나라는 인간은 참으로 운이 사나운 인간인가 보다. 내가 앉으면 그곳이 더럽혀지고 내 손이 가 닿으면 그것을 시들게 하고……. 남에게 타이프라이팅까지 시킨 것을 볼 때 그 사나이의 심중에 어떤 폭풍이 일고 있는가를 상상할 수도 있었다.

좋은 소식을 기다리고 있는 서양댁에겐 가혹한 일이었지만 바로 얘기 안 할 수도 없는 형편이다. 그 편지의 뜻을 전해 듣자 서양댁의 얼굴이 푸르락붉으락하더니 냅다 내뱉는 것이었다.

"그놈의 자식, 참 의심도 많지유. 원래 그랬에유. 거리를 걷다가 내가 누굴 조금 보기만 해두유 질투를 하거든유. 참 기가 막혀유. 그렇게 의심이 되거든 빨리 데리고 가면 될 게 아닌가바유. 내가 미군장교허구 붙었다구유?"

흥분만 하고 있을 일이 아니었다. 곧 편지를 쓰자고 했다. 쓰자고는 했지만 난처한 일이다. 하여간에 오해라는 점을 밝혀줘야 하겠는데 그러자면 여간 복잡한 편지가 아닌 것이다. 그런 복잡한 편지를 써낼 수 있는 자신이 도저히 내겐 있을 것 같지가 않았다.

다시 거리의 책점을 몇 군데 들렀다.

지난번의 편지를 쓴 사람은 나이 삼십오 세지만 체력은 팔십오 세의 사람과 비슷하다는 것, 그 사람이 그 편지를 쓰기 위해 예낭의 책점을 거의 돌았다는 것, 미군 장교나 고급 관리를 캐럴라인의 어머니는 코끝도 보지 않았다는 것, 가장 확실한 방법은 당신이 와서 편지를 쓴 사람을 직접 만나보면 알 것이 아니냐는 등의 내용으로 얼버무려 겨우 한 통의 편지를 썼다. 그런 편지를 쓰자니 자연 과대한 표현이 되기도 했다. 실력이 없는 사람은 과부족 없이 알맞은 표현을 할 수가 없다.

서양댁은 고맙다면서 일금 이백 원을 내놓았다. 나는 한사코 거절하고 도로 집어넣으라고 했지만 서양댁은 밖으로 나가버렸다. 뒤쫓을 기력도 없었다. 받아선 안 될 돈이라고 호주머니에 넣으면서 언제든 그걸 가지고 존과 캐럴라인의 장난감을 사기로 마음에 다졌다.

그리고 이틀 후, 점심때가 조금 지나서 나는 서양댁이 두고 간 이백 원으로 산 털실로 만든 곰 두 마리를 들고 서양댁 집을 찾았다. 대강 들어둔 터라 집 찾긴 그다지 어렵지 않았다.

집 앞으로 시궁창이 흐르고 있어서 아직 초여름인데도 냄새가 보통이 아니다. 한길 쪽으로 담배가게를 내고 있는 안집으로 들어섰더니 아이들이 밥 먹는 것을 보고 있던 서양댁은 반색을 하며 일어섰다.

"선생님 이게 웬일이시유."

"이것 아이들에게 주세요. 곰입니다."

하고 나는 들고 왔던 곰을 마루에 놓았다.

"이런 신세까지 져서 되겠시유?"

하며 거절하려는 것을 굳이 떠맡기고 나는 아이들을 보았다. 아이들은 된장뚝배기를 사이에 두고 밥을 퍼먹고 있다가 낯선 사람이 들어오는 것을 보자 숟가락질을 멈췄다.

여섯 살이란 캐럴라인, 세 살이란 존, 둘다 혼혈아라고는 도저히 생각할 수 없는 순 서양종이었다. 파란 눈, 금발, 수밀도껍질 같은 피부. 바로 미국 그림책에서 도려내놓은 것 같은 서양 아이가 된장뚝배기를 놓고 밥을 먹고 있는 광경에 기묘한 도착감조차 가졌다.
"예쁜 아이들인데요."
나는 감탄을 금할 수 없었다. 정말 예쁜 아이들이었다.
"그래서 우리집 양키는 여간 자랑이 아니래유. 그런데두 이처럼 팽개치고 있으니 말유."
"팽개친 게 아니죠. 쓸 돈 안 쓰고 돈을 모은다고 하잖았습니까."
"그래도 그 편지 보세유. 우찌면 그리도 인정머리가 없을까요."
"오해를 한 거니까 답장이 가면 곧 풀리겠지요. 걱정하지 마시오."
서양댁은 마루에라도 좀 걸치라고 방석을 가지고 왔다. 선걸음으로 갈 작정이었지만 아이들이 하도 귀여워서 잠깐 앉기로 했다.
"이름이 뭐지? 그리고 몇 살?"
하고 딸애에게 물었다.
"캐럴라인, 여섯 살."
딸애는 또렷한 한국말로 대답했다.
"아가의 이름은?"
이번엔 머스마에게 물었다.
"존."
양 뺨에 보조개를 띠며 존은 귀엽게 대답했다.
"그런데 하필이면 애들 이름을 캐럴라인, 존이라고 했을까요?"
"애들 아버지가유. 뭐라더라, 그 대통령, 총에 맞아 죽은 대통령 말이유."
"케네디 대통령?"
"그래유, 그 대통령을 대단히 좋아했어유, 그런데 그 대통령이 죽었다고 듣구유, 대통령 딸과 아들 이름과 꼭같이 한다구유, 그렇게 지은 거유."

"참 좋은 이름입니다. 나도 케네디 대통령을 대단히 좋아하죠."

나는 말을 멎고 케네디 대통령의 암살보도를 옥중에서 들었을 때의 감회를 상기했다. 세계에 군림한 미국 대통령의 죽음을 한국의 옥중에 앉아 애통해한 스스로의 마음을 얄궂게 느꼈던 일까지 기억에 되살아 났다. 그래 고국을 멀리한 군인이 자기가 존경하고 사랑하던 대통령이 죽었다고 듣고는 자기의 아들딸에게 그 대통령의 아들딸 이름을 붙여 마음을 달랜 그 심중을 알 것만 같았다.

"어떤 일이 있어도 캐럴라인 양과 존 군을 잘 기르십시오."

멋적은 이런 말을 하게 된 것도 그러니까 내 나름대로의 감회가 있었기 때문이다.

커피라도 한잔하고 가라는 것을 굳이 사양하고 초여름의 햇빛 밑을 걸으면서 나는 생각해보았다.

그 소녀가 어떻게 클까. 그 소년이 어떻게 클까. 그들이 성장해서 활약하게 되었을 때 그들은 이 예낭의 빈민굴에서 겪은 그들의 유년시절을 어떻게 회상할까!

지금은 궁하지만 그들에겐 빛나는 장래가 있을 것만 같다. 하늘은 그들을 불행하게 하기 위해서 그처럼 예쁘게 만들진 않았을 것이다.


### 배리背理의 숲

시골약국의 여주인은 나와 국민학교 동기동창이다. 물론 내 사정을 잘 안다. 경숙이 내 곁을 떠난 사실도 알고 있다. 그만큼 피차 허물없이 아무 말이나 주고받을 수 있는 사이기도 하다. 나이드라지드를 사러간 김에 가게 안에 다른 사람도 없고 해서 나는 카운터에 기댄 채 중얼거렸다.

"경숙일 보았는데."

"어머나 언제."

"한 달포쯤 전인가?"

"그래 어쨌어?"

"조금 뒤따라 가보았을 뿐야."

"그래서?"

"저 윗골목에서 차를 타고 가버리드만."

"그것뿐야."

"그것뿐이지."

"불러 세워놓고 얘기나 좀 해볼걸 그랬지?"

"곁에 남편으로 보이는 사람이 있드구먼."

"남편?"

"응."

"참 시시하다. 그래 아무렇지도 않더란 말인가?"

"왜 아무렇지가 않았겠어."

"잊어버려!"

안경 너머로 눈을 번쩍하면서 안주인은 단호하게 말했다.

"잊어버리고 빨리 병이나 고쳐. 그래가지고 인생을 재출발하는 거야."

"재출발?"

하고 나는 웃었다.

"재출발해선 보라는 듯이 살아야 해!"

"보라는 듯이라니, 누구 보라는 듯이 말야."

"경숙이나 그 사내가 말야."

나는 소리를 내어 웃었다. 그게 허허한 웃음으로 들렸는지 몰랐다.

"사내 대장부가 그쯤으로 의기를 잃는대서야 말이 돼? 건강도 먼저에 비하면 월등하게 좋아진 것 같구……. 돈 걱정 말구, 무슨 약이든 갖다 먹어. 좋은 약을 얼마든지 대줄 테니까."

"그럴 필요가 없어."

"왜 그럴 필요가 없다는 거지? 돈은 이담 성공하면 갚아줘."

"성공?"

나는 다시 웃었다.

"오늘은 나이드라지드뿐만이 아니라 파스도 가지고 가고 주사약도 쓸 만큼 가지고 가요."

"아냐 나이드라지드 하나면 돼."

"왜 이렇게 꽁생원일까."

"내 병은 내가 잘 알아. 결핵균하고도 페어플레이를 해야 하는 거야. 여태껏 안 하던 짓을 하면 결핵균이 혼란을 일으키게 되거든. 우리는 조약을 맺고 있는 거나 마찬가지지."

"조약, 무슨 조약."

어이가 없다는 듯 약제사는 웃었다.

"나는 나이드라지드 이외의 약은 안 먹기로 하구, 결핵균은 더 이상 공격 않기로 하구."

"약간 돈 것 아냐?"

약제사겸 여주인은 자기의 머리를 손가락으로 가리켰다.

"그럴는지 모르지."

손님이 들어왔다. 나는 나이드라지드만 골라 들고 받지 않으려는 돈을 언제나 하듯 카운터 위에 얹어놓고 밖으로 나와버렸다.

거기서부터 나의 작업은 시작되는 것이다. 이른바 '관념의 작업'. 수십 번을 거듭하는 바람에 나의 작업은 요즘에 와서 썩 세련되었다고 할 수가 있다. 관념의 작업이란 상점 하나하나의 쇼윈도를 들여다보면서 내 마음에 무늬를 놓는 일이다. 약국 바로 이웃에 있는 운동구점부터 시작이다.

천장에 방울방울 매달린 풋볼. 근육이 강철처럼 엮이고 강철처럼 빛나는 건장한 다리와 다리. 공을 중심으로 불을 튀기는 청춘의 격렬한 동작과 그 감동……. 유선형 스타일의 야구 배터는 백구白球와 푸른 하늘 푸른 잔디를 연상케 한다. 글러브 크기만큼 확대된 손의 매력……. 라켓, 선명한 백선으로 그어진 장방형 신록, 소녀들의 밝은 웃음, 청결한 유니폼. 소녀의 유방의 촉감을 방불케 하는 고무로 만든 공. 운동구점을 보면 혁명을 대기하고 있는 무기고를 연상한다. 청춘의 폭발을 준비하는 고요한 진열. 언젠가는 백열된 시합장으로 나가야 하는 긴장된 준비, 무기물의 선수…….

다음은 악기점.

진열장에 놓인 그랜드 피아노. 하얀 키와 검은 키의 심메트리컬한 행렬. 프록코트나 드레스의 정장 없인 근접을 금하는 위엄. 악보대에 놓인 닫힌 바이엘의 교본. 피아노의 비극은 파데레프스키의 위엄을 가능케 하면서 플레이보이의 장난감이 될 수 있다는 데 있다. 여왕과 창녀. 바이올린은 마술의 상자, 기타는 연애의 서정. 피아노 옆에 놓인 아코디언은 호랑이 곁에 앉은 고양이를 닮았고 색소폰은 돼지의 주둥이를 방불케 하는 호색감, 클라리넷은 빈혈된 손가락을 연상케 하고 트럼펫엔 털투성이 손이 격에 맞는다.

가구점. 이 호화찬란한 온 퍼레이드. 화류장농은 화류계의 지향脂香을 풍기고, 부드러운 촉감의 소파엔 불의의 음탕이 서렸고, 사이드 램프가 달린 더블 베드는 간통의 매력을 가르친다. 허영과 음탕한 냄새가 횡일한 가구점, 그런데 나는 왜 가구점에만 가면 음탕한 냄새를 맡게 되는지 알 수가 없다.

양품점은 애인이 옆에 있어야 볼 수 있는 곳이다. 연지색 스웨터 하나로도 손끝에 실감할 수 있는 유방이 없고선 허수아비의 의상이나 다를 바가 없지 않은가. 핑크빛 드레스는 만져볼 수 있는 각선을 실감하지 않고서는 마네킹의 의상에 불과한 것이 아닌가.

라디오점. 소음이 문화에 편승하고 문화가 소음에 편승하는 기묘한 야합이 라디오가 아닐까 싶다. 어느 때나 베토벤의 선율을 생산할 수 있으면서 그런 마술에 불감증을 느끼도록 훈련하는 기계. 텔레비전은 사람의 환상에서 그 신선한 빛깔과 꿈의 매력을 뺏아갔다. 그러나 이런 말이 있더라. "텔레비전도 모르고 죽어간 사람들." 6·25에 죽고 2차대전에 죽은 벗을 추도한 어느 사람의 글귀다. 그 사람은 또 이와 같이도 말하고 있었다. "우리의 생이란 탄환이 저곳에 떨어지고 이곳에 떨어지지 않았다는 그 가냘픈 우연의 결과."라고. 따지고 보면 인간이란 별 게 아니다. 조총의 탄환 한 개로 그 정신적 통일체는 사라져 없어진다. 법률조문 하나로 살아 있는 사람을 교수대에 매달 수도 있다. 가스실에 집어넣어 일순에 수백만 수천만 명의 사람을 재로 만들 수도 있다. 라디오와 텔레비전은 음악을 반주로 하고 그런 일들을 전하고 외친다.

책점. 이곳이야말로 우울한 곳이다. 역사 위의 대천재가 표절의 사기사와 어깨를 나란히하고, 최고의 책이 최저의 책과 더불어 동열에 서 있다. 뿐만 아니라 아무리 좋은 책이라도 팔리지 않으면 잘 팔리는 속악한 책에게 자리를 양보해야 한다. 상인의 타산 저편에 보이는 저자들의 얼굴이 창백하다.

금은보석상은 숨이 막히는 광경이다. 하늘과 땅의 섭리가 정精으로 응결된 금·은·옥, 그것이 어떻게 이 거리의 이 가게에 모여 유혹의 빛깔을 뽐내게 되었을까. 존귀한 보물이 매춘부가 되어가는 역정, 보면 볼수록 정교한 세공. 유혹을 위한 치밀한 간계. 그러나 내게만은 그 유혹이 작용하지 못한다. 나는 그 가게에서 지친다.

뒷골목으로 들어서면 명정酩酊의 거리.

사람에겐 과연 술에 취해야 하도록 말짱한 정신이란 있는 것일까. 사람에겐 과연 술로써 마비시키지 않으면 안 될 고통이란 것이 있는 것일까. 산다고 하는 것은 곧 죽어가는 것이다. 빨리 죽도록 학대하는 노릇이 곧 살아가는 방편인 것 같다. 서서히 자살하고 있는 사람들! 취한들의 흐느적거리는 걸음걸이를 보면서 항상 내게 떠오르는 상념은 이런 것이다.


## 폭풍과 꽃

흥아흥업사興亞興業社라는 게 도원동에 생겼다. 아시아를 흥하게 하고 업을 흥하게 하겠다는 대단한 포부를 나타낸 간판인데 그 밑에 있는 문을 열고 들어가면 그저 전당포일 뿐이다.

"제기랄 흥아흥업사? 뭣 서민금고? 요즘은 별난 이름이 다 있더라. 며칠 전, 신문을 보니까 전천후 농업이란 게 있드만. 언제는 농사가 전천후가 아니고 부분천후던가?"

여원 사람은 신경질이라더니 우주전파사의 사장은 이렇게 신경질적으로 말했다. 나는 아는 척을 했다.

"가물어도 농사를 지을 수 있게 한다는 말이야. 전천후 농사란."

"제기랄, 석달 열흘만 가물어봐라, 농사구 지랄이구 되는가. 그건 그렇다치구 서민금고란 또 뭐야. 전당포라면 그만이지."

우주전파사의 주인에겐 못내 홍아홍업사란 간판이 아니꼬운 눈치다. 그러나 나는 그 홍아홍업사에 스프링코트를 잡혀놓고 일금 이천 원을 빌렸다. 도레미 위스키의 안주인 윤씨와 달 밝은 밤에 바닷가로 놀러 나가기 위한 자금이다. 윤씨는 돈걱정일랑 말랬지만 남자의 체면이란 그런 것이 아니다.

음력으로 7월 16일의 밤, 윤씨와 나는 해변가 어떤 여관방에서 서너 병 맥주를 갖다놓고 달을 바라보고 있었다. 달은 하늘에 있고 그 빛은 은가루를 뿌린 듯 파도의 유착임을 받고 부스러지기도 하고 퍼져나가기도 했다. 나는 한동안 윤씨의 존재도 잊고 달에 매혹되어 있었다. 달이란 참으로 사람을 미치게 한다. 나는 어느덧 형무소의 감방의 쇠창살 창에 걸렸던 달을 회상하고 있었다. 일단 형무소를 다녀나온 사람의 눈은 다르다. 역사라는 의미, 법률이라는 의미, 사회라는 의미, 인생이란 의미를 적막하고 황량한 빛깔로 물들여놓는 눈이 되어버린다. 나는 아직도 감방에 있어야 할 나를 생각했고 지금 이렇게 예낭의 바닷가에서 달을 쳐다보고 있는 폐결핵균을 생각한다.

"선생님, 쓸쓸하세요?"

윤씨가 건네는 말에 나는 정신을 차렸다.

"쓸쓸할 게 뭐 있습니까. 이처럼 달이 황홀한 밤인데요."

"저 얘기 들어보실라우?"

"예, 듣죠."

나는 윤씨를 향해 고쳐 앉았다. 윤씨는 조용조용 얘기를 엮어나갔다. 파도소리가 높게 낮게 반주나 하듯 귓전을 스쳤다.

해방을 맞이한 해 윤씨는 여학교의 2학년이었다. 일본의 교토京都에 서였다고 한다.

"해방하자 곧 예낭으로 돌아왔지만 이렇다할 일자리가 없었어요. 부모님은 차례차례로 돌아가시구요. 오빠는 아직 일본에 남아 있죠."

윤씨는 한숨을 섞었다. 학교에 다닐 처지도 못 되어 어떤 회사의 급사로 들어갔다. 그 뒤 피복창 여직공 노릇도 했다.

"스물한 살 되던 해 결혼을 했죠. 결혼한 지 두어 달쯤 해서 6·25사변이 터졌죠. 아들을 낳았죠. 지금 야간중학에 다니고 있어요."

그 아들이 세 살 때 남편은 일본으로 밀항을 했다. 그 뒤론 전연 소식이 없었다.

"죽었는지 살았는지 알 길도 없구요."

윤씨의 말은 달빛에 물들어 더욱 애통하게 들렸다.

"벌써. 서른여섯입니다. 제 평생은 이럭저럭 가버린 셈이죠."

내겐 위로할 말도 없다. 폐결핵 3기에 있는 폐인이 위로를 하면 그 위로는 더욱 비참하게 될 것 같아서다.

"남편을 기다릴 기력조차 없어지는 것 같아요. 죽었는지 살았는지나 알았으면 해요."

나는 할 말을 잃고 참 오늘 밤은 7월 16일이니 7월 기망이로구나 하고 소동파의 적벽부를 상기했다.

"임술의 가을, 7월 기망에 소자蘇子는 벗들과 더불어 배를 띄워 적벽의 아래서 놀았다. 청풍은 서래徐來하고 수파水波는 불흥不興인데……."

나는 한문을 아버지로부터 배웠다.

"재산도 없고 지위도 없는 애비가 네게 가르쳐줄 것이라야 한문밖에 없다."

이렇게 말하고 틈이 있을 때마다 아버지는 내게 한문을 가르쳤는데 아버지는 나의 총명을 반기고 대견하게 여겼다.

'그런데 그 총명하다는 것이 나의 인생에 어떤 의미를 가졌단 말인가!'

나는 나도 모르게 들뜬 기분이 되어,

"지금으로부터 약 천 년 전, 이 밤에 소동파라는 송나라의 시인이 지금 보는 저 달을 보면서 지은 시가 있습니다."

하고 적벽부 얘기를 꺼냈다. 적벽부 얘기는 곧 아버지 얘기로 옮겨갔다.

"훌륭하신 아버지셨구먼요."

윤씨는 감동한 투로 말했다.

"훌륭한 사람이 개처럼 끌려가 죽습니까."

나는 괴팍한 소리를 했다.

어느덧 통행금지 시간이 박두해 있었다. 나는 자리를 뜨자고 했다. 그랬으나 윤씨는 묵묵하게 고개를 떨구고 일어설 생각조차 않는 것 같다. 나는 다시 재촉을 했다.

"술 한잔 더 하시지 않겠어요?"

"시간이 다 됐는데."

나는 어물어물했다.

"통행금지 시간이 되었으면 여기서 자고 가면 안 되나요?"

"그거 안 됩니다."

나는 황급하게 말했다.

"안 될 게 뭐 있어요. 십 년을 꼼짝 않고 살았는데, 십 년 만의 외출인데."

윤씨는 술에 약했다. 맥주 두 병으로 정신을 차리지 못할 정도로 취한 모양이다. 아니 스스로의 기구하고 안타까운 운명을 밝고 그윽한 달빛의 조명 아래 펼쳐놓고 그 감회로 해서 더욱 취했는지 모를 일이다.

"선생님, 평생토록 이렇게 살아야 하는 건가요?"

윤씨는 방바닥에 엎드려 흐느끼기 시작했다.

그 언젠가 경숙의 얘기가 나왔을 때 그처럼 단호하게 비판한 윤씨가 아니었던가. 그러한 윤씨가 이처럼 약해져 있는 것이 안타까웠다.

"살고 봐야지요. 어떻게든 살고 봐야지요."

"그런데 선생님같이 좋은 분이 어쩌면 그렇게 불행하죠?"

윤씨는 눈물자국이 난 눈으로 바라보며 말했다.

"불행하다니, 전 불행하지 않습니다."

나는 힘을 주어 말했다.

"이 세상엔 진짜 불행이 있어요. 진짜로 불행한 불행이."

"아직도 선생님은 떠나간 부인을 생각하고 계셔요?"

"생각은 하죠."

"미련이 있으세요?"

"미련이야 없죠. 그리고 미련이 있건 말건 모두 지나가버린 얘기가 아닙니까."

시간은 점점 촉박해왔다. 나는 다시 한 번 재촉을 했다.

"가시려면 선생님 혼자 가세요. 전 좀더 여기 있다가 가겠어요."

"훗날 또 옵시다, 그러니 오늘은."

하고 퍼져 앉은 윤씨의 팔을 잡고 일으켜 세우려고 했다. 그러자 윤씨는 온몸의 중력을 내게 기대왔다. 여체의 부피가 그 체중 이상의 중량감으로서 내 가슴에 느껴졌다. 아득한 옛날에 팽개쳐버린 내 속의 남성이 향수처럼 뭉클 고개를 들었다. 나는 위험을 느꼈다. 번쩍 몸을 일으켜 세웠다.

"그럼 아주머닌 주무시고 오시오."

이렇게 말해놓고 나는 아래층으로 내려가 셈을 했다. 간단히 옷매무새를 고친 윤씨가 창황한 걸음걸이로 내려오고 있었다. 초점을 잃은 눈동자, 두세 가닥 헝클어진 머리칼이 창백한 이마 위에 있었다. 세파에 스쳐 약간 지친 듯한 얼굴과 맵시, 그러나 여성으로서의 아름다움이 매화꽃의 여운처럼 서려 있는 여자.

여관에서 나오는 눈으로 나는 등대불을 봤다. 교교한 달빛 아래 깜박거리는 등대불……. 해변에 부딪는 파도가 아름다웠다. 우리들은 마지막 버스를 타고 윤씨집 가까운 데서 내렸다.

"우리집에 가보시지 않겠어요?"

어림도 없는 말이다. 그러나 가보고 싶지 않은 바는 아니다. 우리는 헤어지기까지 한동안을 길가에 우두커니 서 있었다. 통금의 사이렌이 울려퍼졌다.

"그럼 안녕히 돌아가세요."

나는 등을 돌려 걷기 시작했다. 등 뒤에 윤씨의 소리가 들렸다.

"내일 밤 가게로 나오세요."

당장이라도 윤씨 곁으로 돌아가고 싶은 충동을 가까스로 참고 나는 골목길을 걸어 올라갔다. 집 가까운 중턱길이 꺾이는 곳에 반반한 바위가 있다. 행상꾼들이 흔히 쉬어가는 곳이고 엿장수가 엿판을 내려놓고 가위 소릴 내며 아이들을 부르는 곳이다. 나는 가쁜 숨을 돌릴 겸 그곳에 앉았다.

윤씨의 전신에 풍겨진 일종의 호소가 다소곳한 정감의 향취를 띠고 가슴 밑바닥에 잔잔한 파도를 이룬다. 나는 아까 해변가의 그 여관에서

하려다가 그만둔 말을 되뇌어봤다. 나는 이렇게 말할 참이었다.

"모진 광풍이 불었다고 합시다. 굉장한 폭풍이죠. 뜰에 있는 꽃들이 그 바람 때문에 모조리 쓰러지거나 떨어졌거나 했을 것이라고 생각하고 밤을 새웠다고 합시다. 그랬는데 아침에 일어나보니 한 송이의 꽃만이 무사해 있었을 때 그 꽃이 얼마나 반가웁게 여겨지겠습니까. 남편이 집을 나가고 십 년이 지났으면 그 뒤 폭풍 속에 남은 아내는 거의 전부 어디론가 가버릴 겁니다. 그런데 당신의 남편이 돌아와 자기의 아내만은 까딱도 않고 정절을 지키고 있는 것을 발견하면 얼마나 반갑고 갸륵하겠습니까. 이 세상에 한 사람쯤은 그런 여자가 있어도 좋지 않겠어요? 모질고 독하게 사랑의 진실을 간직하고 모진 세파 속에 살아남은 여인이 있다는 건, 그것만으로도 이 세상을 흐뭇하게 하는 것이 아니겠습니까."

그러나 나는 그 말을 하지 않은 것을 천만다행이라고 생각했다. 십 년을 한결같이 살아온 그 여인의 가슴속에는 지나가는 사람의 그저 공허하기만한 말을 용납할 수 없는 용광로가 이글거리고 있을 것이다. 그러한 용광로를 안고 지켜온 십 년 동안의 정절!

달이 아름다운 것이 아니라 달을 보고 아름답다고 느끼는 그 눈과 마음이 아름다운 것이다.


비오는 날

아침부터 가랑비가 내리고 있었다. 그래도 어머니는 부두의 가게로 나가셨다. 나는 집에 남았다. 내 병엔 비에 젖는 것이 가장 금물이라고 한다. 창을 열어젖히고 방바닥에 엎드린 채 가랑비 속으로 아득한 바다를 바라본다. 판자집일망정 조망은 일등이다.

　나는 나의 '성'에 손질을 할까, 윤씨의 행방을 찾아볼까 망설였다. 달 밝은 밤, 같이 해변가에 놀러간 후로 일주일쯤 윤씨의 가게에 나가지 않았다가 그 뒤에 가보니 윤씨의 가게는 없어져 있었다. 부근에 있는 같은 종류의 가게주인들에게 물어보았으나 아무도 모른다는 얘기였다. 나는 그날 밤, 윤씨의 집을 알아두지 않은 것을 후회했다. 후회했지만 도리가 없다. 그로부터 줄곧 그 가게터로 나가보았지만 한 달이 넘었는데도 다시 나타나지 않는다.

　'무슨 불행이라도 있었을까!'

하고 궁금하지만 나는 윤씨에게 그런 일이 없을 것으로 믿고 싶다. 그 야무진 윤씨는 어디서 어떻게 살아도 떳떳하게 살아갈 것이니까. 그러나 그처럼 내 생활 깊숙이 파고들어선 윤씨의 소식을 모른다는 건 섭섭한 일이다. 그러나 나는 그만한 슬픔쯤엔 이미 익숙해 있다.

　'성이나 만들자! 오필리어와의 얘기나 엮자!'

하고 있는데 발자국 소리가 들렸다. 고개를 돌렸다. 장 청년의 어머니가 쟁반 위에 뭣을 담아가지고 빗속으로 걸어오고 있었다.

　"그것 뭡니까?"

하며 나는 일어나 앉았다.

　"햇감자, 햇감자를 삶았길래 몇 개 가지고 왔소."

　장 청년의 어머니는 햇감자가 담긴 쟁반을 마루 위에 놓았다.

　"고맙습니다."

　나는 그 햇감자 하나를 집어 입에 넣었다. 물씬한 온기와 더불어 부드러운 감자의 미각이 내 입 안의 침과 어울렸다. 감자가 무럭무럭 살찌고 있는 대지 속의 그 검은 흙향기 같은 것이 느껴졌다.

"오늘은 낚시질 안 갔죠?"

장 청년의 소식을 물은 것이었다.

"한사코 말렸지, 그런데 그애의 색시가 왔다우."

"장군의 부인이 돌아왔다구요?"

나는 놀라며 되물었다.

"그저께 왔어유."

"그래 어떻습니까."

"그애는 멍청하게 바라만 보구 있드만."

"알아보긴 합디까."

"글쎄 알아보는 건지 못 알아보는 건지 분간할 수 있어야재."

나는 바로 어제 한길에서 낯선 여자를 만났는데 바로 그 여자가 장 청년의 부인이었구나 하곤 그 여자에게서 받은 인상을 간추렸다. 속눈썹이 긴, 하얀 피부를 가진 단정하게 생긴 여성이었다. 장 청년의 집념을 이해할 수 있게 하도록 아름답기도 했다.

나는 그 고요하고 아름다운 여자가 출세가도를 달리고 있던 기능한 사람을 사회적으로 몰락시키고, 인생을 갓 시작한 전도 있는 청년을 폐인으로 만들어버린 업을 지닌 여자라곤 도무지 생각할 수가 없었다.

"자기가 스스로 온 건가요?"

나는 궁금해서 물었다.

"내가 찾아갔지. 언젠가의 얘기를 듣구, 그애가 하두 딱해서 혹시나 허구 사정을 했지. 그랬더니 순순히 오긴 했는데……."

내 말을 듣고 장 청년의 어머니가 그 여인을 데리고 왔다는 얘기다. 나는 왠지 불길한 예감에 사로잡혔다. 그 여인이 너무나 아름다웠기 때문이다. 장 청년이 그 여인으로 인해서 겨우 제정신이 들려는 무렵 그 여인이 또 집을 나가게 되면 다시 새로운 비극이 시작되는 것이다. 아무리 보아도 그 여인은 평생 동안 장 청년을 지켜줄 여자는 아닌 것 같으니 말이다. 허나 이런 불길한 상념은 빨리 지워버려야 한다.

장 청년의 어머니는 바로 그 뒷집에 사는 최 노인의 아들이 대단히 위독하다는 얘길 꺼냈다. 최 노인이란 일제 때 고등계 형사를 한 사람이다. 그는 입버릇처럼 "요즘 빨갱이 잡는 수법이 틀려먹었다."고 말하고 다닌다. 일제 때는 빨갱이를 꿈쩍도 못하게 했는데 요즘 경찰은 해이하다는 얘기다. 그리고 그의 평생 소망은 아들이 고등고시에 합격해서 검사가 되는 데 있었다. 그런데 그 아들이 공부에 지쳐 병을 얻은 나머지 지금 위독하다는 것이다.

장 청년의 어머니가 빈 그릇을 들고 돌아가고 난 뒤, 나는 최 노인의 아들 일을 생각했다. 최 노인의 아들이 시험에 합격해서 검사가 되었더라면 빨갱이 잡는 데 그처럼 집심하고 있는 자기 아버지의 뜻을 멋지게 활용할 것인데 만일 죽는 일이라도 있으면 참으로 원통하게 된다.

오후쯤 해서 권철기가 찾아왔다.

"비도 오고 하니 집에 있을 줄 알았지."

하고 그는 레인코트를 마루에 벗어놓고 성큼 들어왔다.

"지금 한창 바쁜 시간일 텐데 웬일이지?"

나는 반기는 대신 이렇게 물었다.

"바쁠 것 없어. 난 신문사에 사표를 냈다."

"뭐? 사표를 냈다?"

"생각한 끝에 그렇게 했어."

그는 담배를 피워 물었다. 그리고 말을 이었다.

"전번에 사표를 내었는데 권에 못 이겨 또 나가고 하니까 내가 제스처를 하는 양으로 모두들 생각하는 모양인데……. 이번엔 도리가 없어."

"자네는 성질이 급해 탈이다. 그래 또 무슨 일이 있었나?"

"무슨 일이 아니라, 신문이란 것, 아니 신문기자란 직업에 염증이 났어. 새삼스러운 말이지만 이대로 신문기자 노릇을 했다간 사람이 이상하게 될 것 같애. 친구가 와서 누구가 죽었다고 하면 대뜸 나오는 말이 자살인가? 타살인가? 버스가 사고를 냈다고 하면 사람이 몇 사람 죽었느냐 묻고, 한둘 죽었다면 그건 1단 짜리다, 열이 죽었다면 그건 톱감인데 하는 식으로 되니까 말야. 뿐만 아니라 사회의 부정이 있어도 공분이라든가 그런 건 없고 오늘 톱감이 없던데 그것 됐다, 이런 식이거든……."

"무슨 직업에라도 그런 마이너스 면은 있는 것이 아닌가."

"그렇지, 야구 선수는 바른팔이 커진다든가."

"그 마이너스 면을 견딘다는 게 직업일 텐데."

나는 아쉽게 말했다.

"헨리 밀러라는 미국의 소설가가 있지 왜. 그 사람 얘기에 재미나는 게 있어. 세계가 폭발하더라도 교정기자는 맞춤법 구두점에만 관심이 있을 거라구. 지진·폭동·기근·전쟁·혁명, 어떤 사건이건 교정기자의 눈엔 맞춤법이 틀려선 안 되는 기사, 오자가 있어선 안 되는 기사로밖엔 비치지 않을 거란 거야. 난 처음 신문기자가 되었을 때 특종을 얻을 수만 있다면 사람이 수만 명 죽어도 좋다고 생각했지. 허나 그래도 좋다고 치자. 옳고 그릇된 것을 판단해서 그 판단대로 할 수만 있다면야 굳이 신문사를 그만둘 필요까진 없겠지. 그런데 그것도 안 되구……. 무거운 절 떠나라지 말고 가벼운 중이 떠나야지."

"신문살 그만두고 뭣 할래."

"소설을 쓸 작정이다."

"신문이 불가능한데 소설이 가능할까."

"소설이니까 가능하겠지."

그러나 그의 말은 우울했다.

비가 멎었다. 햇살이 퍼졌다. 권철기는 한동안 묵묵히 앉아 있더니 대뜸 물었다.

"넌 매일 뭘 생각하노."

"아무것도 생각하지 않아."

"아무것도 안 생각하고 어떻게 사노."

"생각은 안 해도 꿈은 꾸지."

"꿈은 꾼다, 멋이 있는 말인데. 어떤 꿈?

"묘한 꿈이지."

다시 침묵이 끼어들었다. 권철기는 다섯 개째의 담배를 피워물었다.

"1피트면 몇 센티미터나 되지?"

철기의 당돌한 질문이다.

"몰라, 그런 건 알아 뭣하니."

"아마 한 자쯤은 되겠지."

"글쎄, 헌데 왜 그런 걸 묻지."

"고래 섹스가 말야 발기하지 않은 채 6피트라거든."

"고래의 섹스?"

하고 나는 실소를 터뜨린다.

"그러니 그놈이 발기하면 10피트쯤 될 게 아닌가. 그렇다면 암컷의 섹스는 어떻겠어. 너는 상상력이 풍부할 테니까 생각해봐."

"그런 걸 생각해야 하나?"

"이 세상에 생각할게 있다면 바로 그런 거야. 길이가 10피트면 둘레는 절구통만 해야 할 게 아닌가. 그것이 피스톤이 되어 작용하고 있는 장대한 광경을 생각해보라구. 무대는 대양, 조명은 태양, 산덩어리만한 수컷과 암컷이 사랑하고 있을 때 도미니 꽁치니 새우니 오징어니 하는 놈들은 그 주위에서 덩실덩실 춤추고 말야. 캐리커처의 작자나 손댈 일이지 범인으로선 감히 손댈 수 없는 주제가 아닌가."

"도대체 그런 지식은 어디서 얻어왔니."

"아까 말한 헨리 밀러의 소설에서 배웠지. 밀러란 작가, 멋이 있어. 캥거루의 섹스는 사슴뿔처럼 가지가 돋혀 있대……. 하여간 지금부터 필요한 작가는 밀러와 같은 작가다."

"나는 자네가 호색문학에 그처럼 관심을 가졌을 줄은 몰랐네. 사회문제에 더욱 많은 관심이 있는 것 아냐."

"사회문제? 말도 말게. 사회는 자꾸만 병들어가는데 그 병리의 임상기록을 쓰란 말인가? 병들어가는 사회 가운데서도 오직 건강하고 정직하고 아름다운 건 섹스다. 나는 정치니 사회니 경제니 하는 것을 생각하면 골치가 아파 미칠 것 같애. 어찌된 일인지 내가 이렇게 되어야 한다는 방향으론 되지 않거든. 내가 나쁜지, 사회가 나쁜지 까닭을 모르겠어."

그래놓고 철기는 서울에 도둑촌이 생겼다는 얘기, 고급 관리가 억대의 뇌물을 먹었다는 얘기, 구조적으로 부식해가는 사회현상에 대한 그의 울분을 털어놓았다. 내 속의 결핵균이 킬킬거리며 웃어대는 것 같다. 그리고 말한다.

"너희들은 우리 결핵균을 원수 취급하고 있지만 사람들 너희들끼리 잡아먹고 먹히고 하는 꼴이 더욱 추잡하고 그로테스크하지 않느냐."

나는 철기의 고민을 잘 안다. 말은 태연스럽게 해도 철기는 그의 대쪽 같은 성격으로 해서 일어나는 트러블로 인해 신문사 간부들과 험악한 사이가 되어 있는 것이다. 사표를 내고 소설을 쓰겠다지만 그것이 그렇게 수월한 일인가.

이것저것 얘기를 하다가 철기는 해질 무렵에야 돌아갔다. 마음 같아서는 같이 거리로 나가 술상대라도 해주고 싶었지만 나의 결핵균이 슬금슬금 눈치를 보며 헛점을 노리고 있는 것 같아 그만두기로 했다.

나는 철기가 읽어보라고 두고 간 라스웰의 『권력과 인성』을 건성으로 책장만 넘겨보다가 팽개치고 천장을 보고 누웠다. 미열이 돋아오른다. 나는 기침을 했다. 결핵균이 표동하는 신호다.

철기는 나더러 책을 읽으라고 간혹 이렇게 책을 가지고 온다. 그러나 내겐 책을 읽을 기력도 흥미도 없다. 책을 읽으면 결핵균의 비웃음을 살 것도 같다.

'권력과 인성'이란 표제가 보인다. 나는 싸늘하게 웃어본다. 어떤 철학자가 뭐라고 해도 권력에 관한 한 나의 인식이 보다 절실할 것으로 믿는다.

권력은 이것을 가지고 있는 사람에겐 빛이 되지만 갖지 못하는 사람에겐 저주일 뿐이다. 권력은 사람을 죽인다. 비력자非力者는 죽는다. 권력은 호화롭지만 비력자는 비참하다. 권력자의 정의와 비권력자의 정의는 다르다. 권력자는 역사를 무시해도 역사는 그를 무시하지 않는다. 비력자는 역사에 구원을 요청한다. 그러나 역사는 비력자를 돌보지 않는다. 역사의 눈은 불사의 눈이다. 죽어야 하는 인간과는 아무런 관계가 없는 눈이다. 그 점 결핵균은 위대하다. 적어도 죽음에의 계기를 가지고 있는 죽음은 권력자나 비력자를 공평하게 대한다. "법 앞에 만민은 평등하다."는 말은 잠꼬대지만 "죽음 앞에 모든 인간은 평등하다."는 말은 진리다. 일체의 불평등을 구원하는 지혜는 죽음에 있다. 그래서 나는 나의 결핵균과 페어플레이를 할 것을 조약하고 있는 것이다.

## 반비극反悲劇

가을이다. 하늘은 열이 가신 병자의 얼굴처럼 해맑다. 거리도 가을빛, 바다도 가을빛, 예낭 군중들의 얼굴도 가을빛이다.

가을의 이러한 어느 날 나는 거리에 나갔다가 데모하는 군중을 보았다. 젊다는 것은 좋은 일이고, 데모를 할 수 있는 체력과 의욕이 있다는 것도 좋은 일이다. 기를 쓰고 데모를 막는 세력도 있었다. 데모를 하는 측도 데모, 데모를 막는 측도 따지고보면 데모, 그것이 흥미스러웠지만 나는 뒷길을 걸어야 했다.

데모대와 이를 막는 경찰대가 휩쓸고 있는 거리의 뒷길에는 배암장수가 병마다에 배암을 담근 것을 늘어놓곤 목쉰 소리로 연설을 하고 있었다. 보양보냉補陽補冷에 배암이 제일이란 것이다. 가정의 화합엔 양기가 제일이고 양기 만드는 방법은 배암 먹는 게 제일이란 음담을 섞은 장광설, 그 배암장수를 둘러싸고 있는 사람들의 허탈한 모습, 그 모습들엔 데모의 함성이 아무런 의미도 만들지 못하는 것 같다.

다시 걸음을 옮겼다. 데모의 함성은 여전히 들리고 있었다. 그런데 관상책을 펴놓은 노점 앞에 사람들이 서성거리고 있었다. 얄팍한 책 한 권으로 고왕금래古往今來 수백억의 신수를 알아맞출 수 있다니 신기로운 얘기다. 관상을 보나마나 자기 일은 자기가 더욱 잘 알 것도 같은데 바라는 것은 어떤 요행이다. 생각해보면 인생에 요행이란 게 있을 턱이 없다. 불행의 씨앗은 이곳저곳에 범람하고 있지만 행복한 요행이란 건 풀밭의 수은을 찾는 격이다. 그러나 사람은 풀밭에서라도 수은을 찾아야 하는 모양인가보다.

또 걸어가본다. 어떤 사나이와 어떤 아낙네가 수라와 야차의 형상으로 아귀다툼을 하고 있었다. 욕설 사이로 튀어나온 내용을 알아보니 백 몇십 원의 돈이 쟁점인 것 같다. 협잡을 해서 일확천금할 수도 없고 도둑질을 해서 거부가 될 수도 없는 판이니 십 원도 대단하고 백 원이면 굉장한 일이다. 욕설 섞은 아귀다툼으로 백수십 원을 이득할 수 있다면 싸우고 또 싸워야 할 일이 아닌가.

또 걸어가본다. 뒷골목 양재점에서 젊은 여인이 기장을 재느라고 밉지 않은 웃음을 얼굴에 담뿍 담고 있다. 애인과 더불어 피크닉갈 때 입을 의상인가, 애인을 낚기 위한 가을치장인가. 청춘은 저곳에서 데모를 하고 또한 이곳에서 새옷을 마련한다.

데모가 휩쓸고 있는 거리와 그 뒷골목을 걸으며 형형색색의 일들을 보다가 듣다가 어느 다방에 들렀다. 자욱한 담배연기 속에 손님들은 심야열차의 승객들처럼 젖혀 앉았는데 전축은 슬픈 노래를 불렀다.

"그대 나를 버리고 어느 님의 품에 갔나……."

형무소 감방에서 듣던 노래다. 아무리 생각해도 슬플 것 같지 않은 사람이 능청맞게도 슬프게 부르는 노래, 나는 경숙을 생각했다. 그러나 슬프진 않았다.

권철기는 서울로 떠났다. 바다를 버리고 나는 간다고 했다. 바다와 예낭을 버릴 작정을 했을 때 나의 마음이 어떻겠느냐고도 했다. 건강한 사람은 직업이 있어야 한다. 그것이 그가 예낭을 떠난 단 하나의 이유다. 병자는 직업을 찾을 필요가 없다. 병이 곧 직업인 것이다.

단골 약국의 여주인은 경숙에 관한 무슨 정보를 가지고 있는 것 같았으나 내겐 말하지 않는다.

"환절기엔 더욱 조심해야 해요."

하고 나의 얼굴빛을 살폈을 뿐이다.

나도 굳이 묻지 않았다. 그것이 만일 경숙의 불행에 관계되는 것이라면 더구나 듣고 싶지가 않다. 경숙은 어떤 일이 있어도 행복해야 한다. 그렇지 못하다면 나의 스토리가 전부 붕괴되어버린다. 그 스토리가 붕괴되는 날 나의 '성'도 동시에 무너진다. 나의 오필리어는 다시 햄릿극 속으로 들어가버린다. 무서운 일이다.

장 청년의 부인이 떠났다고 한다. 다시 낚시질을 시작한 장 청년은 어느 날 낚싯대를 메고 집을 나가선 돌아오지 않는다. 벌써 열흘이 지났는데도 소식이 없다. 바다가 보이는 사립문에 기대서서 장 청년의 어머니는 꼼짝도 안 한단다.

홍아홍업사에 강도가 들었다. 주인은 병원에 입원 중이라고 한다. 그런데도 돈은 한 푼도 빼앗기지 않았다는 얘기다.

"그 영감이 호락호락 강도에게 빼앗길 곳에 돈을 넣어두었을라구."

우주전파사의 사장은 여전히 이런 익살이지만 심한 상처라고 듣고는 누구보다도 심각한 걱정을 한다.

"뼈가 상했으면 똥물을 먹어야 하는 건디."

나는 우주전파사의 사장이 라디오 고치는 사람이 되고 의사가 되지 않은 것을 다행으로 여긴다고 빈정댔다.

"폐병엔 올챙이를 먹어라, 심장병엔 지렁이를 먹어라, 뼈가 아프면 똥물을 먹어라, 어디 병자가 배겨내겠어."

최 노인 아들의 병은 일진일퇴라고 하는데 공교롭게도 그 집에 도둑이 들었다. 천 원짜리쯤 되는 라디오를 훔쳐가는 것을 늙었어도 일제 때 형사 노릇을 한 경력을 가진 최 노인이 날쌔게 행동해서 도둑놈을 잡았다. 잡힌 도둑놈은 아랫마을에 사는 열입곱 살의 소년. 최 노인은 소년을 실컷 때려놓고도 경찰관을 불렀다. 소년이 울며 애원해도 막무가내다. 내가 어름어름 조명助命운동을 했다가 호되게 경을 쳤다.
"경찰서에 가서 콩밥을 먹어봐야 버릇이 고쳐지지."
최 노인의 성화엔 당할 길이 없었다.
그날 밤 나는 사로얀의 『인간 희극』을 꺼내 언제나 즐겨 읽는 다음의 대목을 폈다.

……이사카의 전신국에 청년이 들어섰다. 권총을 꺼내 스팽글러 국장을 겨누며 "자, 돈을 내놔라, 여기에 있는 돈 전부를 내놔라. 내놓지 않으면 죽인다."고 위협했다. 스팽글러 국장은 금고를 열고 돈을 꺼냈다. 지폐 얼마와 종이에 싼 경화를 청년 앞에 놓았다. "돈을 주마, 그러나 네가 권총으로 나를 위협했기 때문에 주는 것이 아니고 네게 돈이 필요한 것 같아서 주는 거다. 자, 이 돈을 가지고 빨리 집으로 가거라. 도난신고 같은 건 하지 않을 테니 안심하고 가거라."
그런데 청년은 그 돈엔 손을 대려고 하지 않았다. 스팽글러 씨는 다시 재촉했다. "그 돈을 넣고 그 권총을 버려라, 그럼 마음이 편해질 거다." 청년은 권총을 호주머니에 넣었다. 그리고 떨리는 입언저리에 아까 권총을 들고 있었던 손을 갖다대며 "밖에 나가 나 자신을 쏘아 버릴 테다." 하고 중얼거렸다. "바보 같은 소리 하지도 마." 하고 스팽글러 씨가 말했다. 그리고 돈을 모아 청년에게 내밀며 "이걸 받아라, 이걸 갖고 집으로 가거라. 권총은 여기 두고 가라. 네가 이 돈 때문에 권총을 겨누었다고 하더라도 이 돈은 네 돈이다. 나도 너와 같은 기분에 사로잡혔을 때가 있었다. 그러니 네 마음을 나는 잘 안다. 무덤과 감옥엔 운수 나쁘게 가난한 집에 태어난 선량한 미국의 청년들로 꽉 차 있다. 그들은 결코 죄인이 아니다. 자 이 돈을 가지고 집으로 가거라." 하고 부드럽게 말했다. 청년은 권총을 꺼내 카운터 위에 밀어놓았다.

가난한 소년이 일시적인 과오를 범했을 때 이렇겐 대접할 수 없을까. 경찰에 넘기는 행동이 버릇을 고치는 결과가 될까. 스팽글러 씨처럼 하는 것이 효과가 있을까. 마음먹기에 따라 범죄는 범죄가 안 될 경우가 있다. 스팽글러 씨를 만난 그 청년은 절대로 앞으론 그런 짓을 하지 않을 것이 아닌가. 나는 경찰서로 끌려간 그 소년의 처참하고 당황하고 어쩔 줄 몰라 하는 모습을 뇌리에 떠올려봤다. 그 소년의 앞날이 슬프게만 상상이 된다.

나는 소년의 얘기를 어머니에게 하고 사로얀의 그 구절을 소리내어 읽어드렸다. "나도 너와 같은 기분에 사로잡혔을 때가 있었다. 그러니 네 마음을 나는 잘 안다. 무덤과 감옥엔 운수 나쁘게 가난한 집에 태어난 선량한 미국의 청년으로써 꽉 차 있다. 그들은 결코 죄인이 아니다." 란 대목엔 더욱 힘을 주었다.

어머니는 길게 한숨을 쉬었다.

"세상에 그런 사람만 살면 얼마나 좋을까!"

바람이 일었다. 밤은 깊었다. 소년은 추운 감방에서 그 여윈 무릎을 안고 울고 있을지 몰랐다.

## 종언에의 서곡

가을 날씨는 청명한 채 쇠잔해 갔다.

그런 어느 날 어머니는 병석에 누웠다. 병석에 누운 어머니를 보는 건 내 평생에 있어서 처음이다. 그리고 마지막이란 것을 나는 믿게 되었다.

의사는 노쇠·과로라고 진단하고 심장이 극도로 쇠약해서 다시 회복할 순 없을 것이라고 선고했다. 그러나 나는 아주 평정한 마음으로 받아들였다. 종언이 시작된 것이다. 어머니의 칠십 평생은 아버지의 오십 생애를 보태어 백이십 년을 살았고 나의 삼십오 세를 보태어 백오십오 년을 살아온 셈이다. 위대한 여성의 생애다.

어머니가 숨을 거두는 날, 나는 지구도 그 맥박을 멎을 것을 확신한다. 그 순간 예낭도 멸망한다. 성주 오필리어도 결핵균의 염증이 빚어낸 환상이란 사실로 환원되고 만다. 결핵균마저도 내 싸늘한 시체 속에서 한때 당황하다가 그들의 죽음 앞에 단념하게 될 것이다. 그들의 승리는 그들의 죽음으로써 끝난다. 진정한 승리는 사死의 승리다.

어머니는 힘없는 팔을 들어 헌 보자기를 가리켰다. 그걸 풀어보라고 한다. 은행통장과 인장이 나왔다. 인장은 내 이름으로 돼 있었다. 통장엔 돈의 부피가 아라비아 숫자로 응결되어 있었다.

"그걸 가지구, 그걸 가지구!"

어머니의 말은 한숨으로 끝난다.

그 돈을 가지고 병을 고쳐보라는 뜻이다. 나는 잠자코 있다. 그러나 말보다도 더 명료한 의사가 나의 눈빛에 나타났다.

"어머니가 죽는 날 나도 죽는다."

어머니는 간신히 혼수상태에 빠진다.

그 혼수상태에서 깨어나면 힘을 가다듬어 겨우 한다는 말이,

"내가 죽거든, 불에 태워라. 뼈를 가늘게 갈아라. 뒷산에 올라가서 그 재를 뿌려라. 바다에도 던져라. 아예 무덤을 남기지 말아라."

말쑥이 이 지상에서 없어지자는 각오다. 흔적도 없이 보람도 없이 백오십오 년의 생애를 지워버리자는 얘기다. 나는 역시 답을 하지 않았으나 그렇게 하기로 마음을 먹었다. 나도 재가 되어 예낭의 바다에 뿌려지길 바란다. 그러나 그건 누가 해줄까! 어머니가 병들어 누운 지 열흘쯤 지난 날이다.

의사가 다녀가고 난 뒤, 어머니가 잠든 틈을 타서 나는 한길로 나왔다. 어디로 가기 위해서가 아니라 싸늘한 외기를 쏘이기 위해서였다. 밤의 노을이 끼기 시작하고 있었다. 예낭의 규모대로 전등이 꽃피고 귀항하는 배의 고동소리가 들려오기도 했다.

나는 돌연 내 앞에 다가서는 그림자에 놀랐다.

"선생님 아니세요?"

절박한 듯한 목소리는 윤씨의 소리였다. 윤씨의 모습이었다.

"이거 웬일입니까?"

음력 7월 16일 밤에 헤어지고는 처음으로 만나는 것이다.

"집을 어떻게 아셨어요?"

나는 얼떨결에 이렇게도 물었다.

"요 아래 가게에서 물었죠."

"추운데 집으로 갑시다. 어머니가 앓아누워 계십니다."

"어머나."

하면서도 윤씨는 난처한 표정이다.

"그런데 아주머닌 어떻게 된 겁니까."

"아들이 죽었어요. 자동차 사고로."

"……."

"그리고 그애의 아버지가 죽었다는 소식도 들었어요. 일본의 오빠가 전해왔어요."

나는 서로가 만나지 못했던 두 달 동안에 윤씨에게 어처구니없는 불행이 다음 다음으로 생겼구나 하고 생각하니 가슴이 뭉클했다. 할 말이 없다. 겨우 정신을 차리고 말했다.

"추우니 집으로 들어갑시다."

"초면이지만 문병을 해야죠."

"어머닌 지금 자고 계십니다."

나는 윤씨를 방 안으로 안내했다.

불빛으로 보는 윤씨는 눈에 보이게 초췌해져 있었다. 그만큼 아름다워 보였다. 세상엔 초췌한 아름다움이란 것도 있는 것이다. 나는 잠자코 있는 어머니의 얼굴을 열심히 들여다보고 있는 윤씨의 옆얼굴을 지켜보고 있었다.

인기척의 탓인지 어머니가 눈을 떴다. 눈을 떠도 요즘의 어머니는 의식이 몽롱해져서 사람을 분간하지 못한다. 어머니가 눈을 뜨자 윤씨는 인사말이라도 하려고 앉은 자세를 고치려는데 어머니의 말이 있었다.

"네가 왔느냐, 네가 올 줄 알았다."

나는 어리둥절했다. 어머니의 뜻밖의 소리에 놀란 것이다. 윤씨도 놀란 모양이다. 어머니가 다시 말했다.

"내가 너를 찾을 작정을 했다. 그런데 그만 이 꼴이 돼서, 그러나 꼭 돌아올 줄 알았다. 그렇지 않고서야 어디 이애가……." 어머니는 윤씨를 경숙으로 알고 있는 것이었다. 나는 심히 당황했다. 그러나 어떻게 할 수가 없다.

어머니는 말을 이었다.

"내가 너무했다. 네겐 아무 잘못도 없는 것을……. 내가 너무했지. 그러나 돌아와줘 반갑다. 네가 올 줄 나는 알았다. 네 덕분에 나는 안심하고 죽을 수 있구나."

윤씨가 돌연 흐느껴 울기 시작했다.

"울지 마라 며늘아, 네 손을 내봐라!"

하고 어머니는 윤씨의 손을 만지작거렸다.

"손이 왜 이렇게 거세노. 그 곱던 손이……. 그러나 이젠 됐다. 네가 돌아왔으니……. 영희를 만나면 에미가 돌아와 애비와 같이 있다고 하마. 영희를 만나 할 말이 생겼구나……."

윤씨의 흐느낌은 멎지 않았다.

"다신 집을 나가지 않겠지?"

어머니의 다짐하는 말이다. 흐느끼는 가운데 윤씨는 머리를 끄덕였다.

"그럼 됐다."

하고 어머니는 윤씨의 손을 놓으며 말했다.

"나는 안심하고 죽을 수가 있다."

이 어처구니없는 어머니의 오해는 윤씨의 발을 우리집에 묶어버리고 말았다. 그 뒤 사흘이 지나서 어머니는 조용히 영원한 잠길에 들었다.

어머니는 고운 재가 되어 예낭의 흙이 되고 예낭의 바다가 되었다. 예낭의 풍물이 되어버린 것이다. 그러니 예낭 풍물지風物誌란 이 땅의 숱한 어머니 가운데 한 어머니의 기록이란 뜻이다. 그 어머니의 죽음과 더불어 끝나야 하는 기록, 이른바 종언에의 서곡이다. 태양도 끝날 날이 있다.

# 제4막

흔히들 소설을 가장 자유스러운 형식이라고 한다. 그런데 그 자유스럽다는 것이 비자유 이상으로 어렵다는 것을 써보지 않은 사람으로선 상상도 못할 것이다.

그 많은 자유 속에서 하나의 자유를 선택했다는 것이 '내다내다 죽을 꾀를 냈다'는 것일 수도 있는 것이다.

'누보로망'이니 '앙티로망'이니 하는 말과 움직임이 예사로운 데서 생겨났을까.

나는 뉴욕을 소재로 한 몇 개의 단편을 앞으로 쓸 작정인데 이 「제4막」은 그 첫 작품이 된다. 그런데 나로선 부득불 이른바 '뉴저널리즘'의 방법을 빌리지 않을 수 없었다. 시사성과 보고성, 그리고 객관성으로써 이루어진 몇 개의 에피소드가 엮어내는 일종의 분위기를 나타냄으로써 소설의 영역을 좀더 넓혀보고 싶었던 것이다.

이것이 무슨 소설이냐고 반문한다면 반소설反小說도 결국은 소설일 수밖에 없다고 대답할 밖엔 없고, 소설이라면 하여간 로마네스크한 부분이 있어야 하지 않느냐고 지적하면 설혹 본문에선 찾아볼 수 없더라도 제목 「제4막」만은 로마네스크하지 않느냐고 변명할 참이다.

굳이 변명을 해야만 소설로서 통하는 소설을 쓴다는 것은 슬픈 일이지만 도리가 없다. 소설도 나 자신도 어쨌건 성장해야 한다.

뉴욕은 세계의 메트로폴리스, 지상 최대, 최고, 최상의 도시다. 미국의 부가 문명의 정수를 다해 엮어놓은 장대한 규모의 낙원! 그것이 뉴욕이다.

이건 어느 여행 안내서의 문면이다. 그런데 문학가를 비롯한 사상가들은 그렇게 말하지 않는다.

소돔과 고모라의 현대판! 뉴욕!

어느 종교가는 이렇게 단죄했다.

그 빌딩의 정글엔 어떤 원시적인 정글에서도 발견할 수 없는 암흑과 공포가 있다.

어떤 사회과학자의 말이다.

장 폴 사르트르는 다음과 같이 썼다.

추운 하늘 밑을 나는 하염없이 걸었다. 나는 뉴욕을 찾았지만 끝내 뉴욕을 발견할 수 없었다. 차갑고 비개성적인, 독창성이란 전연 없는 거리를 걷고 있으니 뉴욕은 환상의 도시처럼 나를 원경에 둔 채 밀려

나갔다.

헨리 밀러는 표현이라기보다 익살을 퍼부었다.

　뉴욕의 밤거리는 그리스도의 죽음을 연상케 한다. 눈이 깔리고 거리가 고요에 싸이면 추괴醜怪한 빌딩으로부터 소름을 끼치게 하는 절망과 파멸의 음향이 스며나온다. 어느 돌 한 개, 사랑과 존경으로서 다른 돌과 어울려 있지 않다. 어느 거리도 춤과 환락을 위해 있지 않다. 배를 채우기 위해 물건들이 쌓이고 옮겨지고 하는 거리일 뿐이다. 사랑과는 아무런 관련도 없는 굶주림의 냄새, 만복한 돼지의 냄새가 풍기고 있는 거리다.

흑인 작가 볼드윈의 말도 들어볼 만하다.

여름이 왔다. 어느 곳과도 비교할 수 없는 뉴욕의 여름이다. 더위가 소란을 곁들여 신경에, 정신에, 사생활에, 정사에 그 파괴적인 흉포성을 나타내기 시작한다. 공기 속엔 흥보가 달착지근한 노랫소리와 더불어 충만해 있고 거리와 술집엔 더위로 해서 더욱 광포해진 사람들이 범람하고 있다. 이곳은 오아시스도 없는 거리다. 사람의 감각이 파악할 수 있는 한 돈 때문에 돈만으로 만들어진 거리다.

기록에 의하면 헨리 허드슨이 맨해튼을 발견한 것은 1609년. 불과 24달러란 돈으로 인디언으로부터 페테르 미노이트가 이 맨해튼을 사들인 것은 1626년의 일이다. 그리고 오늘의 뉴욕은 맨해튼으로도 토지

세 50억 달러, 건물세 60억 달러로 평가되는 재산이 되었다. 돈 때문에 돈만으로 된 곳이란 뜻은 볼드윈의 감각과는 전연 다른 각도로도 성립된다. 그러니 돈의 힘이란 뉴욕을 만들 만큼 크다고 할 수도 있겠으나 돈만으로 이런 도시가 가능하리라곤 믿어지지 않는다.

여행 안내서는 지상의 낙원이라고 칭송하고, 학자들은 저주하고… 수월하게 풀 수 없는 아포리아 뉴욕! 그러나 축복이 큰 곳에 저주 또한 크다. 화려하지 못한 곳에 본래 비극은 없다. 비극이 크려면 이에 맞먹는 규모의 행복이 있어야 하는 것이다. 뉴욕은 그 규모만한 비극을 빛에 대한 그늘의 이치로서 지니고 있는 곳이다.

1971년 2월, 나는 처음으로 이 도시를 찾았다. 그때 나는 20세 때에 이곳을 찾지 못했던 것을 후회했다. 동시에 다음과 같이 느꼈다—귀빈으로서 귀빈 대접을 받으면서가 아니면 갈 필요가 없는 곳이 '워싱턴'이라면 이 뉴욕은 비천한 인간일수록 와봐야 할 곳이라고.

그 까닭은 이렇다. 뉴욕은 철저하게 사람을 위압한다. 뉴욕은 사람으로 하여금 곤충인 스스로를 인식케 한다. 어떠한 귀현 공자도 뉴욕의 거리에 세워놓으면 초라한 나그네일 수밖에 없다. 뉴욕에서의 궁사窮死는 수치가 아니다.

사람이, 사람이 만든 도시에 의해 이처럼 철저하게 모욕을 받을 수 있다는 건 그 사실만으로도 대단한 일이다. 뉴욕에 상식과 윤리가 통하지 않는 것은 본래 상식과 윤리엔 외면하고 만들어진 이 도시의 생리에 그 원인이 있다. 아무튼 나는 뉴욕의 마력에 사로잡혔다. 한 해 동안만이라도 나는 이 도시에 살아보고 싶었다. 1973년의 여름, 내가 다시 뉴욕을 찾은 건 그러한 애착 때문이다.

1973년 6월 26일, 뉴욕 시간 오후 다섯 시. 나는 케네디 공항에 도착했다.

택시를 타자 라디오에서 흘러나오는 말소리에 신경이 쏠렸다. '워터게이트' 사건을 둘러싼 상원 청문회의 중계 방송이었다. 누군가가 묻고, 딘이 대답하고 있는 상황이었는데 붐비고 있는 교통 때문에 자동차가 서행하고 있어 문답의 내용을 비교적 소상하게 들을 수 있었다.

"……당신의 진술과 닉슨 대통령의 성명 내용과는 모순되는 점이 많은데 어떻게 당신의 진술을 정당한 것이라고 믿을 수 있겠는가?"

이에 대해 딘의 대답은

'나는 내가 보고 듣고 확인한 바를 말하기 위해 이 자리에 나왔을 뿐'이란 것이었다.

나는 지금 묻고 있는 사람이 누구냐고 운전사에게 물었다.

"뉴 멕시코 선출의 상원의원 몬토야."

라고 하곤 그는

"당신은 워터게이트 사건을 어떻게 생각하느냐."

고 물었다.

"나는 그 사건에 흥미를 느끼곤 있지만 외국인이기 때문에 코멘트하지 않겠다."

고 했더니 그는 싱겁게 웃곤

"어제 나온 타임의 기사를 보라."

고 하며 이어

"그 기사는 50대 50의 가능으로 닉슨은 사임해야 할 것이라고 돼 있소."

하고 닉슨 대통령을 맹렬히 비난했다. 심지어는 아주 상스러운 어휘조차 쓰길 삼가지 않았다.

　나는 잠자코 듣고만 있을 수밖에 없었다. 미국인은 자기들끼리는 무슨 소릴 하더라도 외국인 앞에선 자기 나라 대통령의 욕은 하지 않는다고 들은 적이 있어 닉슨의 사건은 그런 관계조차 깨뜨릴 정도로 심각하게 되었구나 하는 느낌을 가졌다.

　여장을 푼 곳은 코모도어 호텔. 이 호텔은 렉싱턴 애버뉴와 42번지가 교차되는 곳에 있어 여러 가지로 편리한 곳이다. 그랜드 센트럴 정거장이 바로 이웃에 있는데다 네 블록만 걸으면 타임스 스퀘어, 브로드웨이로 나갈 수 있고 현대미술관이 있는 록펠러 센터는 걸어서 십 분쯤이면 갈 수 있다.

　그런 점으로 해서 이 호텔을 택한 것인데 트렁크를 풀어놓고 물건을 챙기려고 하다가 문득 코모도어 호텔과 닉슨 대통령과의 사이엔 인연이 있다는 사실이 기억 속에 떠올랐다.

　내 기억에 틀림이 없다면 2차대전 직후, 당시 하원의원이며 비미非美 행동 조사위원이었던 닉슨 씨가 루스벨트 대통령의 보좌관이었던 앨저 히스 씨를 이 호텔의 어느 방에서 챔버스란 밀고자와 대질시켜 사문査問한 일이 있는 것이다.

　그 사건으로 인해 앨저 히스 씨는 실각했을 뿐 아니라 5년간의 감옥살이를 하게 되었고, 한편 닉슨 씨는 일약 명성을 올려 상원의원이 되고 이어 부통령으로 영진했으며, 그러한 바탕으로 해서 대통령의 지위를 획득했다고 볼 수가 있다. 앨저 히스 사건으로 각광을 받을 기회가 없었더라면 캘리포니아 출신의 일개 무명의 하원의원이 그로부터 불과 수년 동안에 상원의원→부통령이란 이례적인 출세 코스를 밟을 순 없었을 것이었다.

그런 뜻으로 코모도어 호텔은 대통령으로서의 닉슨의 산실이라고 할 수가 있다. 나는 그와 같은 정세 속에서 코모도어 호텔에 들게 된 나 자신의 우연을 기이한 것으로 느끼고 25년 전에 있었던 앨저 히스 사건을 조명의 수단으로 해서 워터게이트 사건을 해명해보면 퍽 흥미가 있을 것이란 생각을 해보았다. 동시에 가벼운 흥분을 느끼곤 짐을 챙기다 말고 책점을 찾아 호텔을 나섰다.

호텔 문을 나서는데 허술한 옷을 입은 백인 청년이 성큼성큼 내 앞에 다가서더니 쑥 손을 내밀었다. 영문을 몰라 당황하고 있는데 들릴 듯 말듯한 낮은 소리로 청년은 말했다.

"10센트만 주십시오."

아까 운전사로부터 거스름 돈을 받아놓은 게 다행이었다. 나는 얼른 그 청년의 손바닥 위에 10센트 한 닢을 얹어주었다. 그랜드 센트럴 입구 앞을 지날 무렵엔 흑인 청년이 나와 역시 손을 내밀며 담배 한 개비만 달란다. 한 개비를 끄집어 내주기가 민망해서 갑째 주어버렸더니 그것을 보고 있었던 모양으로 근처에 있던 흑인들이 주르르 그 청년의 주변에 모여들었다.

가난한 나라의 가난한 작가가 세계에서 제일 부유한 나라에 와서 돈과 담배를 희사해야 한다는 건 어떤 뜻일까 하고 생각해보지 않을 수 없었다. 가장 부유한 나라의 가난은 가장 가난한 나라의 가난보다 더욱 비참한 것이란 생각이 든다.

구태여 책점을 찾고 싶은 생각이 시들어갔는데 눈앞에 책점이 나타났다. 내가 구하려는 앨저 히스의 저서 『여론의 법정에서』란 책은 곧 발견할 수가 있었다. 산더미처럼 그 책이 쌓여 있었기 때문이다. 초판 1957년 이래 거의 절판되다시피 되어 있었던 모양인데 워터게이트의 붐을 타고 닉슨의 적이 쓴 책이 이처럼 재판된 것이로구나 싶으니 야릇한 심정이었다.

나는 그 책을 수년 전에 읽은 적이 있고 지금도 내 서가 어디엔가 꽂혀 있을 것이지만 기억을 새롭게 하기 위해 현지에서 다시 읽을 양으로 그 책을 샀다. 그리고 그 책과 더불어 개리 윌스의 『투쟁자 닉슨』, 노스본의 『닉슨을 지켜보며』란 책도 샀다.

책 꾸러미를 들고 나오려는데 점두에 진열해놓은 워터게이트 게임이라고 쓰인 검은 상자가 눈에 띄었다. 그 설명서에 이르길 '워터게이트 게임은 전 가족이 함께 즐길 수 있는 멋진 놀이다. 이 게임에선 승리자란 있을 수 없다. 모두가 패자다. 당신이 속이려다가 들키면 벌점을 먹어야 한다. 속이려고 하고 안 속으려고 하는데 이 게임의 본질이 있다……' 고 되어 있다. 물으나마나 지금 진행 중에 있는 사건에 대한 국민의 반발을 이용한 그 자체 풍자의 뜻을 지니고 있다.

뿐만 아니라 워터게이트 사건을 빈정댄 코미디와 노래의 디스크가 날개 돋친 듯 팔리고 있다. 『워싱턴 포스트』, 『뉴욕 타임스』를 비롯한 대신문들이 나날이 선동 기사를 쓰고 텔레비전과 라디오가 시간을 가리지 않고 떠들어대니 대중 사이에 워터게이트의 열풍이 일지 않을 수 없는 것이다.

호텔로 돌아와 앨저 히스의 책을 읽으며 지금 이 사람의 심정이 어떨까 싶어졌다. 그 두꺼운 전화번호부를 들춰 앨저 히스의 전화번호를 찾아내선 전화를 걸었다. 몇 번을 걸어도 신호만 가고 받는 사람은 없다는 교환수의 얘기였다. 앨저 히스와 그 가족은 피서를 떠난 모양으로 보였다.

뉴욕의 여름은 덥다. 그러나 볼드윈이 흉포하다고까지 표현한 건 납득이 안 간다. 사르트르도 『자유에의 길』 어느 장면에서 뉴욕의 더위를 단순한 더위가 아니고 '공기의 병'이라고까지 했는데 아무래도 그런 정도는 아니다.

뉴욕에 도착한 이튿날 나는 모던 아트 미술관을 향해 5번가를 걷고 있었는데 이상스런 행렬이 눈에 띄어 걸음을 멈췄다.

행렬의 선두에 있는 플래카드에 다음과 같은 글자가 보였다.

'남색男色은 자랑이다'

이상한 문자도 다 있구나 했는데 또 다른 플래카드엔 이렇게 쓰여 있었다.

'사랑엔 성性이 없다'

행렬에 참가한 사람들의 복장은 다채 다양했다. 빨강 · 파랑 갖가지의 옷을 입고 카우보이가 쓰는 모자를 쓰고 분명히 남자들인데도 여자들처럼 모두 궁둥이를 흔들고 야단들이다.

무슨 목적의 어떠한 사람들의 행렬인지 알 수가 없어 내 곁에 서서 역시 구경하고 있는 노부인에게 물었다.

"무슨 행렬입니까?"

"갓뎀."

하고 그 노부인은 노골적인 혐오를 나타내며 혀를 찼다.

"저 플래카드를 봐도 몰라?"

그때 눈앞에 지나가는 플래카드엔 '우리를 따르면 인구 과잉의 걱정이 없다.'고 돼 있었다. 그래도 나는 무슨 영문인지를 알 수가 없었다.

노부인 곁을 떠나 어떤 흑인 청년 곁으로 가서 아까와 같은 질문을 했다.

"게이 피플 데몬스트레이션!"

그는 짤막하게 답했다.

게이 피플이란 남색 애호가란 뜻이다.

듣고 보니 납득이 갔다. '남색은 자랑이다.' '사랑엔 성이 없다.' '우리를 따르면 인구 과잉의 걱정이 없다.' 는 등의 플래카드의 의미도 알아차릴 수 있었다. 그런데 또 놀라지 않을 수 없었다. 7, 8명으로 보이는 노부부들이 그 대열 속에 끼어 있었는데 그들의 손에 들고 있는 판자엔 '우리들은 남색가의 부모.' 라고 쓰여 있고, 어떤 사람은 '우리는 남색을 좋아하는 아들을 가진 것을 자랑으로 안다.' 는 푯말을 들고 있었다.

망측하다고 말해버리면 그만이지만 그런 망측함을 감당하고 초월할 수 있는 곳이 뉴욕이란 곳일지 모른다는 생각이 들어, 나는 모던 아트 미술관에 갈 생각을 포기하고 그들의 행렬을 따라 발을 옮겼다. 행진의 목적지는 콜럼버스의 광장이었다. 거기엔 또 얄궂은 광경이 벌어지고 있었다.

레즈비언(동성연애를 즐기는 여자들)의 음악대가 남색가들의 행진을 위해 행진곡을 연주하고 있었다. 남자들이 남색에 몰두하면 레즈비언으로서의 그들의 생활이 그만큼 안전한 것으로 될 테니까 남색 운동을 도울 만하다고 생각하니 웃음이 저절로 터졌다.

자세히 보니 그 행사를 위해 미국 각지에서 남색가들이 참가한 모양이었다.

워싱턴, 필라델피아, 피츠버그 등등의 깃발이 행렬의 선두에 있었다.

어떤 중년 신사를 보고 물었다.

"이걸 보는 당신의 감상은 어떻습니까?"

"그들이 누굴 해칩니까? 자기들 하고 싶은 것을 하고 있을 뿐 아닙니까. 누가 그들이 나쁘고 우리들이 옳다고 할 수 있겠소. 풍기의 문제를 말하면 브로드웨이의 영화관엔 섹스 영화가 범람하고 있는 판인데요. 도의 문제로 말하면 워싱턴의 한복판에서 워터게이트의 음모가 있는 세상인데 그런 것에 비하면 이 행렬은 천사들의 행진이오."

남색가들의 데모를 '천사들의 행진'이라고 한 것은 좀 맹랑한 느낌이 없진 않다. 그러나 뉴욕을 어느 의미에서의 낙원이라면 동성 연애를 주장하는 그들의 행진이 천사들의 행진일 수 있을 것이었다. 하여간 그 천사들의 행진을 구경하고 돌아오는 그날 밤 나는 '제4막'을 발견했다.

45번지와 8번가가 교차되는 지점에 그 '제4막'은 있었다. 그 근처는 백수십 개 극장이 있다는 브로드웨이다. 화려한 극장의 네온사인, 각양각색의 레스토랑, 바가 그 사이사이에 끼여 있는 번화한 지대에 그 집은 'ACT4'라는 다소곳한 간판을 걸어놓고 맥주를 팔고 버번을 팔고 배고픈 사람에겐 햄버거와 감자를 팔고 있었다.

'ACT4'니까 우리말로 번역하면 '제4막'일 수밖에 없는데 그런 간판을 건 그 집이 음식점이었다는 데 와락 호기심을 느꼈다.

밤 열두 시쯤 되었을까. 그런 시각에 그런 장소의 술집에 동양의 군자가 혼자 들어간다는 건 짜릿한 모험이다. 천사들의 행진을 구경한 흥분이 일종의 용기로 변했을지도 모른다. 내가 그 집에 들어섰을 때는 카운터, 홀 할 것 없이 입추의 여지가 없을 만큼 꽉 차 있었다. 그랬는데 카운터 맨 가에 앉아 있던 흑인 청년이 서성거리고 있는 나를 보자 앞에 놓인 맥주잔을 단숨에 들이켜곤 '플리즈' 하는 말과 동시에 그 자리를 내게 내어주고 훌쩍 떠나버렸다.

　나는 그 자리에 앉아 버번을 청했다. 이웃에서 말이 있었다.

　"이제 당신에게 자리를 양보하고 나간 사람이 누군질 아느냐."

　"알 까닭이 있느냐."

고 답하고 그를 보았다. 호인으로 생긴 백인 청년이었다. 그 백인 청년은 웃으며 이와 같은 말을 했다.

　"그 사람은 이 브로드웨이에선 제일가는 조명가요."

　"조명가가 그렇게 대단한가?"

했더니 그는 단번에 경멸하는 눈초리가 되었다.

　"연극의 생명은 조명에 있는 거요. 조명이 없어봐요, 연극이 되는가. 그런 뜻에서 그는 브로드웨이 최고의 예술가란 말요."

　"태양이 제일 중요하다는 논리와 통하는군요."

　그는 내 말에 묻어 있는 빈정대는 투엔 아랑곳없이 그것을 액면 그대로 받아들이곤 자기는 컬럼비아 대학의 학생인데 아르바이트로 조명 조수 노릇을 하고 있지만 장차 본격적인 조명가가 될 것이란 기염을 토했다.

　나는 이 집 옥호가 '제4막'인데 그 '제4막'이란 뜻이 뭣이겠느냐고 물었다. 그 청년의 설명은 친절했다.

　"뮤지컬을 빼곤 브로드웨이에서 하는 연극은 대강 3막으로 끝나거든요. 그러니 제3막까진 극장에서 하고 제4막의 연극은 여기서 시작된다는 뜻이죠. 제3막까지의 무대에 등장하는 건 배우들이지만 이 제4막의 무대에 주역을 맡는 사람은 우리들이지. 조명가, 효과가, 대도구, 소도구 일을 맡아보는 우리들이란 말요. 이를테면 진짜 연극은 이 제4막에 있는 것 아니겠소?"

윌리엄 사로얀을 가장 존경한다는 그 청년은 아르메니아계의 인종이었다. 나는 그날 밤 그 청년과 더불어 기분 좋게 취했다. 우선 그 '제4막'이란 이름에 취했다.

그날 밤 이래로 '제4막'은 나의 단골집이 되었다. 45번지니까 42번지에 있는 코모도어 호텔과는 가장 알맞은 거리였고 그 거리는 메인스트리트라 할 수 있어 아무리 깊은 밤이라도 뉴욕에선 가장 위험이 적은 길이었다. 게다가 술값이 싸고 특별히 체면을 생각할 필요도 없는 곳이며 모이는 사람들이 극장 관계의 사람들이라 손쉽게 말을 주고받고 할 수 있는 분위기이기도 했다.

그래 거의 매일 밤 그 집에 들르는 게 버릇처럼 되었는데 코모도어에서 나와 리버사이드 드라이브의 아파트로 옮기고 나서도 그 버릇은 그냥 지속되었다. 밤 열한 시쯤 되면 공연히 마음이 들떠 지하철을 타고 '제4막'으로 나오곤 했다.

어느 날 밤, 그 이웃의 극장에서 「파리에서의 마지막 탱고」란 영화를 보고 '제4막'에 들렀다.

밖엔 부슬비가 내리고 있었다. 그런 까닭인지 손님은 그다지 붐비지 않았다. 구석진 곳에서 버번 잔을 앞에 놓고 이제 막 보고 온 영화의, 특히 그 마지막 부분인 탱고 춤을 추는 장면을 해석해보려 하고 있었다. 탱고란 춤은 원래 애인끼리가 아니면 출 수 없는 농밀한 강도를 만들어내는 그런 춤이다. 그런 춤을 그 영화에선 극도로 희화화함으로써 형편없이 망쳐놓아버렸다. 아마 그 영화를 본 사람이면 전과 같은 감정으로선 탱고를 출 수 없지 않을까 하는 생각마저 들었다. 그런 생각을 하고 있는데 내 앞자리에 초로의 백인이 털썩 하고 앉았다. 그는 전작이 있는 모양으로 "버번" 하고 고함을 질렀다. 그런데 그의 말 가운데 알아들을 수 있는 말이란 그 '버번' 이란 단어가 유일한 것이었다.

그는 도대체 어느 나라의 말인지조차 알아들을 수 없는 말을 내게 향해 지껄이기 시작했다. 일방적으로 알아들을 수 없는 말을 듣고만 있기는 거북한 노릇이라서 나도 한국말을 했다.

"이 머저리 같은 녀석아, 상대방이 알아듣는가 못 알아듣는가를 알고 나서 얘기를 하건 말건 해야 할 것 아닌가."
하는 내용의 말이다.

그랬더니 그 친군 내 말을 알아듣기나 한 것처럼 덥석 내 손을 잡아 흔들곤 다시 지껄이기 시작했다. 스페인 말인가 했지만 스페인 말이라도 어감으로서 몇 마디쯤은 알아들을 수 있을 텐데 그것도 아니었다.

"세상엔 참으로 별놈도 다 있지. 너 혹시 정신병자 아냐?"
나는 다시 이렇게 말하고 버번을 비웠다. 그러나 그는 버번이라고 소리지르곤 가져온 술을 내 잔에 따르게 하곤 다시 알 수 없는 말을 계속 지껄였다.

그렇게 되니 나는 우리말을 씨부렁거리고 그는 그의 말을 씨부렁거리는, 이를테면 말을 하되 서로 통하지도 않는 대화가 시작된 셈이다. 서로의 취기가 높아감에 따라 그 장면도 괴상망측하게 되어만 갔다. 이를테면 다음과 같다.

그  힐라릿당, 칠라릿당, 프로개밍쿨쿨.
나  힐라릿당이 아니고, 이 사람아, 칠랑팔랑이다.
그  니물킬랑 호로치랄핑 운테문테.
나  확실히 넌 정신병원에서 빠져나온 놈인데 도대체 어느 나라 놈인지 그거나 알고 싶구나.

그  말라카이 잇트그리타.

나  됐어, 넌 말라카이 놈으로 치자.

주위의 사람들은 우리들이 서로 모르는 말을 갖고 엉뚱한 소리만 내고 있는 줄 알 까닭이 없다. 다정한 술친구가 권커니 받거니 하고 있는 줄만 알았을 것이다. 나는 드디어 이렇게 말했다. 그에게 하는 말이 아니고 내가 내 자신에게 타이르는 그런 말이다.

"제4막이란 이 술집의 주인이 지금 우리가 연출하고 있는 이 드라마를 이해할 수만 있었더라면 자기가 지은 제4막이란 이름에 잘 어울리는 것이라고 반갑게 여길 것이다. 제3막까지가 정통적인 연극이라면 지금 너와 나는 확실히 제4막적 등장 인물이다. 지금 닉슨 씨의 운명도 제4막적인 고비에 이른 모양이고 동성 연애를 찬양하는 데모가 있는 미국도 제4막의 단계에 들어섰다고 할 수 있을지 모르겠다. 하여간 제4막에서 당신을 만난 것을 나는 기쁘게 생각한다."

그랬는데 이상도 하지, 그는 내 말을 다 알아들은 것처럼 고개를 끄덕이더니 이젠 자기의 차례다 하는 요량으로 그도 긴 얘기를 시작했다. 무슨 내용인진 몰라도 자기가 하고 싶은 얘길 하고 있는 것이 분명했다. 그런데 그 말은 처음에 들었을 때처럼 어색하지도 않고 억양과 엘로큐션에 음악적인 빛깔마저 있었다. 그건 흡사 다음과 같은 호소로 번역할 수 있을 것 같았다.

'나는 화성 근처로부터 이 지구에 온 사람입니다. 어느 누구 내 말을 이해하는 사람이 없습니다. 사람이라면 말하지 않곤 살 수가 없는 것인데 이 이상 딱한 일이 있습니까. 그래 나는 마음이 내키면 누구이건 붙들고 이렇게 지껄입니다. 양해해주시오. 생리가 달라 이 지구의 말을 배울 수도 없구요. 기껏 미국 술 이름, 버번이란 말 한 개만 마스터했지요.

그런데 당신은 친절하게도 내 얘길 들어주는 척이라도 하니 이렇게 고마울 수가 없소.'

이렇게 번역하며 듣고 있으니 그가 말하는 내용이 꼭 이럴 수밖에 없다는 착각이 들기도 하고 그 마음의 리듬에 따라 고개를 끄덕거리게도 되었다.

그러는 동안 내 잔이 비면 그가 사서 술을 채우고 그의 잔이 비면 내가 사서 술을 채우고 해선 새벽 세 시까지 터무니없는 대화는 계속되었던 것인데 나는 어떻게 아파트로 돌아왔는지도 모를 지경으로 취한 나머지, 그날 오후 세 시쯤에야 잠을 깼다.

그런데 불현듯 뇌리를 스친 생각이 있었다. '워싱턴 스퀘어. 개선문 옆. 오후 다섯 시.'에 어젯밤의 그 친구와 만나기로 했다는 생각이었다.

이상도 한 일이구나. 나는 그의 말을 한마디도 알아들을 수 없고 그도 나의 말을 알아들었을 까닭이 없는데 언제, 어떻게 그런 약속을 할 수 있었을까 말이다. 둘이 다 완전히 취한 나머지 혹시 영어로 주고 받았을까. 그러나 어젯밤 나는 몇 번이고 영어로 그의 말을 유도해보기도 했으나 허탕이었다. 전연 그는 영어를 몰랐던 것이다. 어젯밤부터 새벽까지의 일이 꿈만 같이 생각되기도 하고 '제4막'이란 술집까지 환상의 장소처럼 여겨지기조차 했다.

그런데도 '워싱턴 스퀘어' '개선문' '오후 다섯 시' 란 관념만은 또렷또렷한 것이다. 나는 침대에서 일어났다. 후줄근하게 땀에 밴 파자마를 벗어젖히고 샤워를 했다. 옷을 갈아입고 지하철 정거장 근처에 있는 쿠바인 식당에서 밥을 먹고 시간을 재어보곤 워싱턴 스퀘어로 가보았다.

기적과 같은 일이다. 그 사나이는 반백의 장발 위에 베레모를 얹고 그 자리에 서 있었다. 텁수룩한 수염과 구레나룻에 덮인 그 사나이의 눈은 밝은 빛에서 보았을 때 더욱 부드러웠다.

그런데 그의 옆에 그와 같은 나이 또래의 부인이 서 있었다.

"서로 말을 모르는 우리가 어떻게 이런 약속을 할 수 있었는지 우선 그것부터 알고 싶습니다."

내가 영어로 이렇게 말했더니 부인이 통역을 했다.

"말로써가 아니고 마음으로 했답니다."

나는 그리니치 빌리지의 일각에 있는 그들의 아파트로 안내받았다. 세르기 프라토란 이름을 가진 그는 육십 세에 가까우면서도 무명으로 있는 에스토니아 출신의 화가였다. 에스토니아, 그들의 말로는 '에스티'라고 한다는데 조국이 러시아에 의해 강점당했을 때 수많은 피난민에 섞여 미국으로 건너왔다. 미국엘 왔는데도 그는 미국말을 배우려 하지 않았다. 생활의 방편상 부인만은 미국말을 배웠다.

차를 마신 후 나는 그의 화실에 들렀는데 그가 무명으로 있을 수밖에 없는 까닭을 알았다. 그의 그림은 정말 사진을 방불케 하는 구상화였다. 돌 하나, 풀 한 포기를 대수롭게 하지 않은 풍경화였다. 부인의 말에 의하면 에스토니아의 해변, 에스토니아의 산, 에스토니아의 들, 에스토니아의 도시, 에스토니아의 바위…… 모두가 두고온 고향을 기억 속에 정착시키려는 노력인가 보았다. 그러나 그 그림들엔 신운神韻이라고 할 수 있는 기품이 있었다. 그런 뜻과 무명으로 있을 수밖에 없겠다는 사정을 말했더니 부인은

"무명의 예술가가 천주님과 가장 가까운 곳에 있다."며, 오 년 전만 해도 부인이 병원의 잡역부 노릇을 해야만 했는데 지금은 남편의 그림

을 병원 환자들에게 팔아 편하게 살아갈 수 있다고 남편의 머리를 안고 키스를 했다.

에어컨디셔너가 있는 핀란드 요릿집으로 나를 초대하고 나서는 그들은 에스토니아의 얘길 끊이지 않았다. 에스토니아는 작은 나라이긴 하지만 네덜란드·덴마크·벨기에·스위스보다는 크다는 것이며 그 아름다운 풍경으로 해서 발틱의 공주님이라고 했다. 문화와 예술의 전통에 대한 자랑도 있었다.

나는 몇 해 전 스톡홀름에서 에스토니아의 망명정부 요인들과 만난 이야기를 했다. 그랬더니 그들은 다정하게 나를 끌어안았다. 세르기 프라토가 뭐라고 하는 것을 그 부인이 통역했다.

"망명정부라고 하지 않습니다. 우리는 밖에 있는 정부라고 합니다. 안에 있는 에스토니아, 밖에 있는 에스토니아. 밖에 있는 정부는 십만 이상의 국민을 가지고 있지요. 나도 열심히 세금을 냅니다. 그것은 등불과도 같습니다. 언젠가는 그 등불이 안에 있는 에스토니아에 광명을 주는 불씨가 될 겁니다."

세르기 프라토 부부에겐, 뉴욕은 하느님이 점지한 그들의 피난처였다. 워터게이트를 알려고 하지도 않고 게이 피플의 데모 같은 사태를 이래저래 해석해볼 필요도 없었다. 그들에겐 조국 에스토니아에의 향수만 있었다.

"그림을 달리 그릴 수도 있죠. 현대의 화풍을 닮아볼 수도 있죠. 그러나 내겐 에스토니아의 풍경을 단 한 조각이라도 더 많이 미국 사람들에게 알리고 싶어요. 그러자면 나는 지금처럼 그림을 그릴 수밖에 없지 않소? 나는 에스토니아만을 그리고, 에스토니아 말만을 하는 순수한 에스티 사람으로서 살고 죽으렵니다."

그리니치 빌리지의 밤은 깊었다.

나는 자리에서 일어서며 마지막 인사를 겸해 이처럼 말했다.

"또 제4막에서 만납시다."

그랬더니 부인이 웃으며 말했다.

"세르기는 일 년에 한 번꼴로밖엔 나들이를 안 한답니다."

나는 고쳐 말했다.

"그럼 삼 년쯤 후에 제4막에서 만나 제4막적인 대화를 나누기로 합시다."

세르기 프라토는 뭐라고 외쳤다.

"아주 좋은 아이디어랍니다."

그렇다. 아주 좋은 아이디어다. 나는 아주 좋은 아이디어 하나를 뉴욕에 심어놓고 있다. 이런데도 뉴욕에 애착하지 않을 수 있겠는가 말이다.

## 망명의 늪

장엄한 아침이란 것이 있다.

가령 나폴레옹의 아침 같은 것이다.

이슬을 촉촉히 머금은 베르사유의 로코코식 정원. 그 기하학적인 숲 사이를 이제 막 오른 태양이 황금빛 광채의 무늬를 놓는다. 그럴 때 하품마저 장엄한 기품을 띤다.

세인트헬레나라고 해서 사정이 달라질 건 없다. 하늘과 수평선이 안 개빛으로 용해된 망망한 대서양의 아침이 장엄하지 않을 까닭이 없다. 롱우드의 동창이 밝아올 무렵이면 시복 마르샹이 도어 저편에서 나타나 정중한 최경례를 한다.

"폐하, 조찬을 드시겠습니까?"

그럴 때 기침마저 장중한 기품을 띤다.

그런데 나의 아침은 언제나 장엄하지 못하다. 숙취의 뒷날이거나 아내의 구박을 받는 악몽에 지친 뒷날이거나 하여간 궂은 일이 있던 뒷날이며, 다시 궂은 일이 시작되려는 갈림의 시점에 나의 아침은 있다. 이러한 아침이 장엄할 까닭이 없지 않은가.

그래도 내가 염세주의자와 다른 것은 언젠가는 장엄한 아침을 맞이

할 수 있으리란 꿈을 잃지 않고 있기 때문이다. 호화롭고 아늑한 새털 침구에서 아슴푸레 땀이 밴 몸으로 일어나 유리창을 열어젖혀 맑은 공기를 마시곤 똥물이 튀겨오를 걱정이란 절대로 없는 수세식 변기에 왕자처럼 버티고 앉아 장엄하게 아침을 맞이할 날이 있고야 말 것이란 꿈으로 해서 나는 간혹 행복하기조차 하다.

만나는 대로 노인들에게 친절을 베풀고 있으면 어쩌다 하워드 휴즈 같은 사람에게 부딪혀 거액의 유산을 받을지 모를 일이고, 설혹 그런 횡재는 분에 넘친다 하더라도, 김일성이 자꾸만 간첩을 남파한다니까 간첩한 놈쯤 붙들어 돈 백만 원을 수입하는 행운도 무망하진 않을 것이다.

간첩신고는 113.

뿐만 아니라 복권을 사는 재미가 또 있다. 누군가가 당첨해야 할 것이라면 내가 당첨된대서 조금도 우스운 일이 아니지 않은가.

이러한 꿈을 잃지 않고 있다고 해서 변소의 악취가 사라질 리는 없고, 튀겨오르는 똥물이 겁나지 않을 리 없다.

그날 아침도 나는 오만상을 찌푸리곤 궁둥이를 쳐든 자세로 변소 안에 앉아 있었다. 버릇대로 주인집에 온 신문을 살짝 실례해서 펴들었다. 탐탁스런 기사라곤 없었다.

무슨 장관이 무슨 얘기를 했다는 기사는 화성인이 무슨 성명을 발표했다는 정도의 실감도 없고, 금년도 상반기 은행 실적이란 것은 토성에서 회의가 열렸다는 얘기보다도 무의미하다.

이스라엘 특공대의 전격 작전 같은 얘기는 아무리 먼 곳의 얘기라도 그런 대로 신나긴 하는데 그런 일이 매일 일어날 까닭도 없다. 불량 식품이 범람하고 있다는 것은 돈벌이에 혈안이 된 악덕 상인의 흉측한 범죄행위이기에 앞서, 뭐건 배만 채우면 된다고 해서 초근목피도 사양하지 않았던 이조 이래의 사고 방식 탓이란 점을 문제 삼아볼 만한 일이 아닐까. 그러나저러나 식품에 유독 물질을 섞는 놈, 아동들의 급식용 빵에 돌가루를 섞는 놈 따위는 모조리 사형에 처해야 마땅하다. 권총을 마구 쏘아 한둘을 죽이는 살인범에겐 가혹한 법률이 돈을 벌 목적으로 수십만의 생명을 죽이려고 드는 놈들에게 관대한 것은 이해할 수가 없다……. 신문을 읽으며 그 정도로 흥분해보는 것도 오랜만의 일이다.

신문을 접으려는데 '하동욱'이란 이름이 눈에 띄었다.
하동욱! 알 만한 이름이다.
기사를 읽어보았다.
'검찰은 하동욱(52세)을 사기 혐의로 입건 구속했다. 피의자 하동욱은 S기술단에 용역을 맡아준다고 40만 원을 사취했다는 혐의를 받고 있다.'
한구석에 처박혀 있는 그 일단짜리의 기사가 어떻게 눈에 띄었을까. 자칫했더라면 놓칠 뻔했다는 의식으로 그 사실이 신기롭기까지 했다.
하동욱이라면 하인립 씨의 본명이다. 시인을 자처하는 하씨는 주로 필명인 하인립으로 행세해왔다. 하동욱이란 본명은 호적부나 주민등록부, 사업상의 공식 문서에나 기재되어 있을 뿐 햇빛에 바래지지 않은 이름이다.
'하인립 씨가 사기 혐의로 구속되었다? 그럴 리가 없지, 필시 동명이인일 게다.'
하면서도 나는 안절부절못하는 마음이 되었다. 하인립 씨를 만난 지가 오래되었다는 생각과, 구속된 사람이 바로 그 하인립 씨면 큰일이란 생

망명의 늪 209

각이 겹쳤다.

아내는 아직도 잠결에 있었다. 벌린 입 한쪽 언저리에 흘러내린 침이 말라붙어 있다. 걷어찬 이불의 한 부분은 허연 허벅다리가 구겨 누르고 있다. 잠자는 얼굴은 이처럼 백치같이 어리석고 조용한데 잠을 깨기만 하면 여우처럼 교활하고 이리처럼 앙칼스러워지는 건 어떻게 된 까닭일까. 내게 생활을 지탱해낼 힘이 있기만 하다면 영원히 재워놓고 싶은 그런 여자다.

아내 머리맡에 있는 지갑에서 동전 서너 닢을 꺼냈다. 아내는 동전이 몇 닢쯤 들어 있는 지갑이면 언제든 내 손이 닿을 수 있는 곳에 둬둘 만큼 관대하다. 그 반면 조금이라도 부피가 있는 돈은 감쪽같이 어디엔지 감추어버린다. 물론 감추기 힘들 만한 부피의 돈이 있을 까닭이 없다.

나는 아내의 지갑에서 꺼낸 동전을 들고 밖으로 나왔다. 공중전화를 걸어볼 참이었다. 공중전화가 있는 곳으로 가려면 긴 골목을 빠져나가 한길로 나가서도 한참을 걸어야 한다.

일곱 시가 가까운데도 거리엔 사람의 그림자가 드물었다. 이 근처의 사람들은 그만큼 게으르다고 할 수가 있다. 여름철의 가장 좋은 시간은 이른 아침의 이 무렵인데 이 근처 사람들은 그런 시간의 가치를 모르는 것이다.

공중전화가 있는 박스. 이 박스와 나와는 특별한 인연이 있다. 그런 만큼 항상 정답다. 조용히 들어서서 문을 닫고 송수화기를 집어들면 전 세계를 향해 호소할 수 있다는 그 가능으로 해서 가슴이 떨린다. 그리고 넓은 공간을 금그어 유리벽을 쌓아 성을 만들고 그 유리의 성 안에서 정다운 사람을 찾아 밀어를 주고받을 수 있다는 것은 이야말로 문명의 혜택이 아닐 수 없는 것이다.

나와 그 공중전화 박스와의 인연은 어느 겨울밤에 비롯되었다.

전날 밤 외박을 한데다가 그날 밤도 얼근하게 취해 늦게야 돌아온 아내의 얼굴을 힐끔 훔쳐본 내 눈길이 약간 사나웠던 것이 화근이었다.

"왜 그런 눈으로 사람을 보죠."

코트를 벗어 내동댕이치며 아내는 앙칼스럽게 시작했다.

"계집 하나 못 먹여살리는 주제에 그래도 강짜는 있어갖구."

치마를 벗어 팽개치며 한 소리다.

"사람을 째려볼 밸이 있거들랑 계집 먹여살릴 궁리나 해봐요. 계집 먹여살릴 궁리도 채 못하겠거든 이녁 밥값이나 해봐요. 내가 외박한 게 못마땅하다 그거죠? 흥."

저고리를 벗고 경대 앞에 앉으며 아내는 언성을 높였다.

"당장 우리 헤어집시다. 귀밑머리 마주 푼 사이도 아니구, 당장요."

그렇게 하자고 응할 수 있는 처지라면 얼마나 좋을까. 그러나 나는 일시적인 기분을 사기 위해 위험을 범할 생각은 없다. 아무리 심한 폭풍우도 끝날 때가 있는 것이다.

아내는 내가 잠자코 있는 것이 못마땅한 모양이었다.

"왜 말을 하지 않죠? 내 말이 말 같지 않다, 그건가요?"

"……."

"모두들 나를 미친년이라고 해요. 지금이 어느 땐데 놈팽이를 기르고 있느냐는 거예요. 나이라도 젊었을 때 정신차리라는 거예요. 아아, 나도 미친년 노릇은 그만할래요."

"……."

"참말이에요. 우리 헤어집시다. 당신이 안 나간다면 내가 나갈 테니까. 아아 지긋지긋해."

그러고는 나를 향해 홱 돌아앉았다.

"어쩔 테요. 헤어질 테야? 어쩔 테야."

아내는 여느 때와는 달리 기어이 내게로부터 다짐을 받을 작정인가 보았다. 나는 어설프게 무슨 말을 했다가 장차 곤란을 당하느니보다 이 밤만이라도 어디로 피할 궁리를 했다. 좀처럼 좋은 생각이 떠오르지 않았다.

아내의 욕설이 계속되었다.

"뭘 잘했다고 나를 째려보지? 내가 제 조강지천가? 도대체 넌 뭐란 말이냐. 내 피를 빨아먹는 거머리 같은 놈!"

드디어 최소한도의 경어도 벗겨버렸다.

"나를 요모양 요꼴로 만들려고 꼬셨지? 제가 무슨 사장이라구? 하기야 속은 내가 미친년이지."

그러나 내 쪽에서 아내를 꼬신 적은 없다. 사업에 실패한 나머지 죽고 싶다니까 청춘이 만리 같은 사람이 그런 말을 하면 쓰느냐고 자기편에서 나를 위로하려고 들었고 그 위로를 받고 있는 동안 우리는 어느덧 부부가 되어 있었다. 아내는 자기가 만든 나의 인상에 속은 셈이다. 아내는 나를 조금 도와주기만 하면 갱생할 사람으로 본 모양이지만 나는 한 가닥 요행을 바라는 꿈은 포기하지 않았어도 내 힘으로 어떻게 해볼 생각은 깡그리 포기하고 있는 터였다.

"우리 이쯤에서 헤어집시다. 이 이상 원수가 되기 전에요."

이때, 언뜻 내 뇌리를 스친 것이 있었다. 그 무렵 신설된 공중전화의 박스가 반들반들 유리빛으로 빛나며 내 뇌리에 자리를 잡았다.

'옳지, 그곳이면 하룻밤을 새울 수 있겠다.'

이런 작정과 더불어 배짱이 생겼다. 일어서서 방문을 박차고 나설 계기만 있으면 되게 되었다.

"흥, 네 물건에 홀딱 빠져 내가 널 놓지 않을 거란 배짱이 있는 모양이지만 어렵시오. 나는 음탕에 미친 년은 아냐. 그만한 물건 가진 사내는 얼마든지 있어. 물건 좋구 돈 많은 사내두 얼마든지 있단 말야. 알겠어? 내일 헤어지는 거다아!"

취기와 신경질이 상승 작용을 하는 모양으로 아내는 못할 말 없이 뇌까리기 시작했다.

나는 마음에 여유가 생긴 터라 빙그레 웃었다. 이것이 또한 아내의 신경을 극도로 자극한 모양이다.

"네 ×에 자신이 있다 이 말야? 천만에, 이젠 질색이다. 난 음탕에 미친 년은 아녀, 절대로 아녀. 그렇게 자신이 있다면 음탕에 미친 과부년이나 찾아가면 될 것 아냐? 그런 년이 서울 장안에 우글우글하다는데 넌 그런 재간도 없냐? 어, 더러워, 더러워, 텟테테 텟테테……"

침 뱉는 시늉을 하고 있는 아내를 곁눈으로 보며 나는 내복을 입고 양말을 신었다. 그리고 일어서서 양복을 입었다.

아내는 순간 주춤하는 것 같더니,

"흥."

하고 경대 쪽으로 돌아앉았다. 통행금지 시간이 다 됐을 무렵이고 호주머니에 돈 한푼 없는 놈이 가면 어딜 갈 거냐, 하는 마음의 움직임을 나는 아내의 등너머로 읽었다.

"내게도 밸이 있다, 그 말씀이구랴? 잘 생각했어, 갈 테면 가봐."

나는 소매와 깃이 닳은 외투를 옷걸이에서 내려 입고 역시 낡은 목도리까지 목에 둘렀다.

그리고 문을 열고 밖으로 나왔다.

바깥 바람이 차가웠지만 아내의 입에서 내뿜은 욕설이 미지근한 온기에 섞여 꽉 차 있는 지옥을 벗어난 것이 우선 상쾌했다.

주인집 방엔 환히 불이 켜져 있었다. 주인 부부가 아내의 악담을 어떻게 들었을지 알 까닭이 없다. 하도 빈번하게 되풀이되는 것이라서 이미 호기심조차 마멸되어 있을지 몰랐다.

대문을 의식적으로 요란스럽게 여닫은 것은 아내가 뛰어나와 만류해 줄 것을 은근히 바랐던 것과 술에 취한 아내가 문단속하길 잊었을 경우, 주인이 나와 대문을 잠그라는 뜻이 겹쳐 있다.

긴 골목을 빠져나올 때까지 뒤쫓아오는 소린 없었다. 골목 어귀의 구멍가게가 이제 막 문을 닫으려는 찰나였다.

거기서 나는 담배와 성냥, 그리고 소주 두 병과 오징어 두 마리를 외상으로 사고, 가졌던 푼돈을 죄다 오 원짜리 동전으로 바꿨다. 그만한 편리를 봐줄 수 있을 정도론 그 구멍 가게에, 나와 아내의 신용은 있었다.

통행금지 시간이 지난 거리엔 사람의 그림자라곤 없었다. 나는 발소리를 죽이고 공중전화가 있는 곳으로 가서 감쪽같이 그 박스 안에 몸을 가눌 수가 있었다. 유리문을 닫으니 밀폐된 방이 되었다. 무릎을 안고 앉을 수 있을 만한 스페이스이기도 했다. 추운 날씨이긴 해도 바람막이가 있는데다가 줄곧 마시고, 씹고, 담배를 피우고 있으니 견디지 못할 바는 아니었다.

경찰관이 지나는 듯한 눈치가 보이면 얼른 일어서서 전화를 거는 척했다. 급한 병자가 생겨 병원에 연락하는 중이라고 핑계를 꾸며댈 작정이었다. 그러나 다행하게도 그런 거짓말을 할 기회는 오지 않았다.

심야, 인적이 끊어진 거리의 공중전화 박스에서 세상을 내다보는 기분이란 약간의 추위쯤은 견디어낼 수 있는 보람과 같은 것을 지녔다.

줄잡아 6백만의 사람을 수면 속으로 봉쇄해버린 서울의 거대한 밤은 그것이 안은 다양한 꿈으로 해서 소화불량을 일으켜 괴물의 어느 한 부분이 경련을 일으켜도 마땅한 일이 아닐까. 그래서 파열을 일으켜 피와 고름이 홍수처럼 흘러내려도 당연한 일이 아닐까. 이처럼 공중전화 박스 속에 있는 내 자신이 서울의 장부臟腑에 이상을 일으키고 있는 이질 분자가 아닌가. 만일 내게 저주의 의사와 악의의 발동이 있다면 서울의 장부에 급성 맹장염을 일으킬 수도 있는 것이다. 그러나 내겐 저주할 의사도 악의를 발동시킬 생각도 없다.

설혹 호화스런 육체의 향연이 저 어두운 창 너머에서 이루어지고 있다는 짐작을 했어도 내겐 질투할 정열조차 없다. 호사스런 무수한 잠이 서울 가득히 깔려 있는데 다리 한번 만족스럽게 펼 수 없는 옹색스런 잠을 청하고 있대도 나는 어느 한 사람 원망할 생각은 없다.

나는 이처럼 선량하기 짝이 없는 사람이다.

몇 시나 되었을까, 마지막 술방울을 삼켰다. 그런데도 취할 기색은 없다. 되레 6백만 서울 시민의 고민을 도맡아할 수 있을 정도로 머리가 명석해졌다. 술이 끊어지길 기다렸다는 듯이 추위가 엄습해왔다. 아랫배에 힘을 넣으면 이빨이 달달 떨리고, 이빨이 떨지 않게 입을 가다듬으면 아랫도리가 떨렸다. 퍼져 앉은 궁둥이의 그 두꺼운 살을 통해서 창날처럼 예리한 한기가 등골을 찔러댔다.

나는 부득불 일어서지 않을 수 없었다. 그리고 되는 대로 다이얼을 돌렸다.

어두운 허공 속에 울리는 전화의 벨소리. 나는 그것이 울리고 있는 공간을 갖가지로 상상하면서 추위를 잊으려고 애썼다. 이제 막 살인을

망명의 늪 215

끝낸 범행의 현장에 울리는 벨소리. 부부의 침실에 난입해서 정부를 가진 아내의 가슴을 써늘하게 하는 벨소리. 텅 빈 창고에 울려퍼져 쥐새끼들을 놀라게 하는 벨소리. 심야의 벨소린 섣불리 수화기를 못 들게 하는 마력을 가지고 있다.

그러나 국제전화를 기다리고 있는 사람도 있을 것이 아닌가. 심야를 택해서만 주고받는 사랑의 전화도 있을 것이 아닌가. 좋은 번호일 수 있을 것이란 짐작으로 숫자를 엮어서 걸어봤지만 번번이 대답은 없다. 심야의 전화는 그처럼 겁이 나는 것이다. 나는 드디어 초조해지기 시작했다. 갑자기 사람의 소리가 듣고 싶어졌다. 수만 마일의 해저에 들어선 잠수부와 같은 심경이랄까. 여기에 내가 살아 있다는 신호와 더불어 그곳에서도 사람이 살고 있다는 확인을 하고 싶은 것이다. 깊은 해저에 나를 남겨 두고 모선母船은 떠나버리지 않았을까 싶어졌을 때의 그 절망과 공포가 내 가슴을 에이었다.

나는 열심히 다이얼을 돌렸다. 드디어 반응이 있었다. 수화기를 드는 소리가 들렸다.

"누구시오."

하는 건 또렷또렷한 남자의 목소리였다. 나는 엉겁결에 말을 더듬었다.

"여, 여긴 바, 바다 속이올시다. 그곳은 김삿갓 씨 댁입니까?"

"미친 사람이군. 화장장에 예약 전화나 거시오."

하고 상대방은 전화를 끊었다.

이빨을 달달 떨면서도 나의 의식은 명석했다.

'그렇다, 나는 미친 사람이다.'

내가 미쳤다는 인식이 그처럼 고마울 수가 없었다. 나는 안심하고 미치기로 작정했다.

216

그래 전화국의 교환수를 불러냈다.

"국제전화를 하려는데요."

"국제전화를요?"

조금 사이를 두고 뭔가를 체크하는 듯하더니,

"어디에 거실 거죠?"

하는 말이 잇따랐다.

"미국 화이트하우스를 대주십시오. 미국 대통령과 얘길 하렵니다."

장난하지 말라는 퉁명스런 답이 돌아올 줄 알았는데 의외에도 미소가 묻어 있는 부드러운 말이 들렸다.

"미국 대통령도 여럿 있잖아요? 닉슨 씨도 있구, 케네디 씨도 있구, 링컨 씨도 있구. 누구와 통화하실 거죠?"

"이왕이면 링컨 대통령을 불러주십시오."

구슬을 굴리는 듯한 웃음소리가 있더니,

"잠이 오질 않으신가 보죠?"

하는 말이 있었다.

"예, 그렇습니다. 잠이 오질 않습니다. 아니 잠을 잘 수가 없습니다."

"고민이 있으신 모양이죠?"

"아니 추워서 그렇습니다."

"거기가 어디죠?"

"여긴 공중전화 박스 안입니다."

"왜 그런 곳에 계시죠?"

"통행금지, 아니 집에서 쫓겨났어요."

"어머나, 추우실 텐데⋯⋯빨리 집으로 돌아가세요."

"그럴 순 없습니다."

"경찰관을 만나면 사정을 말하시기로 하구요. 빨리 돌아가세요. 지금 한 시 반예요. 통금이 해제되려면 아직 두 시간 반이나 남았어요."

"그래도 난 여게서 견딜 작정입니다."

"안 돼요. 집으로 가세요. 부인께서도 걱정하고 계실 거예요."

"걱정함 여편네가 사내를 내쫓을까요?"

"부부 싸움은 칼로 물베기라고 하잖아요."

"천만에요. 우리 부부의 싸움은 남아연방의 흑백인 싸움과 같은 걸요."

"그러시질 말고 빨리 집으로 가세요. 그럼 전화 끊겠어요."

천사의 말은 끝났다. 그러나 그 부드러운 입김과 여운은 남았다. 추위를 견디어낼 용기가 솟았다. 이 세상에 천사가 존재한다는 사실을 안 것은 얼마나 다행한 일일까. 광석 속에 다이아몬드가 있듯이 사람 가운덴 천사가 있다는 인식의 그 고마움!

그 고마움은 영감과 같았다. 그 영감으로 해서 나는 통금시간의 해제와 더불어 걷기 시작해선 남산 꼭대기에 올랐다. 내 일생 단 한 번 장엄한 아침이 될 뻔한 그 아침을 나는 통곡을 터뜨림으로써 망쳐버렸다.

그러한 인연으로 친숙하게 된 그 전화박스 속으로 들어섰다. 전화번호가 적힌 수첩을 들고 나왔으나 수첩을 보지 않고도 나는 하인립 씨의 전화번호를 외우고 있다.

다이얼을 돌렸다. 벨만 울리고 사람은 나오지 않았다. 끊었다가 걸었다가를 몇 번이고 되풀이했다. 드디어 잠에 취한 사나이의 목소리가 들렸다.

"니귀슈."

분명히 하인립 씨의 음성은 아니다.

"하인립 씨 계십니까."

"하 뭐라구요?"

"거기 하인립 씨 댁이 아닙니까?"

"아닙니다."

하고 전화는 딸깍 끊어졌다.

수첩을 꺼내 확인을 하곤 다이얼 하나 하나를 침착하게 돌렸다.

나온 사람은 역시 아까의 그 사람이었다. 대강의 사정이라도 물으려는데,

"왜 이래요, 아침부터 재수 없게시리."

하는 퉁명스런 소리가 이편의 말문을 막았다.

하인립 씨의 근황을 알 만한 사람을 찾아 물어보아도 모두들 모른다는 답이 돌아왔다. 구속된 하동욱이 동명이인이란 걸 전화로써 확인해 보려는 희망은 좌절되고 말았다.

하인립 씨가 돈 40만 원을 사기할 만큼 몰락했다고는 도저히 믿어지지 않았고, 믿고 싶지도 않았다. 그런 만큼 불안하기 짝이 없었다.

나는 하인립 씨에게 이만저만한 신세를 진 처지가 아니다. 몇 차례에 걸쳐 천만 원 가까운 돈을 빌려쓰고도 끝끝내 사업에 실패한 나는 면목이 없어서 그를 피하며 살았다. 그러니까 이 년 전에 만나 살게 된 아내는 그런 사연을 모른다.

아침 밥상을 물리고 나는 아내의 눈치를 살피며 말했다.

"오늘 돈이 천 원쯤 필요한데."

아내는 힐끗 나를 보았을 뿐 대답이 없었다.

"오늘 은인을 찾아봐야 할 사정이 생겼어."

"은인? 은인이라니 누구요?"

"하인립 씨란 분야."
"생전 들먹여보지도 않던 이름인데 난데없이 은인은 또 뭐요?"
거짓말하지 말라는 표정이 아내의 얼굴 위에 나타났다.
"인간의 신의상 중대한 문제야."
"신의? 여편네에게 얹혀사는 주제에 신의?"
아침부터 다투기가 싫었다. 나는 걸어서라도 신촌에 있는 하인립 씨의 집을 찾아갈 작정을 하고 옷을 주워입고 방에서 나와 신을 신었다. 신을 신고 있는 머리 위로 천 원짜리 한 장이 날아와 축대 위에 굴렀다. 나는 그것을 주워 호주머니에 넣었다. 비굴하다는 말이 내 사전에서 지워진 지 이미 오래된 일이다.
삼 년 전 하인립 씨의 집이었던 대문 위엔 다른 사람의 문패가 걸려 있었다. 주인을 찾았더니 분명 전화에서 들은 목소리의 사나이가 나타났다. 이 년 전에 그 집으로 이사를 왔다는 것이며 하인립 씨가 어디로 이사를 갔는지 어떻게 알겠느냐고 대뜸 시비조가 되었다.
되돌아오는 길에 어느 다방엘 들렀다. 금년 초에 발행된 전화부를 뒤져보았다. 하인립이란 이름도 없고 하동욱이란 이름도 없었다. 이때까진 80퍼센트쯤 동명이인일 것이고 20퍼센트쯤은 하인립 본인일 것이란 짐작이 반대의 비율이 되었다.
나는 하인립 씨와 친교가 있었던 김장길이란 변호사를 상기했다. 광화문에 있는 그의 변호사 사무실로 달려갔다.
이제 막 출근했다는 김장길 변호사는 내게서 애길 듣자 근심스러운 얼굴이 되었다. 그리고,
"하군이 그럴 까닭이 없을 텐데, 아무래도 동명이인일 거요."
하면서도 사무원을 검찰청으로 보냈다.

"만일 하인립 씨가 그런 처지라면 영감님이 맡아주셔야 하지 않겠습니까."

했더니 김장길 변호사는 말했다.

"물론이죠. 설사 그게 하군이더라도 오해일 겁니다. 하군이 사기를 하다니 될 말입니까."


사건의 진상은 다음과 같았다.

석 달 전 어느 날 권權이라고 하는 고향의 후배가 신申이라고 하는 사람을 데리고 하인립 씨를 찾아왔다.

사업의 실패로 셋방살이에까지 몰락한 하인립 씨는 만년을 시인으로 지낼 작정으로 시작에 전념하고 있었다. 그런데 간혹 찾아온 후배 권에게,

"시집을 낼 만한 돈이 있을 땐 시가 없었고, 시집이 될 만큼 시가 모이고 보니 시집을 만들 돈이 없어졌다."

는 한탄을 했다.

하인립 씨를 아끼고 존경하는 권은 어떻게 해서라도 선배의 시집을 내고 싶었다. 그래서 기술단의 사장을 하고 있는 신씨에게 하인립 씨의 시집을 출판할 비용을 대주는 친절을 베풀면 하인립 씨의 친지 가운덴 높은 벼슬을 하고 있는 사람이 많으니 사업상 도움이 되지 않겠느냐는 얘길 했다. 그 얘길 듣고 신씨가 살펴본 결과 하인립 씨가 현직 모 고관과 대단히 친한 사이라는 것을 알았다. 신씨의 사업이 바로 그 고관이 관장하고 있는 부서와 밀접한 관계에 있기도 했다.

신씨가 권을 데리고 하인립 씨를 방문한 건 그런 속셈이었는데 첫 대면엔 일체 그 속셈을 드러내지 않고,

"권군의 얘기를 듣고 감동한 나머지 시집을 내시는 데 도움이 되지 않을까 하고 가져왔다."
면서 30만 원을 내놓았다.

하인립 씨는 물론 사양했다. 그러자 권이 순수한 호의를 왜 받지 않으시느냐고 말을 보탰다.

"꼭 뭣하시면 제가 드리는 것으로 알면 될 게 아닙니까."
하고 돈이 든 봉투를 권이 집어들고 하인립 씨 앞에 밀어놓았다.

이런 일이 있고 이 주일쯤 지나서 또 신과 권이 찾아왔다. 그날은 하인립 씨의 생일 하루 전이었다. 그때 생일 축하의 뜻이라면서 또 신이 권의 손을 통해 10만 원의 수표가 든 봉투를 꺼내놓았다.

"내가 생일 축하를 당신들로부터 받을 하등의 이유가 없다."
면서 이번엔 더욱 강하게 사양했다.

그러나 그들은 억지로 그 봉투를 던져놓고 가버렸다.

그리고 또 이 주일쯤 지났다. 이번엔 신이 혼자 찾아왔다. 세상 돌아가는 얘기가 나온 끝에 신이 말했다.

"내가 하는 사업은 토지를 측량하는 용역을 주로 합니다. 금번 영남의 모 도시 근처의 그린벨트 설정을 한다는데 마침 선생께선 K장관을 잘 아시지 않습니까. 누가 해도 해야 할 일이고 우리 기술단은 우수하다고 세평이 나 있을 정도이고 하니 한마디만 거들어주시면 밑에서 다 되게 돼 있습니다."

전날의 호의 표시도 있었던 터라, 하인립 씨는 거절할 수가 없었다. 그만큼 마음이 약한 탓도 있었다.

"될지, 안 될지 책임을 질 수는 없는 일이니까 결과에 대해선 구애 않기로 한다면 말만은 해보죠."

"그런 정도면 좋습니다."

"관청 일이니까 우리들로선 짐작 못할 사정이 있을 것이니 꼭 될 거라는 기대는 하지 마십시오."

하고 하인립 씨는 못을 박기도 했다.

며칠 후 하인립 씨는 장관을 만나 얘길했더니 그건 현지의 책임자가 알아서 할 일이란 답이 나왔다. 때마침 그 현지의 책임자가 서울에 출장 중이란 소식을 듣고 하인립 씨는 직접 그 책임자를 만나 얘길 해보았다. 현지의 책임자는 갖가지 이유를 들어 신씨의 기술단에게 용역을 줄 수 없다는 뜻을 밝혔다.

하인립 씨는 그대로 신씨에게 알렸다. 그 자리에서 신씨는 전라도에도 그런 일이 있는데 어떻겠느냐고 말했다. 장관과 현지 책임자의 얘기를 듣고 용역 관계의 일이 여간 델리킷한 것이 아니란 사실을 안 하인립 씨는 즉석에서 거절했다.

그런 일이 있고 이 주일쯤 지나서다. 하인립 씨 앞으로 내용 증명으로 된 편지가 날아들었다. 용역을 맡아준다고 하고 받은 돈 40만 원을 즉시 갚지 않으면 고발하겠다는 내용의 신으로부터 온 편지였다.

빚투성이가 돼 있는 하인립 씨가 그 돈을 간수해두었을 리가 없었다. 당황한 그는 백방으로 돈을 모으려고 서두는 한편 권군을 찾았으나 권은 고향에 내려가고 없었다. 차일피일하는 동안에 열흘이 지났다.

하인립 씨는 검찰의 소환을 받았다.

"돈 받은 일이 있느냐."

"있다."

"무슨 명목으로 받았나."

"시집을 내는 데 돕겠다고 해서 받았고, 생일 축하의 뜻으로 받았다."

"시집은 냈느냐."

"안 냈다."

"그럼 결국 용역을 맡아주겠다고 받은 것이나 다름이 없지 않느냐."

"결과적으로 그렇게 되었다."

"용역 관계로 관계자들에게 부탁을 했느냐."

"했지만 거절당했다."

이런 내용의 심문 조서가 꾸며졌다.

용역을 맡아준다고 해서 돈을 받고 용역을 맡아주지 않았으니 사기죄에 해당되고, 관청에 드나들며 업자의 이권 운동을 대신했으니 변호사법 위반죄에 걸린다는 것으로 구속영장이 발부되어 하인립 씨는 구속당하게 된 것이다.

"세상에 그처럼 어리석은 사람이 어디에 있단 말인가."
하고 김장길 변호사는 투덜댔다.

"어디까지나 시집의 출판을 위해서 받고 생일 축하로 받았다고 우겨댈 일이지 결과적으로 그렇게 되었다고 자인할 필요가 어디에 있단 말인가. 그런 자인만 안 해도 사기죄가 성립될 까닭이 없는 것인데 말야. 그리고 또 관계 당국자에게 부탁을 했다는 말은 왜 하는 거야. 안 했다고 부인하면 변호사법 위반이 될 까닭도 없거든. 법률 상식이 이렇게 없어갖고야, 그보다도 그렇게 순진해서야."

김장길 변호사의 얘길 듣고보니 정말 어이가 없었다.

철망 저편에 하인립 씨의 수척한 얼굴이 있었다. 나는 할 말을 잃었다.

"자네의 끔찍한 불행이 있은 뒤 백방으로 찾았는데……."

위로의 말이 저편으로부터 왔다.

나는 몸둘 바를 알지 못했다.

"제가 무슨 사람입니까."

"무슨 그런 소릴 해. 모두 돈에 짓밟힌 것 아닌가. 돈에 짓밟혀 사람 구실을 못한다면 그건 완전한 패배다."

"전 완전한 패배잡니다."

"그런 쓸데없는 소릴 하러 나를 찾아왔나?"

나는 숙인 고개를 다시 들었다.

"선생님은 왜 서둘러 자기를 불리하게 합니까."

"난 그런 일 없어."

"돈받은 이유가 틀리지 않습니까."

"결과적으로 그렇게 된 것을 어떻게 하나. 모두 궁한 탓이다. 이 세상엔 궁한 것 이상으로 큰 죄는 없어. 그러니 그런 말은 그만하자."

"그 신가라는 녀석, 나는 할 일도 없구, 밖에 있으나 여게 있으나 산송장인 것은 마찬가지니 그 자식을 찾아 두들겨줄랍니다."

"그 사람이 나쁜 것 아니다. 나쁜 건 나다, 나."

"그러나 그놈이 한 짓은……."

"아니라니까. 사업가는 모두 그런 거다. 자네나 내가 사업가로서 성공하지 못한 까닭은 그 신가 같은 사람이 되지 못한 데 있는 것 아닌가."

"……."

"그러니 너나 나나 사업가를 욕할 순 없어. 우리도 사업가가 되려고 했던 사람들이니까. 실패한 자가 성공한 자를 욕하는 건 비겁해. 우리는 입이 백 개가 있어도 성공한 사업가를 욕하지 못한다."

"그보다도 재판에선 정당하게 주장을 하십시오. 권이란 증인을 부를 모양입니다. 권은 대단히 흥분해 갖고 신을 만나기만 하면 박살을 낼 거라고 합디다."

"하여간 나는 몇 년 징역을 살망정 내 자신을 속이진 않을 참이다. 여게 와보고서야 처음으로 세상을 알았다. 이 속엔 모두 돈에 짓밟힌 사람들만 들어 있다. 돈에 짓밟히면 사람이 어떻게 되는가를 가장 잘 보여주는 곳이 이곳이다. 어느 작가가 이곳을 아카데미라고 했더라만 그건 비유가 아니고 바로 실상이다."

"그만."

하는 간수의 명령이 있었다.

변호사 사무실로 돌아와 이 면회의 내용을 전했더니 김장길 씨는 쓸쓸하게 웃으며 이렇게 말했다.

"그 사람 아무런 이득도 없는 덴 시시껄렁한 거짓말을 제법 잘 꾸며대는 사람인데 자기의 이익을 위해선 한마디의 거짓말을 못하니 천성 손해보기 위해 태어난 팔자다."

김장길 씨의 말대로 하인립 씬 시시껄렁한 거짓말을 꽤 즐겼다. 그리고 스스로 만들어내기도 했다.

불이 켜진 채 얼어붙게 한 촛불을 시카고 박물관에 기부를 했더니 얼음이 녹아 시카고 박물관이 다 타버렸다는 거짓, 봄철 시베리아에 가면 겨우내 얼어붙었던 말이 녹아 재생되어 시끄럽기 짝이 없다는 거짓을 나는 하인립 씨로부터 들은 적이 있다.

하인립 씨가 말했듯 나는 '끔찍한 불행'을 겪은 사람이다. 지금도 그 불행의 연장선상에 있는 셈이다. 나는 산송장이나 다를 바가 없다. 그러니 앞으로 결코 세상의 표면에 나타나지 않을 작정을 한 것은 당연한 일이다.

노인들에게 친절을 베풀어 얼마간의 유산을 노리는 일, 어쩌다 복권을 사선 그 당첨을 노리는 일, 현상금을 노려 간첩을 잡는 일, 이를테면 사행에 속하는 일 이외에는 절대로 기대하지도 않고 노력하지도 않을 작정을 세워 양지를 피하고 음지에서 시들어갈 참이었는데 하인립 씨의 일 때문에 그럴 작정을 일시 포기해야만 했다.

가장 긴급한 문제가 40만 원을 신가에게 갚는 문제였다. 그런데 그 일을 서두를 사람이 나밖엔 없었다. 김장길 변호사는 그것까지 자기가 맡겠다고 하지만 우정을 그렇게 부담스럽게 만들어선 안 될 일이었다.

나는 기왕 하인립 씨로부터 다소나마 도움을 받은 사람, 또는 친교가 있었던 사람들의 명단을 만들어보았다. 내가 만든 것이니 나와 하인립 씨가 공통적으로 알고 있는 사람들에 국한할 수밖에 없었던 것이 결정적인 실수였을지 모른다. 나는 내 체험을 통해 이 세상이 각박하다는 것을 충분히 알고 있었지만, 하인립 씨의 경우는 다소 다른 점이 있을 것이라고 은근히 기대를 했던 것인데 이 세상이 내가 상상하고 짐작하고 인식한 것 이상으로 냉혹·각박·잔인하다는 것을 뼈저리게 느껴보는 결과가 되었다.

D건설 회사의 전무 C는 걸핏하면 하인립 씨의 서재에 와 앉아 있던 사람이다. K고관과 친분이 있는 하인립 씨를 이용하려는 의도였을 것이다.

C는 하인립 씨의 난처한 사정을 듣자,

"하 선생은 사람이 너무나 좋아. 사람이 좋은 게 결코 이 세상에선 장점일 순 없어."

하는 동정어린 말을 했는데 신에게 갚아야 할 40만 원 얘기를 듣곤,

"돈이 썩고 있기로서니 남이 사기한 돈 뒤치다꺼리할 사람이 있겠소."

하며 유순한 웃음을 웃기까지 해보이곤 일어서버렸다.

내가 다음 찾아간 사람은 N씨다. N씨는 가끔 신문이나 잡지에 제법 기골 있는 논설을 쓰는 사람이며 기왕 신문사에 있을 때 다소 축재도 해서 여유 있게 사는 사람이다. 나는 우연한 기회에 이 사람이 하인립 씨를 통해 그의 친지되는 사람의 승진 운동을 하는 것을 본 적이 있다. 그 밖에도 N씨는 하인립 씨에게 많은 부탁을 했고 하인립 씨도 N씨의 부탁이고 보면 싫은 빛 없이 K고관에게 전달하곤 했다. 그 모든 결과가 어떻게 되었는진 모르나 N씨와 하인립 씨는 줄곧 남달리 밀접한 관계를 지속해왔다고 알고 있다.

그런데 N씨는 하인립 씨의 이름이 내 입에서 나오자,

"아까운 사람인데 꼭 하나의 결점이 있었지."

하고 하인립 씨와 K고관과의 관계를 들먹였다. 하인립 씨가 너무나 권력에 밀착해 있었다는 얘기였고, 그 권력 지향에의 성품이 인간으로서나 시인으로서나 그를 망쳐놓았다는 것이다.

"개인적인 친분 관계이지 권력 지향은 아닐 텐데요. 하인립 씨의 경우, 권력에의 밀착이란 말이 안 됩니다."

나는 이렇게 항변하지 않을 수 없었으나 N씨는 보다 단정적으로 말했다.

"누군 고관 가운데 친분 있는 사람 한둘 가지지 않은 사람이 있는가? 그러나 지각이 있는 사람이면 하인립 씨처럼은 안해."

나는 스르르 불쾌한 생각이 들었다. 그래 다음과 같이 물어보았다.

"하 선생을 통해 적당하게 권력을 이용해선 하 선생 이상으로 이득을 본 사람이 있다면 그런 사람은 어떻게 되는 겁니까."

N씨는 내가 한 말의 뜻을 얼른 알아듣지 못한 모양으로 나를 말끄러미 바라봤다. 나는 고쳐 말했다.

"자기는 권력에 가까이하지 않으면서 하 선생 같은 호인을 통해 간접적으로 권력에 접근해서 이득을 얻어내는 그런 사람은 어떻게 되느냐고 물은 겁니다."

N씨의 표정에 약간 불쾌한 빛이 돋았다.

"직접 접근과 간접 접근은 그만한 차이가 있겠지. 그러나 나는 그런 말을 하고 있는 건 아니오. 하인립 씨는 두말 끝엔 K씨를 천재라고 숭앙하고 있었는데 누구라도 그런 자리에 앉으면 그만한 일은 할 수 있는 것을 천재라고 과찬하는 그런 태도가 권력에의 밀착이란 말요. 그런 아첨이 옳지 않다 이 말이오."

하인립 씨는 K씨를 진정 천재라고 믿고 있었다. K씨에의 애착을 그러나 그는 천재에의 당연한 존경이라고 생각하고 의심하지 않았다. 내가 알기론 하인립 씨는 K씨를 높은 벼슬아치로서가 아니라 천재로서 아끼고 있었다.

그러나 이런 말을 늘어놓는다는 것이 내가 N씨를 찾은 목적에서 일탈할 염려가 있었다.

"좌우간 N선생은 하 선생과 보통의 친분은 아니지 않습니까. 지금 하 선생은 심한 곤경에 빠져 있습니다. 4, 5만 원이라도 좋으니 이리로 보내주시든지 전화를 주십시오."

하고 나는 김장길 변호사의 사무실 주소와 전화번호가 적힌 쪽지를 내놓았다. N씨는 그 쪽지를 거들떠보지도 않고 점잖게 말했다.

"청빈하게 사는 선비에게 어디 그런 돈이 있겠소. 마음 같아선 돈 5만 원이 문제겠소만 요즘 내 형편이……."

하고 N씨는 눈길을 멀리 보냈다. 그의 눈길을 따라 나의 시선도 움직였는데 그곳엔 청록의 숲을 배경으로 깔끔하게 손질된 잔디밭이 있었고 그 한모퉁이의 화단엔 칸나의 진한 붉은 빛이 7월의 태양 아래 불타고 있었다. 에어컨디셔너로 냉방이 된 방에 앉아 유리창 너머로 호사스런 성하盛夏의 향연을 보며 나는 N씨의 '요즘 형편이 대단히 딱하다.'는 말을 뼈 마디마디에 새겨넣는 느낌으로 말없이 일어서 N씨의 집을 하직했다.

아스팔트는 열기에 이글거리고 있었다. 연희동 N씨의 집에서 광화문까지의 거리를 나는 걸었다.

'사태가 계속 이런 꼴이라면 강도 노릇이라도 해야겠다.'
는 강박 관념 같은 것이 가슴을 조였다. 땀은 계속 흘러내렸지만 그 강박관념의 탓인지 더위를 느끼진 않았다.

T씨와는 광화문 조선일보 근처의 다방에서 만나기로 되어 있었다. T씨는 하인립 씨의 덕택으로 S상가의 일부를 차지하는 이권을 얻은 적이 있는 사람이었다.

T씨는 내가 자리를 잡아 땀을 닦고 숨을 돌리기도 전에,

"하인립 씨가 몽땅 망했다는디 우찌 된 기고."

하고 싱글벙글했다. 보기에 따라선 하인립 씨가 망한 것이 고소해서 죽겠다는 그런 태도다.

"하 선생이 망했대서 그렇게 기분 좋아할 건 없지 않소."

나도 모르게 말이 거칠게 나왔다.

"기분이 좋다니, 생사람 잡을 소리 하지 마소. 높은 사람 덕택으로 벼락부자가 되었다는 소문을 들은 기 엊그제 같은디 망했다 쿤께 이상해서 물어보는 것 아니오."

"높은 사람 덕택이라니 그거 또 무슨 소리요. 내가 알기엔 하인립 씬

높은 사람 덕 본 것 없소."

"유수지를 복개해갖고 큰돈 벌었다 쿠든디."

"유수지 복개는 국가에 봉사한 면이 크지 하인립 씨의 소득이 큰 것은 아닐 텐데요."

"그건 그렇다치고 무슨 일로 나를 만나자고 했소?"

T씨의 말로 보아 하인립 씨의 현재 상태를 모르고 있는 모양이었다. 나는 구체적인 설명을 걷어치우고 곤경에 있는 하인립 씨를 도와줄 의사가 없느냐고 단도직입적으로 물었다.

"내게 무슨 힘이 있다고 남을 도운단 말이오."

T씨는 어색하게 웃었다.

"T사장은 하 선생의 도움을 받은 적이 없소?"

"도움? 그 양반 때메 손해는 봤지만 도움받은 건 없고마."

"뭐라구요?"

나는 가까스로 흥분을 참았다.

"형씨는 지금 내가 하고 있는 상가 얘길 하는 모양인디 그건 당치도 않은 말이오. 보증금으로 당치도 않은 액수의 돈을 냈지, 그런디다가 시설비가 곱이나 들었지, 점포세는 자꾸 체납이 되지. 그 돈 가만두었다가 금리를 늘였으몬 내 부자 됐을 끼라. 괜히 그놈을 맡아갖고 고생인 기라."

"여보시오."

하고 터지려는 울분을 억지로 참고 말했다.

"그걸 당신이 싫어하는 걸 하인립 씨가 억지로 떠맡겼소?"

"그런 건 아니지만도."

"그걸 맡게 해달라고 당신이 사정사정한 거죠?"

"그땐 사정을 몰랐거든. 우쨌건 내 하 사장헌테 덕본 것 없는 기라."

"덕본 건 없어도 고맙다, 미안하다는 감정쯤은 있을 것 아뇨."

"허기야 나 때문에 욕은 봤지. 힘도 썼고. 그러나 결과가 좋았어야 하는 긴디 그만……."

"그건 그렇다치고 다만 얼마라도 하 선생을 도와주시오. 5만 원쯤이면 됩니다."

"허, 참. 남의 사정도 모르고 그러네. 요새 난 부도가 날 지경인디, 그래 갈팡질팡인디."

나는 눈을 감고 말았다. 그 이상 아무 말도 듣기 싫었다. 동시에 아무 말도 하기 싫었다.

"얘기가 그뿐이라면 나는 가겠소."

나는 눈을 뜨지 않았다.

일어서는 기척이 있더니 잠깐 후에,

"찻값 내었소이."

하는 T의 목소리가 카운터 쪽에서 들렸다.

T가 사라졌다고 싶을 무렵에 눈을 떴다. 군데군데 앉아 있는 사람들의 얼굴이 한꺼번에 시야에 들어왔다. 하나같이 잔인하고 음흉하고 냉혹한 얼굴들이다. 모두들 친구끼리 앉아 있는 모양이지만, 그리고 모두들 미소짓길 잊지 않는 모양이지만, 나의 눈은 그들의 가면을 벗기고 있었다.

'사람은 사람에 대해서 이리.'

란 멋진 말이다.

우정은 사라지고 이리의 탐욕만 남았다. 그런데 그 이리의 탐욕이 필요에 따라 형편에 따라 우정의 가면을 꾸며대기도 한다.

그 많았던 하인립 씨의 친구들은 모두 어디로 갔을까. 거의 매일 밤 더불어 흥청거리던 하인립 씨의 술친구들은 어디로 사라졌단 말인가.

'이런 살벌한 황무지에 서서 시를 쓴다고? 어림없는 소리!'

철망 저편에 서서 그래도 태연한 척하고 있던 하인립 씨에 대해서 나는 비로소 맹렬한 증오를 느꼈다. 바보는 바보라는 그 죄명으로 광화문 네거리에서 찢겨 죽어야 한다. 호인은 호인이란 그 죄명으로 사지를 찢어 개의 창자를 채워야 한다.

내 앞에 앉은 사람이 있었다. 동시에 말이 건너왔다.

"어, 이거 얼마 만이오."

Y대학의 P교수였다. 하인립 씨를 통해서 알게 된 사람이다. 한마디로 말해 하인립 씨의 술친구다. 그런데 그 이름을 나는 하인립 씨를 위해 만든 명단엔 적지 않았다. 까맣게 잊고 있는 탓이었다.

그는 차를 마셨느냐고 묻고, 내가 마셨다고 하자 자기만 차를 시켜놓곤 사뭇 비밀 얘기나 하는 것처럼 나직이 물었다.

"하동욱이, 아니 하인립이가 붙들려 들어갔다는 소식 들었수?"

나는 어떻게도 해석할 수 있도록 애매한 표정을 꾸몄다.

"괜히 까불고 돌아다니더니만 기어이 그런 꼴을 당하고 만 모양이오."

"그렇다면 친구들이 좀 도와줘야 할 게 아닙니까."

금시초문인 듯 어느덧 내 태도는 꾸며져 있었다. 아침부터 이글거리던 분통이 이자를 상대로 폭발하겠구나 하는 예감이 내 가슴을 더욱 싸늘하게 했다.

"도울 가치가 있는 놈을 도와야지."

P는 아무렇지도 않게 말했다.

"가치의 문제가 아니고 우정의 문제가 아닐까요?"

나는 아무렇지도 않게 말했다.

"우정이 그렇게 값싼 것은 아니니까."

그는 커피를 한 모금 마셨다. 그리고 한다는 소리가 이랬다.

"그 사람은 친구라고 하기엔 너무나 경박해요. 그렇게 생각하지 않수?"

"내겐 몇십 년 연상이니까 친구란 생각은 해보지 않았습니다."

"그럴 테죠. 그 사람 기껏 술친구죠. 돈도 잘 쓰구 유머도 잘하구. 그러나 아까도 말했듯이 너무 경박해. 대학 교수가 택시도 못 타는 판인데 외제 자가용차가 다 뭐요. 제가 무슨 사업가랍시고 말요. 어쩌다 고관과 친분이 생겼다구 으스대기나 하구, 한마디로 말해 속물이야, 속물. 그런데 그런 주제에 시를 쓴다구? 하여간 웃기는 친구지. 그 사람은 어려서부터 그런 사람이었다오."

"어려서부터 하 선생을 아셨어요?"

"어려서부터라기보다 젊어서부터라고 해얄까? 같은 시절에 도쿄에 있었소. 학교는 달랐지만 가끔 어울려 놀았기 때문에 잘 알아요."

"그땐 어땠어요?"

"한마디로 말해 경박한 속물이었지. 우선 그 하인립이란 이름이 어떻게 된 건지 아슈? 하인리히 하이네의 이름을 딴 거라오. 그 당시 하이네가 대유행이었는데 그치도 하이네를 좋아했던가 보죠. 그래 이름을 하인립이라고 고쳤다면서 뽐내고 돌아다녔지. 하이네의 시를 잘 읽었으면 그런 경솔한 짓이 있을 수 없지. 하이네는 결코 유행가 가사를 만드는 사람 같은 얄팍한 시인이 아니거든요. 그러니까 그치는 하이네의 연애시 몇 편을 읽었을까 말까 했을 정도였을 거요."

"그런 일을 갖고 인격을 판단할 순 없잖겠습니까. 젊음의 객기란 것도 있는 것 아닐까요? 어릴 때, 또는 젊었을 때의 일 갖구 사람을 판단한다는 건 위험한 일일 텐데요."

"허나 지금까지 그는 하인립이라고 하고 있지 않소?"

P의 입 언저리에 냉소가 돌았다.

"어릴 적에 지은 것이고 보니 그 이름에 애착이 생겼겠죠."

나는 되도록 나의 감성을 눈치채지 않도록 억제하며 응수를 계속했다.

"그뿐 아닙니다. 그치는 도쿄에서 학교를 다닐 때 당구장을 경영하고 있었어요. 꽤 큰 당구장이었죠. 3만 원에 샀다든가 하던데 월 2, 3천 원의 수입은 올린 모양입니다. 당시 학생의 생활비가 한 달에 60원이면 되었을 때니까 그친 아주 호화판으로 생활할 수 있었던 거죠. 그걸 졸업할 무렵엔 4만 원에 팔았다니까, 돈에 관한 재간은 여간이 아닌 셈이었지."

하인립 씨가 학생 시절 당구장을 경영했다는 얘긴 사실이다. 그러나 그것은 자발적으로 그렇게 한 것이 아니었다. 어느 선배가 경영하던 당구장이었는데 졸업을 하고 돌아간다는 기미를 알자 주변의 업자들이 그걸 싸게 사기 위해서 계교를 꾸민 탓으로 좀처럼 팔리질 않았다. 그 곤경을 구하기 위해서 하인립 씨가 그 당구장을 넘겨받았다. 그리고 그 당구장을 고학생들에게 맡겨 많은 혜택을 고학생들에게 입혔다는 미담으로서 나는 듣고 있었다.

그래 나는 넌지시 물어보았다.

"그 당구장 덕을 교수님께서도 간혹 보신 건 아닙니까?"

"가끔 술잔이나 얻어 먹었겠지."

여유만만하고 능글능글하기도 한 P교수의 태도를 바라보며 나는 어떻게 이자를 본때 있게 골탕을 먹여주나 하고 궁리를 했다.

'뺨을 친다? 그건 부자연스럽다.'
'밖으로 끌고 나가 결투를 한다? 그것도 어색하다……'
하나의 아이디어가 떠올랐다.
레지를 불러 커피를 한 잔 주문했다.
"팔팔 끓인 따끈한 커피를 줘요."
하고 단서까지 붙였다.
커피가 왔다.
"그러나 오래 사귀었던 정으로도 도울 수만 있으면 도와야 하지 않겠소."
최후의 기회를 주는 셈으로 나는 이렇게 말해보았다.
P는 내 말엔 들은 척도 않고 중얼거렸다.
"백만장자의 아들이 돈 40만 원을 사기해 먹으려다가 쇠고랑을 차다니 한심스러운 인간이야."
"그 한심스러운 인간으로부터 얻어마신 술을 죄다 토해놓고 싶소?"
돌변한 나의 말투에 당황한 그의 얼굴이 굳어졌다.
"하인립 씨는 사기한 적이 없소. 이번 사건은 순전한 모함이오. 삼십 년 이래의 친구가 그런 꼴을 당했는데 진상을 알아볼 성의도 없는 놈은 사람이우? 그게 대학교수요?"
나는 일어서며 커피가 담뿍 담긴 커피 잔을 들고 그 뜨거운 커피를 P의 얼굴에 정면으로 쏟아놓은 채 다방을 빠져나왔다. 그리고 카운터에 두 마디 말을 남겼다.
"커피 값은 저자에게 받아요. 처먹은 건 저자니까."
다방에서 나온 나는 느릿느릿 걸었다. 결코 도망치는 것이 아니란 마음을 다짐하기 위해서였다. 다방에서 누가 뒤쫓아나오면 망설임 없이 다방으로 돌아가 내 감정의 경위를 설명하고 톡톡히 P를 망신시킨 뒤에 경찰이건 어디건 가자는 대로 갈, 그런 각오를 했다.

그러나 그 골목이 끝나도록 뒤쫓아오는 사람은 없었다. 나는 잠시 골목 쪽으로 뒤돌아보고 섰다가 발길을 김장길 변호사의 사무실로 돌렸다.

거의 하루 종일 더위 속을 걸어다녔기 때문에 배가 고팠다. 게다가 하루 종일 서둔 일이 아무런 보람이 없었는데 따른 허전함이 겹쳤다. 보다도 40만 원은 어떡하든 구해보겠다고 나선 주제를 어떻게 감당해야 할지 몰라 그것이 괴로웠다.

나는 김 변호사 사무실이 있는 건물에 이르러 간신히 3층까지 난간을 짚으며 걸어 올라갔다. 그리고 대기실 소파에 쓰러지듯 앉아 냉차를 한 잔 청해 마시고 숨을 돌렸다.

김 변호사가 있는 방에서 웃음소리가 났다. 누가 와 있느냐고 여자사환에게 물었다.

"성유정 씨라고 하던데요."

그 답을 듣자 나는 '아아' 하고 신음하는 애달픔과 함께 안도의 숨을 내쉬었다. 가능하다면 피해 가고 싶은 사람이어서 고의로 내 생각에서 제외하긴 했지만 속수무책인 이 마당에선 꼭 나타나줘야 할 인물인 것이다.

성유정 씨와 하인립 씨는 어릴 적부터의 친구일 뿐 아니라 서로 인척 관계에 있는 사이다. 그런데 하인립 씨가 사업을 시작하면서부터 소원한 사이가 되었다고 들은 적이 있다. 성유정 씨는 하인립 씨가 사업을 하려는 데 대해 맹렬한 반대를 한 것이었다.

"사업할 돈이 있으면 서울 근교에서 농장이나 하라."

는 권고를 했다고 들었다.

나는 노크도 하지 않고 도어를 밀고 김 변호사의 방에 들어섰다.

성유정 씨는 나를 이상한 표정으로 봤다. 죽었다고 생각한 사람을 다시 만났을 때 사람은 그런 표정을 할 것이 아닌가 싶은 그런 표정이었다.

성유정 씨는 일어서 내 손을 잡으며,

"나쁜 사람 같으니라구, 그렇게 소식이 없을 수가 있어?"

하고 말은 나무랐지만 눈으론 웃고 있었다.

"이군, 걱정 말아요. 돈을 성 교수가 준비하겠대."

김장길 변호사가 활달하게 말했다.

대학교수 노릇을 하며 근근이 살아가는 요즘의 처지겠지만 성유정 씨 같으면 능히 그렇게 하리란 짐작을 바로 아까 하고 있었던 터였다.

"고맙습니다."

하고 나는 고개를 숙였다.

"고맙긴, 누구 일인데."

하며 성유정 씨는 웃었다.

김 변호사는 무슨 모임이 있다면서 일어섰다. 그러면서도,

"두 분은 모처럼 만난 모양이신데 이 자리에서 더 얘기를 하세요."

하는 말을 남겼다.

"우리도 일어서지."

하는 성유정 씨를 따라 밖으로 나온 나는 광화문 지하도 근처에서 힘겨운 말을 한마디했다.

"성 선생님, 35원만 빌려주십시오."

"35원? 왜 하필 35원이지?"

"버스를 타고 집으로 돌아갈까 해서요. 오늘 하루 종일 걸었더니 미

아리 너머까지 도저히 걸어갈 수가 없을 것 같습니다."

"무슨 바쁜 일이 있나?"

"아아뇨."

"그럼 어디 식사라도 같이 하자구. 그리고 자네 얘길 좀 들어야 하겠어."

긴 여름 해도 저물어가고 있었다. 후덥지근한 공기인데도 저녁나절의 안심 같은 것이 느껴졌다. 성유정 씨와 같이 거리를 걷고 있다는 안심인가 보았다. 그러나 나는 어떤 일이 있어도 그런 안심에 편승하진 않으리라고 다짐을 하면서 성유정 씨가 이끄는 대로 걸어갔다.

내수동 골목의 '푸른 집'이란 간판을 단 술집 한구석에 선풍기를 등지고 앉아 성유정 씨는 대뜸 물었다.

"도대체 어떻게 된 거야."

"뭣이 말입니까."

"고향에도 통 연락을 안 한다며?"

"고향에 누가 있습니까, 어디."

"사촌이 있잖나. 지난번 신학기에 자네 사촌이 아들 대학 입학시킨다고 올라와 내 집에 들렀더라. 서울대학교의 상과 대학에 들었다는 얘기던데."

"상과 대학요?"

"자네도 참 상과 대학이었지. 내가 얼마나 자넬 찾았는지 알기나 하나?"

"절 뭣 때문에 찾습니까?"

"이 사람 딱한 소릴 하누먼."

"제가 어디 사람입니까?"

하고 나는 음식이 날라져 오자 열심히 먹기 시작했다. 속을 채워두어야 성유정 씨의 대작을 할 수 있겠다는 마음에서였다.

"그만하고 술이나 들게."

성유정 씨는 내 잔에 가득 술을 따랐다. 나도 성유정 씨의 잔에 술을 채웠다.

두세 잔 오가고 나니 갑자기 술기가 올랐다. 성유정 씨의 말이 시작되었다.

"사업이건 인생이건 한 번쯤의 좌절을 자네처럼 받아들여서야 어디 이 세계가 지탱하겠나."

"선생님답지도 않은 말씀 마세요."

"내가 기상천외한 사상을 가진 줄 아나? 상식 이외의 무슨 사상이 내게 있겠나."

"그러니까 그만두시란 것 아닙니까."

"죽음에 대해서 생물적인 공포밖엔 지니고 있지 못한 놈이, 자살을 결행할 수 있는 사람에게 무슨 충고를 한다는 건 비겁자가 용사에게 하는 충고처럼 쑥스러운 것이지만 진짜로 용기 있는 사람은 비겁자의 충고도 들어야 하는 거다."

"나는 용기가 있는 사람이 아닙니다. 용기가 있으면 이런 꼴로 선생님 앞에 나타나 있겠어요? 마누라와 아이들 다 죽여놓고 이렇게 뻔뻔스럽게 앉아 있겠어요? 그러니까, 외람됩니다만 부탁입니다. 제게 관한 얘기는 그만둡시다. 하 선생 얘기나 합시다. 전 하 선생에게 천만 원 빚을 진 놈입니다. 그런데 하 선생은 돈 40만 원 때문에 지금 감옥에 있습니다. 성 선생님에게도 삼백만 원 빚을 진 나 아닙니까. 선산이 있는 산판을 판 돈을 내가 몽땅 날려버린 것 아닙니까."

"이 사람, 그 얘긴 왜 꺼내는 거야. 모두 지난 일 아닌가?"

"아닙니다. 나는 가끔 이런 생각을 합니다. 하 선생에게 빌린 돈, 성 선생에게 빌린 돈 그걸 갚지 않고 배겨내기 위해 계집, 자식을 몽땅 죽이구, 죽는 척 해놓구 나는 살아나구······그런 연극을 꾸민 것 아닐까 하구요."

"왜 그러나, 이군!"

"그러니까 제게 관한 얘긴 그만둬 주십사 하는 겁니다."

"좋다, 그럼 얘길 안 하지. 자, 술이나 마시자."

묵묵한 가운데 술잔이 오갔다. 그런데 그 침묵이 또한 견딜 수 없었다. 내가 말을 꺼냈다.

"하 선생 일은 잘 되겠죠?"

"김 변호사는 안심해도 좋다고 하더라. 돈만 갚아주면 잘하면 무죄, 최악의 경우라도 집행 유예로 나올 수 있다니까 안심해도 된다는 얘기였어."

"하 선생 면회하시렵니까."

"안 하겠어."

"공판할 땐 나가시렵니까."

"공판에도 안 나가겠어."

"저두 안 나갈랍니다."

"그러는 게 좋을 거다."

다시 묵묵한 술잔의 응수가 한동안 계속되었다. 이번엔 성유정 씨가 말을 꺼냈다.

"앞으로 어떻게 할 텐가."

"절대로 자살은 하지 않을 겁니다. 이것만은 확실합니다. 그리고 절대로 세상의 표면에 나타나진 않을 겁니다. 두더지로서 한평생을 살 겁니다. 이것도 확실합니다."

"그렇게 살아 무슨 의미가 있단 말인가. 차라리 자살하는 편이 낫지."

"의미는 기왕 어느 시점에서 모조리 말살해버린 걸요. 그러니 자살할 의미마저 없어져버린 겁니다."

"의미를 찾아볼 생각은 없나?"

"무의미의 의미는 있습니다."

"무의미의 의미?"

성유정 씨는 얼굴을 찌푸렸다.

"제가 말장난을 하고 있는 줄 아십니까. 그럼 얘길 하겠습니다. 최소한도의 노력으로 행운을 기다리겠다는 겁니다. 이를테면 노인들을 만나면 가능한 한 친절을 베풀어 하워드 휴즈 같은 사람에게 부딪히는 겁니다. 유산을 노리는 일이죠. 어떻게 돈이 생기면, 생긴댔자 아내의 돈을 훔쳐내는 거지만 그걸 갖고 복권을 삽니다. 당첨되길 노리는 거죠. 또 하나는 간첩을 잡는 일입니다. 보상금을 노리는 거죠. 이렇게 해서 현재 나를 먹여살리고 있는 아내를 얼마 동안이나마 호사를 시켜줌으로써 단 하루라도 장엄한 아침을 맞아보고 싶은 겁니다. 의미 이하의 의미, 무의미의 의미가 뭣인가를 아셨죠?"

어느덧 성유정 씨의 표정이 굳어져 있었다.

"완전무결한 인격주의를 지향하시는 성 선생님께서는 이러한 무의미의 의미가 못마땅하실 겁니다."

나는 성유정 씨의 비위를 뒤틀어놓고 싶은 광폭한 충동에 일시 사로잡혔다.

일제 때는 '천황 폐하'로부터 금시계를 받은 최우등의 학생, 해방 후의 혼란기엔 혼자 혼란하지 않은 온건한 지식인, 6·25 땐 인민군이 그 동리에 소沼를 팠는데도 만석꾼인 그 집만은 대문 한 번 두드려보는 법 없이 지나쳐버린 집의 아들, 자유당 때도 민주당 때도 공화당 지금에도 티끌 하나 책잡혀보지 않은 대학교수, 내게 삼백만 원의 돈을 떼어먹혔는데도 싫은 소리 한마디 없는 관대한 선배! 삼천리 강산이 와들와들 떨고, 삼천만의 국민이 악착같은데 이러한 인간이 과연 사람인지 괴물인지 알 수 없는 일 아닌가. 여기에 돌연 깡패가 나타나 저 반들반들한 이마를 주먹으로 때리는 사태가 벌어진다면 성유정 씨는 어떻게 대응할 것인가.

이러한 내 마음속의 드라마엔 아랑곳없이 성유정 씨는 조용히 말했다.

"간첩을 잡을 자신이 있는가?"

"있죠. 김일성이 자꾸만 간첩을 남파한다고 하잖습니까."

"어떻게 잡을 텐가."

"간첩 신고는 113, 아닙니까."

"간첩을 잡을 생각을 한 근본적인 동기는?"

"수출 증대에 이바지함으로써 애국을 하려고 했는데 그 일이 좌절됐으니까 간첩이나 잡아 애국하자는 겁니다. 성 선생께선 못마땅합니까? 이런 사상 갖곤 요즘 대학생들의 인기를 끌 수가 없다는 겁니까?"

"이군 취했군."

"그렇습니다. 취했습니다. 그런데 어째서 성 선생이 하는 일은 모두가 옳은 겁니까. 나는 그런 완전무결주의가 싫습니다. 왜 내 뺨을 치지 않습니까. 왜 내게 노여움을 보이지도 않습니까. 나는 성 선생의 완전무결한 인격보다 하인립 씨의 주책바가지가 월등하다고 생각해요. 왜, 보다 인간적이니까요. 성 선생은 하 선생을 경멸하고 있죠? 성 선생의 생활태도를 닮지 않는다구요. 그런데도 뭣 때문에 40만 원의 돈을 물어 주려는 겁니까. 나는 성 선생의 혈관엔 붉은 피가 아니고 뜨물 같은, 우유 같은 액체가 흐르고 있을 것이라고 단정합니다. 그러나 하인립 선생의 피는 붉어요. 그분은 인간이에요."

"이군 취했군."

성유정 씨는 다시 한 번 이렇게 되풀이했을 뿐 그 얼굴은 예나 다름없이 조용했다. 어떻게 하면 이 사람을 성나게 할 수 있을까.

"자, 술은 이만하구 가자."

성유정 씨는 부드럽게 웃음을 지으며 일어섰다. 수양버들의 바람인 것이다.

전등불이 휘황한 거리에 얇은 옷차림의 남녀들이 범람하고 있다. 흡사 수족관을 들여다보는 풍경이다.

버스가 다니는 큰길 어귀에 섰을 때 나는 내 왼편 호주머니에 무슨 물질이 들어오는 것을 느꼈다. 얼른 손을 찔러보았다. 지폐의 감촉을 가진 종이가 한 움큼 쥐어졌다. 나는 그것을 꺼내, 옆에 선 성유정 씨에게 내밀었다.

"이렇겐 필요가 없습니다. 35원만 주세요."

"그냥 가지구 있어."

"안 됩니다. 도루 받으세요."

네온사인을 반사한 안경 너머로 성유정 씨의 눈이 이상스런 빛을 띠었다. 나는 왠지 겁에 질렸다.

여기서 이렇게 헤어지면 영원히 그만일 것이란 공포가 일었다.

"어디 가서 한잔만 더 합시다."

내 말은 애원하는 투가 되었다.

"그럼 그걸 넣어둬요."

성유정 씨는 싸늘하게 말하고 몇 발자국 걷다가 섰다.

"내가 묻는 말에 정직하게 대답을 하겠다면 한잔을 더 사지."

"예, 정직하게 말하겠습니다."

"어딜 갈까."

하고 생각하는 눈치더니 성유정 씨는 택시를 불러세웠다.

"역시 조용한 곳이 좋겠지."

하며 성유정 씨는 H동 쪽으로 차를 달리게 했다.

택시를 타고 거리를 달리고 있으면 언제나 떠오르는 상념이 있다. 거대한 악마의 장부 속을 누비고 있는 기생충이란 상념이다.

택시가 멈춘 곳은 '카사비앙카'란 네온사인이 음탕한 빛깔을 발산하고 있는 언저리였다.

"푸른 집에서 하얀 집으로 온 셈이구면요."

약간 아첨기가 없지도 않은 투로 말해보았는데도 들은 척도 않고 성유경 씨는 웨이터가 열어주는 도어 저편으로 걸어들어갔다. 나는 따라 들어갔다.

라틴풍의 기타 소리가 어디선지 들려오고 있었다. 잘록한 허리와 원피스의 무늬로써 잠자리 같은 인상을 풍기는 여인이 앞장을 서서 방문을 열었다.

마제형馬蹄型으로 소파가 놓인 아담한 방이 나타났다.

"스카치 · 얼음 · 물 그리고 치즈를 갖다놓구, 아무도 들여보내지 말아요. 이따가 연락할 때까지."

손님이라기보다 주인이라고 하는 편이 어울릴 말투로 분부를 내려놓고 성유정 씨는 상의를 벗었다. 에어컨디셔너의 조절로 알맞은 양도(凉度)라고 느낀 나는 구태여 상의를 벗고 때묻은 내의를 노출시킬 필요가 없었다.

주문한 것들이 오고 웨이터가 퇴장하자 성유정 씨는 자세를 고쳐 앉아 정색을 했다.

'아아, 이제부터 사문(査問)이 시작되는구나.'

나는 고개를 숙이고 스카치 잔을 들어 입술을 축였다.

"지금 어디 있지?"

"미아리 근처에 살고 있습니다."

"주소는?"

"잘 모르겠는데요."

"주소를 모른다?"

"지금 얹혀살고 있는 형편이라서."

"얹혀살다니, 누구에게."

"아내에게요."

"아내라니?"

"그런 여자가 있습니다."

"언제 만난 여자야."

"이 년 전쯤에요."

"어데서."

"술집에서요. 그 여자는 술집의 작부입니다."

"그렇더라도 주민등록증은 있을 것 아닌가."

"그런 것 없습니다."

"간첩을 잡기는커녕 자네가 간첩으로 몰릴 형편이로구먼."

성유정 씨는 스카치 잔을 들었다가 놓았다. 무엇부터 먼저 물어야 할지 망설이고 있는 눈치였다.

"옛날 자네가 있었던 회사의 사장을 몇 달 전에 만났어. 어떡허든 자넬 찾아달라는 부탁이더라. 이번 M단지에도 공장을 세울 모양야. 자네만 좋다면 그 M단지 공장의 관리 책임자로 보냈으면 하는 의향이던데 아무리 찾아도 자네가 있어야지."

"그 회사엔 도로 가지 않겠습니다."

"그건 또 왜."

"그 회사뿐이 아니라 난 절대로 월급쟁이는 안 할 작정입니다."

"그럼 달리 무슨 계획이라도 있는가?"

"그런 것 없습니다."

"그렇다면 앞으로 어떻게 할 참인가."

"아까 말씀 드리지 않았어요?"

"뭐라구."

"유산이나 노리구, 복권이나 사구, 간첩이나 잡구."

"계속 그렇게 빈정댈 텐가?"

"빈정댄 게 아닙니다. 정직하게 말한 겁니다."

"그게 정직한 건가?"

"예."

"꼭 그런가?"

"예."

"할 수가 없군."

성유정 씨는 불쾌한 빛을 감추려 하지 않았다.

"선생님."

하고 내 편에서 말을 걸었다.
"말해보게."
"성 선생은 절 끔찍한 놈이라고 생각하지 않습니까?"
"……."
"마누라를 죽이고 아이들을 죽이고 자기만 살아남은 끔찍한 놈, 그런 생각을 하고 계시죠?"
"자네가 고의로 살아남았다고는 생각하지 않아. 자네가 소생하기까지의 열흘 동안을 나는 줄곧 자네의 병실에 있었으니까. 의사는 기적이라고 하더라. 만에 하나 있을까 말까 한……그러나."
"그러나 뭡니까."
"사업에 실패하고 빚을 졌대서 전 가족이 죽어야 한다면 세상에 사람이 살아남겠나. 어떻게 그런 생각을 할 수 있었을까. 그게 난 납득이 안 가. 도저히 납득할 수가 없어."
"나도 납득할 수가 없습니다."
"서투른 소설의 주인공 같은 말은 꾸미지 말게."
"아닙니다. 지금 와서 생각하니 그렇단 얘깁니다."
나는 스카치의 잔을 비웠다.
성유정 씨는 손을 뻗어 내 잔에 얼음을 채우고 술을 따랐다.
그리고 기억을 더듬는 듯 천천히 말했다.
"자네가 두 번째 일을 저질렀을 때 솔직한 심정으로 우리는 그냥 자넬 내버려두려고 했다. 자네만 살아 있기가 얼마나 고통스럽기에 또 그런 짓을 했겠느냐 해서다. 그런데 하인립 씨가 서둘렀어. 절대로 자넬 죽여선 안 된다는 거야. 그래 부랴부랴 병원으로 옮겨놓고 겨우 다시 소생을 시켜 안심을 하고 잠깐 방심을 하고 있는 동안에 자네는 없어져버렸지. 아무리 찾아도 흔적이 있어야지. 그래 우리는 깊은 산속이나 바다에 가서 죽은 줄 알았다. 그랬는데 일 년 전인가 자네를 보았다는 사람이 나타났다. 그것도 한 사람이 아닌 두 사람이……. 그런데 어쩐 일인지 자네가 살아 있다는 확증을 잡았는데도 반갑지가 않더라. 굳이 찾고 싶은 생각도 없구…….”

"그러고 보니 제가 공연히 나타난 것이로구먼요.”

"그렇진 않아.”

"하 선생이 구속되었다는 소식만 읽지 않았더라도 전 나타나지 않았을 겁니다.”

성유정 씨는 묵묵히 한동안을 앉아 있다가,

"이군, 다시 인생을 시작해볼 생각은 없나.”

하고 나를 정면으로 보며 말을 이었다.

"다시 인생을 시작해볼 생각을 해보게. 과거를 씻을 수 있는 건 새로운 인생을 시작함으로써만 가능한 거야. 뭐든 좋다, 자네가 좋다고 생각하는 무슨 아이디어가 있으면 적극적으로 도울 테니까. 이대로, 아니 자네 말대로 그렇게 썩고 있으면 자네도 괴로울 테고 우리도 괴로워……. 갈 데가 없으면 당분간 우리 집에 와 있어도 좋구, 부인이 있다니까 술집 같은 데 내보내지 말도록 무슨 조그마한 장사라도 시작할 수 안 있겠나.”

"전 이대로가 좋습니다. 남에게 고용살이도 안 할 거고, 장사도 안 할 겁니다. 정말 아무것도 할 생각이 없습니다. 요행이나 바랄 뿐입니다.”

"T물산에 도로 가지 않겠다는 이유가 뭔가.”

"설명을 하려면 긴 얘기가 됩니다.”

"긴 얘기라도 좋으니 말해보게나.”

상과 대학을 나와 군복무까지 마치고 T물산에 들어간 것은 내가 스물다섯 살 때였다. 서른 살 때 과장이 되었으니 빠른 승진이라고 할 수가 있다.

과장이 되던 그해, 채 사장의 아들이 미국에서 돌아왔다. 채 사장의 아들은 나와 같은 또래의 나이였다. 그는 오자마자 부사장이 되어 아버지를 보좌하는 일을 맡았다.

미국에서 배워온 것인진 몰라도 능력주의로 한다면서 사내의 인사 쇄신을 단행하려고 했다. 자기 아버지를 도와 T물산을 오늘에 있게 한 중역들을 감사니, 고문이니 하는 한직으로 돌리고, 다른 회사에서 유능한 사람을 스카웃한다는 것이었다.

그러나 채 사장의 반대로 그 일은 실행을 보지 못하고 말았다.

그러자 그는 기획조정실이란 것을 만들어서 자기가 그 실장직을 겸해 맡았다. 기획조정실이란 T물산뿐 아니라 7, 8개나 되는 방계 업체 전부를 통할하는 참모 본부와 같은 것이다.

그런 것이 만들어진 덕택으로 T재벌 전체의 업태가 일목요연하게 파악될 뿐 아니라 낭비가 절약되기도 하는 효과는 있었다. 채 사장은 그런 점으로 해서 자기 아들의 능력을 자랑스럽게 여기게 된 모양이었다.

그러나 내가 보기엔 얼마간의 장점이 있는 반면, 재벌 운영에 있어선 치명적이라고도 할 수 있는 결점이 나타나기 시작했다. 간단하게 말하면 인화의 단결이 파괴되기 시작한 것이다.

인화가 잘 되어 있다는 것이 T재벌의 특징이었는데 사장의 아들이 설치는 바람에 방계 회사의 간부는 물론 본 회사인 T물산의 간부들까지 회사에 대한 충성심이 줄어들어가는 것이 눈에 보이는 듯했다.

이 정도까진 좋았다.

채 사장이 회장으로 물러앉고 아들인 채종택이 사장이 되면서부터 일이 터지기 시작했다. 채종택은 아버지의 만류로 보류했던 인사 쇄신을 단행했다. 그리고 방계 회사에도 그와 같은 방침을 강요했다. 방계 회사의 사장들은 모두 로봇이 되어버렸다. 채종택 사장에게 아첨하는 놈은 승진하고 아첨하지 않는 놈은 퇴직을 하든가 한직으로 쫓기든가 하는 소동이 일었다.

탈세 사건이 터진 것은 그 무렵의 일이다. 건설 중인 국책 회사를 둘러싸고 부정이 있었다는 사실이 폭로된 것도 같은 시기의 일이다.

채종택은 자기의 인사 쇄신책이 빚어낸 결과라고는 생각하지 않고 모든 책임을 간부 사원들에게 뒤집어 씌웠다. 그리고 심지어는 각 부서의 간부들 책임하에 회사의 장부를 위조하라는 명령을 내렸다. 내게는 회사의 부채를 가장하기 위해 10억 원 남짓한 어음을 끊어두라는 얘기가 있었다. 그런 짓뿐이 아니다. 자기의 돈을 사채 시장에다 풀어놓곤 그 돈을 사채 형식으로 빌려쓰도록 해서 기어이 적자를 만들었다. 그리고 갖가지 정치적 목적을 들먹여 돈을 빼내선 직공들의 공임을 올리지 못하는 이유를 꾸몄다.

나는 나의 최량의 능력을 동원해서 수단을 불구하고 돈을 벌려는 재벌을 위해 봉사하는 일에 회의를 느끼게 되었다. 내 스스로 부정을 저지르며 재벌의 비대화를 도와야 할 까닭이 무엇인가 하고 생각했다.

개인이 돈을 가지고 있어도 결국 사회를 위해서 유용하게 쓰인다는 것이 자본주의의 도의적인 기초일 텐데 그 돈의 대부분이, 가지고 있는 자의 호사를 위해서만 쓰인다면 이건 중대한 문제란 생각에 이르기도 했다.

자본주의는 분명 좋은 소질을 가지고 있을 텐데 T물산은 그 선한 자본주의를 나쁘게 이용하고 있다고 결론을 내렸을 때 나는 T물산을 그만둘 생각을 했다. T물산을 그만둘 생각을 한 것은 채종택이 사장이 되었을 때 비롯된 것이기도 했다.

주식회사에 있어서 주식을 많이 가진 자가 마음대로 할 수 있다는 건 이미 상식이다. 그러니 대주주의 아들이 사장이 된다는 건 당연한 일이다. 그러나 평생을 평사원으로 있어야 할 사람이 있고 기껏 과장, 부장에서 끝나는 사람이 있는데 능력과 덕망엔 아랑곳없이 연령의 차를 뛰어넘어 사장의 아들이란 조건 하나만으로 사장이 되어 사규를 넘는 인간의 영역에까지 군림한다면 이건 자본주의 이전의 봉건주의라고 아니할 수 없다. 좋은 자본주의일 수 있자면 이득의 분배는 주식의 안분按分에 따르더라도 인사의 서열은 능력과 덕망에 따른 질서라야 한다.

"나는 자본주의까진 승복할 수 있지만 봉건주의까지 승복할 수는 없다고 생각한 겁니다. 황차 봉건주의에 승복하는 비굴한 자세로 자본주의를 나쁘게 이용하는 무리의 공범자가 될 순 없다고 생각한 거죠. 물론 감정적으로 불유쾌한 사건이 수반되기도 했습니다. 그래서 저는 T물산을 그만둔 겁니다. 다시 돌아가지 않겠다는 이유도 여기에 있고 다른 어떤 회사에 갈 생각이 없는 것도 이 때문입니다."

그리고 나는 다음과 같이 덧붙였다.

"전 자살할 필요조차 없는 송장입니다. 이런 끔찍한 송장이 다시 사회의 표면에 나설 수 있겠습니까."

성유정 씨는 그건 너무나 지나친 자학이라고 했다.

자학! 고상한 말이다. 내겐 이미 자학할 '자기' 조차 없는 것이다.

"애긴 그만하구 아가씨들을 끼어 한잔할까."

하고 성유정 씨는 소파 모서리에 있는 버튼을 눌렀다.

아까의 마담이 요염한 맵시의 아가씨를 둘 거느리고 들어왔다.

"저 민이에요."

데보라 카를 닮은 데가 있는 아가씨가 꾸벅 나를 향해 고개를 숙여 보이곤 성유정 씨 옆에 가 앉았다.

내 옆에 앉은 아가씨는 심이라고 했다.

"심? 심청의 심?"

"그래요."

하며 웃는 그 아가씨의 뺨에 얼룩처럼 보조개가 피었다. 시원한 눈, 바로 선 콧날, 꽃잎같이 그려진 입술. 심은 우아하다고 할 수 있는 아가씨였다.

성유정 씨를 중심으로 얘기꽃이 만발했다.

"쥐새끼가 말예요, 술통에 빠졌거든요. 고양이가 구해줬더니요, 쥐새끼가 술에 취해 간이 커져 갖구, 고양이 놈들 다 나왓! 하더라나요."

"그건 단군 시절의 얘기 아닌가."

"아녜요, 다음이 있어요. 그래 고양이가 뭐랬는지 아세요?"

"뭐랬어."

"찬물 먹구 정신 차려!"

"선생님, 스코틀랜드 사람이 세계에서 제일 깍쟁이래요. 어느 스코틀랜드의 부부가 말예요, 런던의 식당에 들렀거든요. 웨이터가 뭣을 가지고 올깝쇼, 하니까 샌드위치 일 인분에 쟁반 두 개 가지고 오라더래요. 그래 샌드위치 일 인분과 쟁반 두 개를 가져다줬더니 샌드위치를 이등분해갖고 남편이 먹더래요. 그런데 여자는 먹지 않고 남편이 먹고 있는 걸 보고만 있거든요. 웨이터가 가서 물었대요. 부인께선 그 샌드위치가 마음에 안 드시냐구요. 그랬더니 여자가 한 소린, 아녜요, 저 양반 먹고 나면 저 양반의 틀니를 빌려갖구 먹을 거예요."

아가씨들이 성유정 씨를 대하는 것이 조카들이 외삼촌을 반기는 그런 태도라고 생각하며 나는 웃음을 머금고 그 장면을 지켜보았다.

아득바득 기를 쓰고서도 굶는 듯 먹는 듯하고 있는 미아리 그 판자촌에선 상상도 못할 장면이었다. 그러나 그 요염하게 치장한 아가씨들의 뿌리를 찾아들면 개나 고양이의 시체가 썩고 있는 늪에 이를지 몰랐다.

그래 나는 심이란 아가씨에게,

"집이 어디오?"

하고 물어보았다.

"왕십리예요."

하더니 심은 곧 성유정 씨에게 말을 걸었다.

"선생님, 왕십리 영어 아세요?"

"왕십리 영어? 어떤 건데."

"해볼까요?"

"한번 해봐."

심은 먼저 웃어놓고 씨부렁거렸다.

"시 유 아게, 카마 아게, 하니야. 에브리디 캄캄, 굿 굿, 애브리디 노오캄, 노오굿. 에브리디 캄캄 원 딸라 오케, 에브리디 노오캄, 투 딸라도 노오케. 와쓰마리유, 뒤 씽크 오케이?"

"핫하."

하고 성유정 씨는 웃었다.

"그것 무슨 말이야."

"대학교수님도 모르시겠죠?"

"모르겠어."

"그럼 통역을 해드릴께요. 또 만나요, 또 오세요, 여보. 매일 오면 좋구 매일 안 오면 안 좋아요. 매일 오면 원 달러라도 좋지만 매일 안 오면 투 달러라도 안 돼요. 제엔장, 당신은 어떻게 생각하죠? 알아들었수?"

"가만 보니 미스 심은 왕십리 출신이구면, 아니 양공주 출신 아냐?"

성유정 씨가 넌지시 말했다.

"아이구 망측해, 이래뵈도 난 작가가 되기 위해 관찰한 거에요."

"작가?"

하고 성유정이 놀란 척했다.

"작가라면 소설가가 되겠단 말인가?"

"그럼요. 저애는 화가가 될 거구요. 나는 소설을 쓰구, 미스 민은 삽화를 그리고 해서 언젠가는 베스트셀러를 낼 거예요. 그때 성 선생님도 출판 기념회에 초대하겠어요."

"출판 기념회도 할 작정이구면."

"하믄요. 출판 기념회를 해야죠. 그때 할 스피치도 다 준비돼 있는걸요."

"소설은 쓰지 않구 스피치 준비부터 먼저 했나?"

"그럼요. 유비무환 아녜요?"

"미스 심, 그 스피치 한번 해봐, 얼마나 웃긴다구요. 선생님 한번 들어봐요."

미스 민이 지레 킬킬대며 한 손으로 입을 가렸다. 성유정 씨도 권했다.

"미스 심 한번 해봐."

"못하겠습니다. 결단코 못해요."

"왜?"

"김이 새니까요. 그런데 선생님 으악새 본 적이 있나요?"

"뜬금없이 으악새는 또 왜."

"아아, 으악새 슬피 운다는 노래 있잖아요. 그 으악새 말이에요."

"본 적이 없는데."

"있긴 있겠죠?"

"있어야만 슬피 울 것 아닌가."

"그런데 그런 새는 없다, 이 말이에요."

"으악새가 없어?"

"없어요. 으악새란 나뭇가지와 나뭇가지가 부딪고 얽힐 때 나는 소리래요."

"으음."

하고 성유정 씨가 생각하는 얼굴이 되었다. 나도 마찬가지였다. 으악새가 그런 것이란 금시 초문이었던 것이다.

"잡학의 대가들만 모인 자리라서 당해내질 못하겠군."

하며 성유정 씨는 미스 심을 보고,

"엘리자베스 레이란 여자처럼 자서전을 쓰지, 왜."

"엘리자베스 레이라면 헤이스 상원 의원과 스캔들을 일으킨 여자 말이에요?"

미스 심의 말이다.

"미스 심이 겪은 연애 편력을 그대로 쓰면 소설이 될걸."

"어느 호스테스의 고백?"

하고 미스 민이 웃었다.

"그런 건 이미 낡았어요. 그리구 연애 편력도 없었구요."

미스 심은 씁쓸한 척 꾸몄다.

"미스 심 같은 미인이 아직 연애를 못했어?"

"너무 계산을 하다보니 그렇게 됐어요. 내 마음에 드는 사람은 진실이 없는 것 같구, 나를 좋아하는 사람은 이편이 싫구……. 사실 정신 똑바로 가진 사람이 바의 호스테스를 진정으로 사랑하겠어요?"

"그렇다고만은 할 수 없어. 내가 아는 호스테스 가운데도 좋은 신랑을 만나 사는 사람이 꽤 많아요."

"성 선생 같은 분이 나를 사랑한다면?"

하고 미스 심이 장난스러운 표정을 지었다.

"쟤 하는 소리 봐?"

미스 민이 항의하는 투로 말하며 성유정 씨의 손을 잡고 투덜댔다.

"괜히 우리 선생 바람내려고 그러니?"

"나이 많은 사람 놀리지 말어."

성유정 씨는 넌지시 말하고 미스 민의 손을 풀었다.

"미스 민도 단념해. 성 선생님같이 싱거운 사람 백날 가도 애인은 안 될 테니까. 물에 물탄 듯, 장에 장탄 듯, 악센트가 있어야지 뭐. 그저 선량하기로만 애쓰는, 뭐랄까? 신사? 군자? 평생 로맨스도 모르고 사실 어른이야. 안타까운 우등생! 상장이나 주렁주렁 달아놓고 손주들에게 자랑이나 하고 만년을 지내실 불쌍한 우리 선생님. 에드워드 8세를 배워요. 탕!"

"아닌 게 아니라 미스 심은 소설가가 될 수 있겠어. 그런데 어때, 미스 심 옆에 있는 그 사나이의 발동을 한번 걸어봐."

하고 성유정 씨는 웃었다.

"부인에게 혼날려구요."

미스 심이 나를 돌아보았다.

"혼낼 부인은 없소."

천연덕스럽게 나도 한마디했다.

"부인이 안 계시나요?"

"없어, 독신이야."

성유정 씨가 대신 받았다.

"아직 결혼을 안하셨나요?"

"돌아가셨어."

역시 성유정 씨가 답했다.

"그래서 그처럼 어두우신 거로구먼요."

미스 심은 세상깨나 아는 것처럼 고개를 끄덕였다.

"그 사람이 어두운 걸 어떻게 알았어."

"전 이래뵈도 26년을 살아오며 인생을 봐왔어요. 이분은 허무주의잔가 봐요."

"그렇소, 나는 허무주의자요."

하고 반쯤 남아 있는 스카치 잔을 단숨에 들이켰다.

마담이 오고 기타를 든 아가씨가 들어왔다.

웃음소리에 라틴 음악의 가락이 섞였다.

카사비앙카의 밤이 꿈처럼 느껴지고 나 자신이 꿈속의 사람처럼 느껴지는 시간이 반딧불처럼 명멸했다.


"간혹 집에 놀러와요. 그리고 좋은 아이디어라도 생기거든 연락도 하구."

성유정 씨가 헤어질 때 나보고 한 마지막 말이다. 그 바로 앞엔 택시에서 이런 소리도 했다.

"하인립 씨는 실패할 줄 알았어. 그래 내가 한사코 말린 거야. 그런데 이군은 꼭 성공할 줄 알았어. 아이디어도 좋았고 계획도 치밀했구, 무엇보다 이군에겐 능력이 있었으니까. 그래 내 나름대로 도우기로 한 건데……. 그러나 한 번 실수했대서 그처럼 위축할 순 없을 것 아닌가."

이에 대한 나의 답은 이러했다.

"인간에게 있어서 가장 소중한 것을 짓밟지 않는 한, 돈을 벌지 못한다는 걸 알았어요. 자기의 천국을 만들기 위해 무수한 지옥을 만들어야 한다는 것도 알았어요. 그렇게 해서 돈을 벌어 뭣하겠습니까. 나는 히피처럼 살아가렵니다."

그때 성유정 씨는,

"그렇게 살아갈 수만 있다면야……. 히피는 해피라나? 히피엔 철학이 있지. 히피로서 살기 위해서도 아이디어는 있어야 할 것 같은데."

하고 한숨을 쉬었다.

성유정 씨와 헤어져 버스 정류소로 가려는데 집으로, 아니 아내의 곁으로 가기가 싫어졌다. 얼마간의 돈이 호주머니에 있다는 것이 마음을 그렇게 물들인 것이다.

낙원동 후미진 골목을 헤매고 있는데 이제 막 목로술집의 문을 닫으려고 양철칸을 옮기고 있는 중년 여자가 눈에 띄었다. 나는 성큼 그 양철칸을 비집고 술집 안으로 들어섰다.

"문 닫어유, 손님. 장사는 끝났시유."

중년의 여자는 황급히 말했다.

"딱 한잔이면 돼요. 문을 닫으시려거든 닫으세요. 한잔하구 열고 나가면 될 게 아뇨."

주인 여자는 내 인상을 보려는 듯, 즉 위험한 사람이 아닌가 하는 것을 감정이나 하는 듯 양철칸을 놓고 안으로 들어왔다. 나는 얼른 호주

머니에 있는 돈을 집히는 대로 꺼내 드럼통 위에 놓고,

"이것 다 드리겠어요. 잠깐 여게서 한잔하두룩만 해주세요, 한잔하구 이 근처의 여관에 가서 잘 테니까요."

하고 정중히 말했다.

중년의 여자는,

"안주가 없는디유."

하면서도 소주 병과 잔을 챙기기 시작했다.

"주인, 문부터 닫으시구려. 시간 넘겨 장사한다고 말썽이나 있으믄 귀찮지 않소."

양철칸으로 막아버려 놓으니 가게 안은 찌는 시루처럼 되어버렸다.

"덥군."

했더니 중년 여자는 방문을 열고 안으로 들어가 들창을 열었다.

"들창 저편엔 뭣이 있소?"

"고물 수집장이 있어유."

그거나마 트여놓으니 숨쉬기가 한결 편했다.

"주인도 이리로 오시오."

중년의 여자는 가까이에 와서 앉기는 했으나 술엔 손을 대지 않았다. 얼른 마흔을 넘긴 듯한 여자로 보였으나 가까이에서 보니 아직 30대에 있는 것 같다. 눈 언저리에 잔주름이 있을 뿐 화장기가 없는 얼굴치곤 그다지 미욱하지 않았다.

"바깥어른은 없소?"

"없어유."

"어딜 갔소?"

"강원도 탄광에서 죽었어요."

"오래되우?"

"삼 년 넘었에유."

"여게서 장사를 하신 진?"

"일 년쯤 돼유."

"고생이겠습니다."

"사는 기 그렇고 그런 기 아녜유?"

"혼자 살기가 쓸쓸하지 않소?"

"그럴 때도 있기는 해유."

나는 왠지 그 여자를 기쁘게 해주고 싶은 욕망이 슬슬 솟구침을 느꼈다.

"혼자 있으면 짓궂게 구는 사람들도 있을 텐데요."

"사람 사는 세상인께유."

"아이들은 없수?"

"친정에다 맡겨두고 있시유."

"친정은?"

"충청도 음성이에유."

나는 문득 생각이 나서 물었다.

"사이다 있소?"

"얼음에 채워놓은 기 있어유."

여자는 물통 같은 데서 사이다를 꺼냈다. 나는 사이다에 소주를 타게 하고 여자에게 한 잔을 권했다.

여자는 약 먹듯이 그 술잔을 마셨다.

"사소주라고 한답니다. 사이다에 소주를 탄 걸 말이오."

그러나 그런 유머는 통하지 않았다. 나는 다시 여자에게 그 사소주를 권했다.

"이러다간 취하겠네유."

"외로운 사람끼리 우연히 이렇게 만나 오늘 밤 우리 한번 취해봅시다."

"손님이 외로운 사람이유?"

"외롭지 않고서야 이렇게 이 시간에 술을 마시고 있겠습니까."

"가족은 없으시유?"

"없소. 아무도 없소."

"돈은 많으신가 보쥬?"

아까 꺼내놓은 돈이 그냥 드럼통 위에 놓여 있다.

"돈? 이건 오늘 어떤 선배로부터 얻은 거요. 버스값 35원만 빌려달랬더니 이렇게 많은 돈을 주었소."

하고 눈가늠으로 돈 부피를 헤아려 보았다.

5만 원은 족히 될 것 같다.

"이것 다 드리겠소."

하고 나는 그 돈을 여자 쪽으로 밀어놓았다.

"안 돼유, 그런 돈을 내가 왜 받아유."

"난 내일 버스값만 있으면 돼요."

"그래도 안 돼요."

하고 여자는 돈을 내 쪽으로 도로 밀어놓았다.

나는 말없이 잔을 거듭했다.

카사비앙카의 화려한 방이 뇌리를 스쳤다. 소설을 쓰겠다던 미스 심의 얼굴이 눈앞에서 웃었다. 그 반동으로 나는 짓궂게, 추잡하게 이 밤을 망쳐놓고 싶었다.

"아주머니!"

"예?"

여자의 대답이 훨씬 부드러워졌다.

안으면 안길 그런 공기가 서렸다.

"어디 과부가 없을까요. 남자를 원하는 과부, 남자가 그리워 죽을 지경인 과부가 없을까요. 돈도 조금쯤은 가지고 있는……."

"왜유?"

술의 탓인지 내 말의 탓인지 여자의 눈 언저리에 붉은 빛이 돌았다.

"내 물건이 기가 막히거든요. 그저 놀려두긴 아무래도 아까워요. 그거나 실컷 해주고 밥만 얻어먹고 잘 수만 있으면 돼요."

"손님도 짓궂게……."

"농담이 아닙니다. 한번 보여드릴까요? KS 마크, 아니 그것 이상이죠. 보여드릴까요?"

"망측해유."

나는 바지 단추로 갔던 손을 떼고 다시 잔을 들었다. 그리고,

"아주머니도 한잔해요."

하고 잔에 술을 부었다.

"우리 딱 합시다."

여자는 수줍게 잔을 들었다. 나는 그 잔에 내 잔을 부딪혀놓고 단숨에 술을 목으로 넘겼다. 여자도 같은 동작을 하고 있었다.

밤이 이슥해지자 기온은 내렸다. 견디기 힘든 더위는 가셨다.

주전자가 비었다. 다시 술을 청했다.

"이제 술 그만하세유."

하며 바라보는 여자의 눈이 반들반들 윤이 나 있었다.

"그만할까요?"

하고 일어서서 나는 여자의 어깨를 안았다. 땀에 밴 옷의 감촉과 땀냄새가 한꺼번에 나를 자극했다.

"방으로 가유."

여자의 음성은 갈라져 있었다. 나는 방으로 들어가 옷을 벗었다.

여자는 들창을 닫곤 요를 깔고 그 위에 삼베 홑이불을 폈다.

"불 꺼유."

한동안이 지났다.

터지려는 울음을 겨우 참고 열병을 앓는 듯 전신에 경련을 일으키더니 바람 빠진 풍선처럼 푹석 맥을 풀고 여자는 신음 속에 속삭였다.

"나, 나, 이런 거 처음이에유, 이런 일 처음이에유. 애를 둘이나 났는데두 이런 거 처음이에유."

"한두 남자 겪어본 게 아닐 텐데 처음이라구?"

"백 명을 겪었으면 뭣해유. 허기사 그렇게 많은 남자를 겪어본 건 아니지만두유. 처음으로 여자 노릇 해본 기분이랑께유."

"그래 말하지 않았소. 그저 놀려두기가 아깝다구."

"정말 아까워요."

하고 여자의 손이 내 사타구니를 더듬었다.

"많은 건 바라지 않아요. 먹여주고 재워주기만 하면 되니까, 과부 하나 소개해요."

침묵이 흘렀다. 그 여자로선 심각한 침묵이었던 모양이다.

"먹여주는 것쯤이야······. 그러나 방이 단칸방이라서유."

"둘이 자는데 단칸방이면 됐지, 뭐 할라고 방이 또 있어야 해요."

"장사를 하자면 방도 필요해유."

"그럼 장사하는 동안 파고다 공원에 가서 앉아 있으면 될 것 아뇨. 아까 내가 왔을 때쯤 해서 돌아오기로 하구요."
"그래도 될까유?"
"되구말구."

그날 밤, 낙원동 그 목로술집의 단칸방에서 나는 오랜만에 죽은 마누라 향숙과 아이들의 꿈을 꾸었다.
장소는 처갓집 사랑 마루였다. 향숙은 사랑 마루에 은이와 숙이를 각각 한 팔로 안은 채 걸터앉아 슬픈 표정으로 나를 바라보고 있었다. 그리고 무슨 소린가를 했으나 알아들을 순 없었다.
그 장면은 마누라와 아이들을 처가에 맡겨놓고 어디론지 내가 떠나는 순간으로 풀이될 수도 있었다. 아아 그 슬픈 눈, 은이와 숙이의 귀여운 얼굴!
나는 흐느껴 울다가 잠을 깼다. 이미 눈물이 말라버렸다고 생각하고 있었는데 꿈길에서 흘릴 눈물은 있었던가, 하는 의식이 고였다.
향숙의 꿈을 꿀 때마다 처갓집 사랑이 나타나는 것은 내 행동에의 뉘우침이 환기한 이미지일 것이었다.
그때 울컥한 광란을 진정하기만 했더라도 가족은 처갓집에 맡기고 발길에 채이고 주먹으로 맞고, 철창 신세가 되는 등, 내 과오와 실패에의 보상을 내 스스로 감당할 방편이 있었다는 훗날에야 해본 후회가 가슴에 사무쳐 처갓집 사랑에 걸터앉은 향숙의 모습이 나타나곤 하는 것일 게였다.
나는 향숙과의 십 년 동안의 생활을 회고해봤다. 미아리 아내의 그 앙칼스런 저주에서 벗어나기로 한 결심이 비교적 조용한 마음으로 그때를 회고케 한지도 몰랐다. 나는 여태껏 그 당시의 생각을 안 하기로 마음먹고 그런 생각이 떠오를 때마다 북악산 일대를 헤매 내 숨결을 가쁘게 해선 그 영상을 쫓아냈다.

샐러리맨으로서 오 년 동안은 그림에 그린 것 같은 단란한 가정생활이었다.

T물산을 그만두었을 무렵에 가졌던 아이디어로써 사업에 착수했을 때만 해도 순조로웠다. 퇴직금이 있었고 저축도 있었다. 계획을 설명하고 부탁만 하면 자금도 모여들었다.

내가 착안한 것은 모종의 전열기였다. 전기로도 밧데리로도 쓸 수 있고 밧데리는 언제든 가정에서 충전할 수 있는, 규격에 따라 용도가 광범한 전열기였는데 나는 그것을 미국의 잡지를 읽으면서 착안했다.

국내에선 아무 데도 그것을 만드는 곳이 없었으며 그걸 만들 계획조차 하고 있지 않다는 것을 확인하고 나는 미국의 상사와 계약을 맺었다. 다행히 친한 미국의 실업가가 있어 보증금도 싸고 로열티도 비싸지 않게 계약을 맺을 수 있었다.

그러나 난관은 상당 규모의 시설이 있어야 하는 것과 주된 기계를 외국에서 도입해야 한다는 데 있었다. 자연 자금의 무리를 하지 않을 수 없었다.

간단한 등산용으로부터 십 인 가족의 밥을 한꺼번에 지을 수 있는 것에 이르기까지 각 상품의 구색도 맞추어야 하니 시작부터 공장의 규모를 크게 할 수밖에 없었다. 이렇게 해서 다소의 무리가 겹쳤다.

하지만 특수한 회로 장치가 돼 있어 전열기가 필요로 하는 전력 십분의 일쯤으로 목적을 달성할 수 있다는 게 강점이었고 그것이 시중에 나가기만 하면 시장을 석권할 수 있는 전망이 확실했다.

하인립 씨에게서도, 성유정 씨에게서도 그밖의 여러 친구에게서도 뱃심 좋게 돈을 빌려낼 수 있었던 것은 이러한 자신 때문이었다.

그런데 뒤에 알고 보니 기계를 발주할 때 화인禍因이 만들어지고 있었던 것이다. 대사업체들은 비상한 산업 스파이망을 가지고 있다. 난들 그것을 몰랐을 까닭이 없다. 그래 모든 일을 극비리에 진행시켰고 자금 융통을 위해 돈을 빌릴 때도 돈을 빌릴 확신이 서기까진 전열기 공장을 할 작정이란 대범한 설명 이상은 하지 않았다. 그리고 돈을 빌리고 나선 좀더 상세한 설명을 했는데 그럴 땐 절대로 비밀을 지킬 것을 당부하고, 만일 비밀이 새기만 하면 빌린 돈을 갚지 못하게 될지도 모른다는 못을 박기까지 했다.

재벌들의 부는 무서울 정도로 불어간다. 그 불어가는 돈을 은행금리를 받을 정도로 해서 사장할 순 없다. 새로운 투자 방도를 찾아 돈이 돈을 몰아오도록 하자면 이득이 있고, 경쟁이 덜한 물건을 만들어야 한다. 그 때문에 대사업체는 수많은 산업 스파이를 중소기업을 비롯한 각 업체에 침투시켜 제조 품목 또는 제조 과정의 정보를 입수하려고 서둔다.

중소기업이 수지가 맞을 만할 때 넘어지는 것은 이 때문이다. 대재벌이, 그것이 이득이 있다고 판단했을 때는 중소기업이 생각도 못할 정도의 규모로 생산을 해선 덤핑을 해치운다. 덤핑은 경쟁 상대인 중소기업이 넘어질 때까지 계속된다.

그러나 공업이 고도로 발달된 이 마당에선 산업 스파이의 대상이 되는 것이 그다지 흔하진 않다. 그러니 내가 계획하고 있는 전열기 같은 것은 스파이들이 호시탐탐 노리는 부류에 속한다.

내 실수의 원인은 그 기계의 발주를 어느 재벌에 속한 무역 회사에 맡긴 데 있었다.

그 무역 회사에선 어느 원자재, 어느 기계의 발주 의뢰가 있으면 그

목록을 일단 재벌의 총본부로 올리게 되어 있었다. 재벌의 본부에 있는 분석실에선 원자재, 또는 기계의 용도를 분석해낸다. 모르는 것이 있으면 외국에 파견된 지사원을 시켜 조사케 한다. 거기에 내 기계가 걸려든 것이다.

이것도 역시 뒤에 안 일이지만 나의 발주 서류는 내가 의뢰한 날짜보다 한 달이나 늦게서야 발송되었다.

시설이 완비된 것은 착수한 지 일 년 만이고 시제품이 나온 것은 그로부터 2개월 후다.

그 무렵 나는 미국에 있는 친구로부터 편지를 받았다. 한국의 모 재벌에서 그 전열기의 특허를 사러 와 있는 모양이니 빨리 미국으로 건너와 다른 회사와 계약을 못하도록 계약 갱신을 하라는 내용이었다.

나는 무슨 소린가고 내가 가지고 있는 계약서의 원본을 읽어보았다. 다른 회사완 계약을 못하게끔 규정한 조목이 분명히 있었다.

그러나 나는 상대방 회사에게 배신하는 일이 없도록 하라는 당부를 적은 편지를 보내긴 했다.

편지를 보낸 그날 밤에야 나는 깜짝 놀랐다. 한국 내의 다른 회사에 특허권을 팔지 못하도록 규정은 해놓았으나 위약을 했을 때의 보상 규정이 너무나 약하다는 사실을 발견한 것이다.

보증금 5만 불인데 위약했을 때의 보상 규정은 그 두 배인 10만 불이었다. 전열기의 장래성을 보아 재벌이면 그만한 보상금을 대신 물어주고도 특허권을 사려고 덤빌 것은 뻔한 일이었다.

나는 미국의 그 회사에 전보를 치는 한편 외무부에 여권 수속을 했다. 그런데 며칠을 두고 땀을 뻘뻘 흘리며 돌아다녀선 서류를 구비해냈는데도 외무부에선 좀처럼 여권을 내주지 않았다. 한 달이 가고 두 달이 갔다. 나는 심지어 외무부 직원이 그 재벌과 짜고 나를 방해하는 것이라고까지 오해하게끔 되었다.

 그동안 공장은 돌아가고 있으나 이미 내 정신은 아니었다. 재벌에 있어본 나의 경험으로 같은 업종을 가지고 재벌과 경쟁해선 절대로 안 된다는 사실을 알고 있었기 때문이다.

 두 달 반 만에야 손에 넣은 여권을 쥐고 나는 미국으로 날아갔다. 처음으로 간 미국인데도 그 풍광이며 경색이 눈에 들어올 리 없었다.

 시카고에 있는 그 회사를 찾아갔더니 부사장이란 초로의 사나이가 쌀쌀하게 말했다.

 "고소를 한다면 응소하겠소. 배상금은 귀국의 거래 은행으로 보내놨으니 곧 통지가 갈 겁니다."

 만사는 끝난 것이었다.

 가을바람이 일기 시작한 미시건 호에 몸을 던지려다가 마누라와 아이들이 눈에 어른거려 얼빠진 몰골로 서울에 돌아왔다. 돌아와보니 그 전열기가 아주 헐값으로 백화점에 나돌고 있었다. 내 사업을 가로챈 그 재벌이 관세의 액수엔 구애없이 수입해 들여와 덤핑을 함으로써 내가 만든 상품의 시장 진출을 막아놓은 것이었다. 그렇게 해서 내가 쓰러지고 난 뒤 그들은 전열기를 양산해선 이득을 취할 참인 것이다.

 그때 나는 마음을 먹었다.

 '오냐, 네놈들이 죽이기 전에 내가 죽어주마. 내 가족과 더불어 몽땅 죽어주마. 내 저주를 받고 네놈들은 천만 년을 살아봐라.'

 채권자들이 광풍처럼 몰려왔다. 빚더미에 앉아 변명할 말도, 언제쯤 갚을 수 있겠다는 말도 할 수가 없었다. 거짓말 이외는 꾸며댈 수가 없었기 때문이다. 보상금을 찾았으나 빚에 비하면 구우九牛의 일모一毛 격이었다.

　채권자에게 시달리는 집의 주부가 어떤 상황으로 되는가는 겪어보지 않은 사람들에겐 알 까닭이 없다.

　채권자에게 시달리는 집의 아이들이 어떻게 처참한진 겪어보지 않은 사람들에겐 알 까닭이 없다.

　사기꾼이란 말이 내 이름처럼 되었다. 아이들은 사기꾼의 아이들이 되었고 마누라는 사기꾼의 마누라가 되었다.

　이러한 고통을 참아가며 살 가치가 있는 것인가를 그야말로 진지하게 생각하게끔 되었다.

　그래도 자살할 각오는 서지 않았다.

　"오냐 죽어주마."

하고 마음속에서 울부짖었지만 그것은 관념이었지 구체적인 행동이 되기엔 좀더 수모를 겪어야 했다.

　그러한 어느 날이다. 은이가 풀이 죽어 학교에서 돌아왔다. 채권자의 일부가 응접실에서 호통을 치고 있었기에 국민학교 2학년짜리인 소년이 왜 풀이 죽어 있는가 묻지를 못했다.

　그날은 마누라가 그 재벌의 중역으로 있는 내 선배를 찾아간 날이기도 했다. 나의 감정은 공장을 불살라버릴망정 그 재벌에 넘길 생각은 없었지만 채권자들의 사정을 조금이라도 보아주기 위해선 치욕을 참아야 했다. 그 선배와 내 마누라는 잘 아는 사이이기도 해서 마누라가 나선 것이었다.

　울어 눈이 퉁퉁 부어 통금 시간 가까스로 집으로 돌아온 마누라의 갈팡질팡한 얘기를 정리하면 다음과 같이 되었다.

　이왕 그 사업을 하실 요량이면 이미 시설이 되어 있는 우리 공장을 송두리째 사는 것이 어떻겠느냐고 했더니 선배의 답은 이랬다.

"모처럼 마음먹고 시작한 일이니 계속해보시지 그래요."

형편이 안 된다고 하니까,

"사업을 아무나 할 수 있는 것으로 알고 덤빈 것이 잘못이야."

란 말이 있었고,

어떻게든 인수해줄 수 없느냐고 간청을 했더니,

이미 공장을 짓고 있고 기계 발주도 해버렸으니 시기가 늦었다는 말과 함께 꼭 인수해야 할 경우이면 하고, 내가 그 공장 건설을 위해 들인 돈의 20분의 1쯤 되는 액수를 들먹여보더라는 것이다.

마지막 길이 거기서 막혔다.

공장을 내놓아보아야 기계는 고철값이 될 것이어서 기껏 토지 대금이 남을 정도가 뻔했다.

채권자들의 성화가 지나간 깊은 밤에 나와 마누라는 의논을 했다. 살아 있어가지곤 감당할 수 없다는 결론이 나왔다. 나는 일체의 재산 목록과 인감을 싸서 놓고, 고문 변호사 앞으로 편지를 썼다.

'이것밖엔 없습니다. 모든 채권자들에게 내 사과를 전하고 이걸로 가능한 한 처리를 해주십시오.'

마누라는 그 편지를 말끄러미 들여다보고 있더니 내 무릎에 엎드려 통곡을 시작했다.

"당신만 죽게 할 수 없어요."

"당신만 죽게 할 수 없어요."

아아, 그 처량한 소리!

그런데 국민학교 2학년인 은이가 언제 왔는지 방 가운데 서 있었다. 나는 오후의 일을 상기했다.

"은이야, 왜 오늘 풀이 죽었지?"

"급장을 그만두랬어요."

은이가 떨리는 말로 조용히 대답했다.

"왜?"

"사기꾼의 아들이 어떻게 급장 노릇을 하겠느냐는 거지 뭐."

언제 왔는지 바로 내 등 뒤에 서 있던 숙이의 말이었다. 숙이는 국민학교 4학년이었다.

"뭐라구? 선생이 그런 소릴 했어?"

나는 그때 벌써 내 정신이 아니었다.

"선생님이야 그런 말 안했지만……. 다 알아요."

숙이는 찔금찔금 눈물을 짜고 있었다.

"좋다, 내일 모두 해결할게. 오늘 밤은 자자."

자기 방으로 가려는 아이들을 오늘 밤은 같이 자자면서 요를 두 개 깔았다. 나는 숙이를 안고 자고 마누라는 은이를 안고 잤다. 아이들이 잠든 것을 확인하곤 나는 문이란 문, 창이란 창을 단단히 잠갔다. 그리고 부엌에 있는 가스 레인지의 꼭대기를 떼와선 방 한구석에 놓고 가스를 틀었다…….

미아리 아내의 집에 영영 들어가지 말까 했으나, 종결을 지음으로써 뒤를 깨끗이 할 필요가 있었다.

그 이튿날 밤이 되길 기다려 나는 미아리로 갔다.

아내는 아직 돌아오지 않고 있었다.

나는 언제나 하는 버릇으로 경대 밑에 쑤셔놓아져 있는 옛날 『아리랑』 잡지를 꺼냈다. 아마 몇십 번을 훑어보았는지 모를 그 잡지를 첫 장부터 넘기기 시작했다. 책의 모서리 술은 너무나 많은 손길이 지나갔기 때문에 솜처럼 부풀어 있다. 영어에 있는 '독 이어드'—개 귀처럼 되어 있다는 말은 참으로 잘된 표현이다.

여느 때 같으면 그 책장을 차근차근 넘겨보고 마지막 편집자 이름까지 훑어보고 책 뒷면에 있는 '제3종 우편 인가'를 받은 날짜까지 다 읽고, 그래도 아내가 돌아오지 않으면 골목 어귀까지 나가보곤 했다. 아내가 오늘 밤 돌아오지 않았으면 좋겠다는 생각과 돌아왔으면 좋겠다는 생각이 얽힌, 기다리는 것도 아니고 기다리지 않는 것도 아닌 그런 묘한 심정은 이 세상에 숱한 남자가 있다고 해도 아마 나밖엔 모를 것이다.

나는 끝까지 뒤지지도 않고 『아리랑』 잡지를 아무렇게나 내동댕이치고 방바닥에 벌렁 드러누웠다. 그러자, 이제 내가 없어지면 또 다른 놈팽이가 저 『아리랑』 잡지를 읽어야 할 것이 아닌가 하는 생각이 들었다. 그래 일어나 앉아 그 잡지를 얌전히 접어, 경대 밑 틈서리에 보일 듯 말 듯 꽂아놓았다.

아내가 돌아온 것은 자정 조금 지나서였다. 방 가운데 웅크리고 앉은 나를 힐끔 보더니,

"이젠 제법이야? 외박을 다 하시구."

하고 싸늘하게 웃었다.

그건 곧 앙칼이 발동한다는 예보이기도 했다. 나는 이왕 헤어지는 마당엔 그런 소란을 피해야겠다고 마음을 먹었다. 나는 점잖게 말했다.

"거 좀 앉아요."

"앉았거나 섰거나 할 말이 있으면 해요."

후닥후닥 옷을 벗어젖히며 한 소리였다.

"당신 나와 헤어지길 소원했지."
"그럼요."
"나도 각오했어, 헤어지기로. 그래, 오지도 말고 사라질까 했지만 그건 도리가 아닌 것 같아서 그 말 하러 왔소."
"흥."
하며 아내는 경대 앞에 앉아 화장을 지우기 시작했다.
"그럼 나는 갈라우."
하룻밤쯤은 여기서 새고 가려는 마음이었는데 돌연 이렇게 변했다. 내 작정엔 공중전화 박스가 있었다.
'혹시 오늘 밤 그 천사의 소리를 들을 수 있을지 모른다.' 는 생각이 나를 일으켜 세운 것이다.
내가 열어젖혀진 문으로 그냥 나가려고 하니까 아내가 후다닥 일어서더니,
"조금 기다려요."
하고 내 팔을 끌었다.
"……?"
"헤어지는 판에 송별회는 있어야 할 것 아뇨?"
딴으론 그렇다고 생각했다.
아내는 화장을 지우다 말고 속치마 바람으로 밖으로 나갔다.
소주 두 병, 맥주 두 병, 북어와 오징어를 사들고 돌아오더니 부엌에 가서 밥상에 김치와 술잔을 얹어 들여왔다.
앙칼스런 표정은 온데간데없고 상냥한 여자만 거겐 있었다. 나는 콧등이 시큰하는 것을 느꼈다. 미운 정 고운 정이라더만 그런 대로 정은 들었던 모양이라고 속으로 쓴웃음을 지었다.

"먼저 맥주부터 합시다."

하고 아내는 내 잔과 자기 잔에 가득 맥주를 부었다.

"자, 들어요."

나는 단숨에 맥주 잔을 비웠다. 차고 청량한 맥주가 후덥지근한 폐장 속을 산간의 시냇물처럼 흘러내려간 기분이다.

"헤어지는 건 멋져. 이별의 미아리 고개도 멋지구. 그런데 어딜 갈 거요."

"나 취직을 했어."

"취직을? 어디, 취직을 했수."

"과부집에 취직을 했어. 먹여주고 재워주긴 하겠대."

"안성맞춤 자리를 구하셨네요."

"나도 그렇게 생각해."

"아닌 게 아니라 내 같은 년, 이 사립문만 나가고 나면 말쑥이 잊어버릴 거라. 오죽 지긋지긋하게 굴었다구."

아내는 두 병째의 맥주를 땄다.

"아냐, 종종 생각이 날지 모르지. 뭐니뭐니해도 이 년 동안 당신 덕택으로 굶지 않고 살았으니까."

이것이 나의 진정이었다.

"내가 어디 당신을 사람 대접이나 했수? 이렇게 되고 보니 좀더 잘해줬더라면 하구, 후회가 되는구먼요."

아내는 꽉 차 있는 맥주 잔을 나에게 돌리고 자기는 다른 잔에 소주를 따랐다.

"아냐, 나는 사람 대접을 받을 만한 인간이 아냐. 내가 어떤 사람이란 걸 알면 당신은 날 곁에도 못 오게 했을 거요."

하마터면 내 신상을 고백할지 모른다는 위험을 느꼈다. 아내는 내게 대해서 전연 아는 바가 없다. 학력도 경력도 그리고 그 끔찍한 사건도.

"당신을 처음 만난 밤……."

하고 아내는 추억을 더듬으려는 눈치였다. 처음 만난 밤이란 내가 두 번째의 자살에서 실패했다는 걸 알고 허둥지둥 병원에서 빠져나온 그날 밤을 말하는 것인데 아내는 물론 그 사연을 모른다. 나는 목이 마른 바람에 병원 뒤편 거리에 늘어선 대폿집의 한 군데에 기어들어가 사이다 한 병을 청해 마셨다. 아내는 그 집의 작부로 있었던 것이다.

사이다를 마시고 소주를 마셨다. 사업에 실패해서 집도 절도 가족도 없어졌는데 갈 곳은 한강밖에 없다고 지껄이고 있는 나에게 아내는 이렇게 말했다.

"만리 같은 청춘이 있는데 죽긴 왜 죽어요. 보매 인품이 좋은 어른인데 참고 견디면 좋은 일이 있을지 누가 아우. 쥐구멍에도 볕들 날이 있다는 말이 있잖수."

그러곤 폐점 시간이 되자 올 데 갈 데가 없다는 나를 끌고 이 집으로 온 것이었다. 덕택에 나는 이 년 동안을 숨어 살 수가 있었다.

아내로선 허우대도 그만하고, 얼굴도 반반하고 막상 까막눈은 아닌 것 같고 악인 같지도 않은 내게 뭔가 은근한 기대가 있었을 것이었다. 그런데 내가 완전한 무능력자라는 것을 깨닫게 되자 아내는 여우처럼 음흉하고 불호랑이처럼 앙칼스럽게 굴기 시작했다. 그러면서도 말 그대로 나를 내쫓지 못한 단 한 가지 이유는 남성으로서 탁월한 내 물건에 대한 애착이었을 것이다.

내가 아내와 이 년 동안을 지낼 수 있었던 건 아내의 그 앙칼스런 성정, 어느 모로 보나 애착할 곳이란 없는 바로 그 점이었다고 하면 이상하게 들릴는지 모르나 그건 사실이었다. 만일 아내가 내게 다정스럽게 굴어 내가 아내에게 애착할 수 있었더라면 나는 죽은 향숙과 아이들에 대한 죄책감이 훨씬 더해서 아마 성공했을지 모르는 제3차의 자살을 기도했을지 모를 일이다.

"초상난 집도 아니고 이게 뭐요."

하고 아내는 내 잔에도 소주를 따랐다. 그리고 푸념을 섞어 말을 시작했다.

"이별은 좋은 사람 만나기 위한 이별이 아뉴? 쓸쓸할 것 뭐 있수. 두고 두고 내 욕 많이 하고 오래오래 잘 사슈. 돈 많은 과부 만났으면 호강도 할 끼구……. 마음 내키거든 새 양복 한 벌 쫙 빼입고 넥타이 매고 관철동 그 집을 한번 찾아주시구랴."

아내는 술에 취한 모양으로 혀가 꼬부라졌다.

"당신도 좋은 남편 만나 잘사시오."

"내 팔자에 좋은 남편? 웃기지 말아요. 그런데 당신 오늘 밤 꼭 송별연은 해줘야 해요. 내 깨끗이 씻고 올게요."

아내는 비틀거리면서 부엌으로 내려갔다. 육체의 송별연을 위해 뒷물을 할 요량인가 보았다.

그러나 송별연은 엉뚱하게 뒤틀리고 말았다.

막바지에 이르자 아내는 돌연 이를 뽀드득 갈았다.

"아이구 죽어, 어떤 년에게 내가 이걸 뺏겨. 삼수갑산까지라도 내가 못 따라갈 줄 알아? 그년을 그냥 둘 줄 알아? 찢어죽일 게다. 아아 죽겠다, 죽어, 어떤 년에게 내가 이걸 뺏겨, 아이구 이놈아 사람 죽는다, 이놈이 사람 죽이네……."

결국 나는 도로아미타불이 되었다.

하워드 휴즈 같은 노인은 만나지도 못하고 복권도 당첨되지 않고 간첩도 붙들지 못한 채 미아리 그 방에 들어앉아서 가끔 경대 밑에 꽂아둔 『아리랑』 잡지나 뒤적이며 그날 그날을 보내는 신세로 남아 있게 된 것이다.

여름이 가는 어느 날 하인립 씨의 뒷일이 궁금해서 김장길 변호사에게 전화를 걸었다.

선고 유예로서 하인립 씨는 풀려난 지가 열흘쯤 된다며 성유정 씨와 하인립 씨 두 분의 간곡한 전갈을 전한다고 했다.

그 사유는 바로 내일이 성유정 씨의 생일이니 그 생일을 자축하는 동시 하인립 씨를 위로하는 뜻을 겸해서 성유정 씨의 댁에서 연회가 있으니 꼭 참가하라는 것이었다.

나는 성유정 씨 같은 사람이면 생일을 자축도 타축도 할 만하다고 생각했지만 그 연회에 나갈 생각은 없었다.

그랬는데 그 시각이 되고보니 슬그머니 생각이 변했다. 아내가 최근에 사준 남방셔츠를 입고 저녁나절을 노려 가희동에 있는 성유정 씨의 집 근처에 갔다.

손님의 내방을 위해 대문이 열려 있었다. 나는 누구에게 알릴 필요 없이 사랑 쪽의 뜰로 들어설 수가 있었다. 그러곤 숲과 담벼락 사이에 있는 공간에 몸을 숨겼다. 내 목적이 바로 그것이었다. 나는 연회에 참석하지 않고 연회의 모양만 구경하고 싶었던 것이다.

주위가 어둑어둑해지자 손님들이 모여들었다. 사랑 대청엔 이미 음식상이 준비되어 방장을 치고 있었다.

손님들 가운데 내가 커피 세례를 준 P교수와 '돈이 썩기로서니 남이 사기한 돈 뒤치닥거리할 사람이 있겠소.' 하고 자리를 뜬 C전무와 하인립 씨가 너무 권력에 밀착해 있대서 비난한 N씨가 섞여 있는 것이 흥미를 끌었다.

하인립 씨는 조금 늦게야 왔다.

연회가 시작되었을 때 나는 바짝 대청 가까이 가서 화단 언저리에 있는 무궁화나무 그늘에 몸을 가누었다. 거게선 말소리가 대강 들렸다.

하인립 씨가 들어서자 모두들 일어섰다. 저마다 말은 조금씩 달랐지만 나쁜 놈 때문에 엉뚱한 고생을 했다는 뜻만은 일치하고 있었다. 그러나 하인립 씨는,

"아닙니다. 난 그만한 고통은 치러야 할 사람입니다. 부끄럽습니다."
하고 겸손해했다.

"하인립 씨는 가시 없는 장미라……."
하고 P교수가 한바탕 칭찬을 했다. N씨는

"내가 많은 사람을 겪어봤지만 하인립 씨처럼 순수한 사람은 드물어."
했고, C씨의 말 첫마디는 못 알아들었는데 뒷말은 이랬다.

"……엉뚱한 사람만 나타나지 않았더라면 40만 원은 내가 조달할 수도 있었는데."

그러자 성유정 씨가 그 엉뚱한 사람이 누구냐고 묻는 모양이었다. 눈치가 빠른 C전무는 성유정 씨와 나와의 관계를 알아차렸는지,

"그 그만둡시다. 여게 없는 사람 애긴 안 하는 게 좋을 것 같소."
하고 뭉개버렸다.

화제가 이리 뛰고 저리 뛰어 종잡을 수가 없었다. 그러다가 누군가가 물은 모양이었다. 하인립 씨가 말하는 소리가 들렸다.

"할 형편만 되면 나는 당장이라도 사업을 하겠소. 쓴 것 단 것 다 알

앉으니까요. 그런데 운명은 이상한 거라 실패를 거듭해서 겨우 사업을 할 만한 지각이 생겼을 땐 돈이 없거든."

모두들 핫하 하고 웃었다.

하인립 씨는 그 웃음소리를 자기에 대한 찬사로 들은 모양이었다. 우쭐하는 기분이 없지도 않은 것 같은 투로 말을 다시 시작했다.

"사업이란 겁나는 거더만. 사업을 하지 않을 땐 자신이 없는 것이면 안 된다고 딱 잘라 말할 수 있는데 사업을 해보니까 그게 안 돼요. 뻔히 안 되는 것도, 글쎄요 한번 생각해보죠 하는 따위의 말이 나오거든요. 뿐만 아니라 될지 안 될지 모르는 그런 것을 꼭 됩니다 하고 말해야 할 경우가 있어요. 처음엔 그런 말을 한 것이 후회가 돼서 잠을 못 잘 정도로 후회도 하고 걱정도 했는데 시일이 가면 그게 예사가 된단 말요. 요는 사업을 하면 사람 잡치는 거라."

"그래도 사업을 하겠다는 거야?"

성유정 씨의 목소리였다.

"그러니까 사업을 해서 성공을 해야겠다는 거요. 성공만 하면 잡친 사람을 도로 안 잡치게 하거든요. 오늘날 보시오, S·K·H 등 대재벌의 총수들은 아마 거짓말 한마디 않고 살 수 있을 거요."

"수탈과 착취 위에 서서?"

한 것은 아마 N씨인 것 같았다.

하인립 씨는 주택 사업을 했을 때의 실패담을 얘기하기 시작했다. 자재부 책임자와 현장 책임자를 형제에게 맡긴 바람에 자재와 시간의 로스를 가져와 그것이 치명적인 원인이 되었는데 그런데도 자금만 넉넉했으면 커버할 수 있었던 것을 그렇게 안 됐기 때문에 실패했다는 얘기였다.

이어 하인립 씨는 복개 사업을 해서 상가를 만든 사업 얘기를 시작했다. 그건 내겐 초문인 얘기였다. 내가 세상의 표면에서 사라지고 난 뒤의 일인 것이다.

"3천만 원씩 내가지고 둘이서 6천만 원으로 회사를 만들었지. 공사할 토건 회사를 선택한 것은 R였어. 그런데 공사를 오분의 일도 안했는데 기성고旣成高에 따른 공사비를 내라는 거야. 그럴 약속이 아니었거든. 완공을 하고 난 뒤에 상가의 보증금 받은 돈으로 공사비를 주게 돼 있었거든. 그러나 자금 사정이 달려 못하겠다는 것을 어떻게 해. 공사비를 마련하기 위해서 증자를 하자는데 내겐 돈이 없었거든. 내버려두면 이미 든 돈 3천만 원을 쓸모없이 포기해야 할 사정이 된 거야. 하는 수가 있나. 나는 증자를 승인했지. 그래 반 가지고 있던 주식이 25퍼센트로 된 거라. 그것이 또 12.5퍼센트로 되구……. 알구보니 그 토건 회사와 R는 미리 결탁되어 있었더만. 그래 나는 빈털터리가 되었소."

"결국 자본이 모자라 실패했단 얘기 아닌가."

성유정 씨의 소리였다.

"이를테면 그런 거지."

"자본이 약한 사람이 자본이 강한 사람에게 지는 건 당연한 일 아닌가. 그런데 뭣 때문에 그런 새삼스러운 소릴 하고 있어."

나무라는 듯한 투로 성유정 씨가 말했다.

"자본주의에 의한 희생자다, 그 말 아닌가."

P의 목소리였다.

"자본주의에 의한 희생자가 아니구 자본주의를 깔보고 덤볐다가 호된 벌을 받은 거지 뭐."

이렇게 하인립 씨가 말하자 성유정 씨는,

"알곤 있구나."

하고 웃었다.

화제는 국제 정세 얘기, 국내 정세 얘기로 옮아갔다.

나는 부글부글 끓는 울분을 참을 수가 없었다. C전무, P교수, N씨를 면박해주고 싶은 충동이 일었다. 내가 그 자리에 나타나는 것만으로도 면박의 효과가 될지 몰랐다. 그러나 그보다도 그런 따위와 좋아라고 어울려 술을 마시고 있는 하인립 씨가 미워 못 견딜 지경이었다.

'저렇게도 주책이 없어가지구……'

나는 드디어 결심했다. 천만 원 부채를 갚지 못하는 대신 C·P·N의 가면을 벗겨 세상의 잔인함을 알림으로써 천만 원어치의 봉사를 하인립 씨에게 해야겠다는 결심이었다.

무궁화 숲을 벗어나 대여섯 걸음 걸으면 축대가 있고 축대의 계단 다섯 개만 밟아 오르면 연회장인 대청마루 정면에 설 수가 있는 것이다.

몸을 일으키려고 했다. 그랬는데 너무 오래 쪼그리고 앉아 있었던 탓인지 무릎이 삐걱하더니 땅바닥에 뒹굴고 말았다.

한참을 뒹군 채 있다가 가까스로 몸을 일으켜 세우는데 어떤 환상이 눈앞에 스쳤다. 그 환상이란 이제까지 보아왔던 대청마루의 연회광경이었다.

'그들은 무슨 짓을 했건 무슨 말을 했건 가정을 지키고 있는 사람들 아닌가!'

'그들은 사랑하는 마누라와 아이들을 죽인 사람들은 아니지 않는가!'

'그들은 비겁하고 간사스럴망정 인간들이 아닌가. 사람의 탈을 쓰고 있지 않은가!'

'그런데 나는? 나는?'

인간들의 향연을 지척에서 보며 나무 그늘에 웅크리고 앉아 있는 나의 몰골이 그냥 나의 존재의 의미라고 생각했을 때 두상에 찬란한 별들이 빛을 잃었다.

어떤 화제로서의 발전인지,

"도의가 이처럼 땅에 떨어져선……."

한 것은 C씨.

"가치의 혼란이 이 모양인데 도의가 설 까닭이 있소?"

한 건 P교수.

"그래도 차츰 질서가 잡혀가지 않소?"

하는 건 C전무.

"세상은 일국一局의 바둑이야."

하고 하인립 씨는 한숨을 섞었다.

"이십 년 전만 해도 성유정 씨의 생일 잔치엔 기생 아가씨들이 사랑놀음을 왔었는데."

"기생도 보통 기생이던가. 국창들이 왔었지, 반선회, 박만월, 김초희……."

P교수는 사뭇 감개무량하게 말했다.

노래가 나올 테지, 하고 있는데 아니나 다를까 P교수가 '황성옛터에……' 하고 시작했다.

C전무는 내가 질세라 하는 투로 일본 노래를 불렀다. N씨는 점잖게,

"아아 목동아"

돌연 하인립 씨가 기성을 질렀다.

"쨍 하고 해뜰 날 돌아온단다……."

성유정 씨 평대로 하인립 씨는 삼국 제일의 주책바가지인 것이다.

나는 설 수가 없어서도 아니고, 내가 거기 있었다는 것을 들킬까봐 겁이 나서도 아니라, 짐승처럼 기어서 샛문 있는 데까지 왔다.

그리고 샛문을 열고는 가희동 골목을 달려 내려오는데 '짐승처럼 기어야 한다.'는 명령 같은 소리가 몇 번이고 내 뇌리에 메아리를 남겼다.

나는 한강으로 나갔다. 깊게 물이 고인 곳을 골라 다리에 기대섰다.

내가 여기서 몸을 던지기만 하면 P다, C다, N이다 하는 인간들을 넘어설 뿐 아니라 하늘의 별로서 복원할 수 있다는 것을 나는 알고 있었다.

동시에 나는 한강에 몸을 던지지 않을 것이란 내 마음을 알고도 있었다. 난 이미 자살할 자격마저 상실하고 있는 것이다. 긍지 없이 사람은 자살할 수가 없다. 동물이 자살을 못하는 까닭이 여기에 있다. 나는 동물과 같은 굴종을 통해서 이 세상 끝까지 남아 있어야 할 것으로 믿는다. 내 죄업을 보상하기 위해서가 아니다. 보상을 하려 해도 할 수 없는 지옥을 마련하기 위해서다. 그러기 위해선 나는 미아리와 아내 곁으로 돌아가야 하는 것이다.


장엄한 밤이란 것이 있다.

가령 나폴레옹의 밤과 같은 것이다.

마렝고의 밤도 장엄했다. 아우스터츠의 밤도 장엄했다. 워털루의 밤도 장엄했다. 세인트헬레나의 밤도 예외가 아니었다.

정각이 되면 도어를 열고 들어와 시복 마르샹이 공손하게 최경례를 한다.

"황제 폐하, 만찬의 준비가 되었습니다."

나폴레옹의 착석을 기다려 신하들이 정장을 하고 차례대로 들어와 식탁에 앉는다.
　만찬이 끝나면 잠깐 동안의 잡담. 그러곤 라스 카즈에게 회상을 구술한다.
　"유럽은 이성에 의해 승복시켜야 했다. 검에 의해 정복할 것이 아니었다……."
　그러나 이런 잠꼬대까지도 장엄한 것이다.
　밤이 깊으면 세인트헬레나에서의 애인 아르비느가 침상을 찾는다. 아르비느는 나폴레옹의 딸을 낳았다. 나폴레오네란 이름이다. 장엄한 세인트헬레나의 밤이 만든 딸이다.
　그런데 나의 밤은 장엄할 까닭이 없다. 장엄할 수 있는 계기는 있었다. 한강에서 몸을 던지기만 했더라면 장엄이 별처럼 한강에 쏟아져 내렸을 것이었다.
　장엄은 나폴레옹에게만 귀속시킬 수밖에 없다. 왜? 내겐 회상록을 쓸 만한 회상이 없기 때문이다. 나폴레옹처럼 워털루에서 역사에 의해 패배한 것이 아니고 쓰레기통에 버려야 할 휴지만도 못한 돈에 의해 패배했기 때문이다.
　나의 밤은 몇 해가 묵은 『아리랑』 잡지의 그 볼품 없이 피어오른 책장의 부피와 같으면 그만이다.
　세월과 더불어 낡아버린 기사와 기록, 생명은 사라지고 형태만 남은 무의미한 활자의 나열이라고 생각하겠지만 그 잡지는 내게 있어서 성서의 역할을 하게 한다. 내가 그 잡지에 애착하는 것은 미아리의 그 방에 있는 유일한 책이란 때문만도 아니다. 나는 거기서 동서고금에 걸친 영락의 사상을 모조리 조립할 수가 있고, 뿐만 아니라 그 옛날 나폴레옹과 더불어 무지개를 쫓아다니던 시절 내 뇌리에 새겨진 시를 발견할 수도 있는 것이다.

프랑스의 황제와 세인트헬레나의 거리는? 그건 아무도 모른다. 왕관이 너무나 눈부시기 때문이다. 왕들은 식탁에 앉았고 왕비들은 일어서서 춤춘다. 맑은 날씨 다음엔 눈보라가 있게 마련이다.

"그렇다, 나폴레옹도 죽었다.
하물며 네놈들이사!"

장엄은 하늘에 별들과 더불어 있었다.

# 망명의 사상

정호웅  문학평론가·홍익대 교수

### 낭만성

이 책의 앞부분에 나란히 실려 있는 「마술사」 「변명」은 각각 환각의 창출과 실제의 증언이라는 내용을 담고 있어 겉으로 보아 서로 무관한 작품인 것 같다. 그러나 자세히 살피면 서로 맞통한다는 사실을 알 수 있다.

중편 「마술사」의 서사구조는 매우 복잡하지만 걷어내고 걷어내면 '마술은 환각 만들기다.'라는 단문 하나가 남는다.

> 마술사란 환각을 만들어내는 술사입니다. (중략) 그런데 마술사는 스스로가 환각을 만들어내는 것만 가지고는 되지 않습니다. 그 환각을 관중들이 갖게끔 작용해야 합니다. 이것이 대문제입니다. 관중들로 하여금 이쪽이 의도한 환각을 갖게끔 하기 위해선 우선 나 자신이 그 환각을 믿어야 합니다. 환각에 대한 나 자신의 절대적인 신앙을 관중들에게 전달해야 합니다. 그러니 먼저 당신 자신이 절대적으로 믿을 수 있는 환각을 만들어야 합니다.(56쪽)

마술사가 관객에게 보여주는 것은 실제인 것처럼 보이지만 실재하지 않는 환각이다. 공중에 띄워 올린 텅 빈 심상. 그런데 문제는 마술사 스스로 그 환각을 실재하는 것이라 믿을 때 비로소 그 텅 빈 심상의 창조가 가능하다는 점이다. 실재하지 않는 것을 실제인 것인 양 만들어 내 보이는 사람이 그것을 실제로 믿는다는 것은 대단히 어려운 일이다. 그 실재하지 않는 것을 실재하는 것이라 믿고 느끼는, 실제 세계와는 다른 세계로 존재 전이하지 않는다면 가능하지 않다. 그 존재 전이는 실제 세계 속에 존재하는 자신을 완전히 무화시킬 때 비로소 가능한 것이다.

자신을 완전 무화시키고 다른 세계로 존재 전이하는 것은 사실상 불가능하다. 그것은 결코 가닿을 수 없는 피안에 이르기와도 같은 것이니 안타까운 꿈일 따름이다. 그럼에도 결코 포기할 수 없는 꿈이니, 불가능의 강을 넘어 가 닿고자 하는 소망은 그래서 더욱 간절하다.

불가능한 것을 향한 간절한 꿈이라는 점에서 그 속성은 낭만성이다. 이 사실은 헌신적이고 이타적인 고귀한 인간성, 목숨 같은 사랑, 치명적인 금기, 무한한 인내와 깊은 몰두 등, 인간과 인간 삶의 평범한 차원을 훨씬 넘어서는 것들이 이 작품의 주요 구성소라는 사실과 대응한다. 「마술사」의 세계는 강렬한 낭만성의 세계인 것인데, 이 낭만성의 세계에서는 인간의 한계도 비루함도 인간세계의 속악한 이모저모도 한순간에 넘어 날아오를 수 있다.

환각을 만들어내는 마술이란 메타포를 중심으로 구축된 이 낭만성의 세계는 이병주 문학의 두드러진 특성인, 비범함에 대한 예찬과 깊이 관련되어 있다. 이병주 문학에는 초일한 능력을 지닌 천재들과 영웅들이 평범한 재능의 인간들 위에 드높이 솟아 빛나고 있으며, 그런 천재들과 영웅들을 예찬하는 서술자의 거침없는 목소리가 울리고 있다. 예컨대

하늘의 별들과 더불어 빛나는 영웅에 대한 예찬.

　나는 거기서 동서 고금에 걸친 영락의 사상을 모조리 조립할 수가 있고, 뿐만 아니라 그 옛날 나폴레옹과 더불어 무지개를 쫓아다니던 시절 내 뇌리에 새겨진 시를 발견할 수도 있는 것이다.(「망명의 늪」, 285쪽)

　프랑스의 황제와 세인트헬레나의 거리는? 그건 아무도 모른다. 왕관이 너무나 눈부시기 때문이다. 왕들은 식탁에 앉았고 왕비들은 일어서서 춤춘다. 맑은 날씨 다음엔 눈보라가 있게 마련이다.

　"그렇다, 나폴레옹도 죽었다.
　하물며 네놈들이사!"

　장엄은 하늘의 별들과 더불어 있었다.(「망명의 늪」, 286쪽)

　비범함에 대한 예찬은 천재와 영웅의 재능에 대한 예찬에 그치지 않는다. 범속하지 않은 모든 것이 그 대상인데, 예컨대 「제4막」에 나오는 에스토니아의 망명 화가 세르기 프라토는 "에스토니아만을 그리고, 에스토니아 말만을 하는 순수한 에스티 사람으로서 살고 죽"(204쪽)겠다는 생각과 그 생각의 철저한 실천으로 하여 범속함을 뛰어넘는 남다른 인물이니 또한 예찬의 대상이 된다. 이 모두가 비루하고 속악한 인간과 그런 인간들이 엮어내는 너절한 인간 세계를 혐오하여 그것으로부터 멀리 벗어나고자 하는 낭만적 일탈 욕망의 증거이다.

## 역사의 증언

「마술사」 등에 뚜렷한 이 같은 낭만성은 과거를 거슬러 부조리한 역사를 증언하는 이병주 문학의 한 특성과 맞통한다. 그 증언은 선악의 인과론을 번번이 배반하는 현실세계의 전개 과정, 곧 역사의 부조리에 대한 깊은 환멸 위에 서 있는 것이기 때문에 그러하다. 「변명」을 살필 차례이다.

이 작품은 일본군 체험을 다룬 것이다. 이병주 소설 곳곳에는 일본군 체험이 그려져 있는데 학병으로 징집되어 중국 소주에 배치되었다가 그곳에서 해방을 맞은 작가의 직접 체험이 그 바탕이지만, 작가 개인의 체험을 넘어 같은 세대의 일본군 체험을 아우르는 것임은 물론이다. 침략자 일본의 용병이 되어 총을 들었다는 '용병의식'(「관부연락선」)에 괴로워하며 동남아 밀림 속을 기고, 중국 대륙의 아득한 흙먼지 속을 걷던 조선 청년들의 잿빛 청춘의 증언으로 다른 데서는 만날 수 없는 희귀한 과거 보고라는 사실만으로도 그 의의는 대단히 크다.

「변명」은 한 조선 청년의 원통한 죽음과 그를 밀고하여 죽게 한 비열한 조선인 밀정의 그 이후를 대비해 보여주는 구성을 취하고 있다. 비명에 죽은 조선 청년의 이름은 탁인수. 징집되어 중국에 배치되자마자 탈출하여 중국 충의구국군에 가담하여 반일 활동. 그러다가 조선인 장병중의 밀고로 체포되어 사형당함. 탁인수의 유해는 그후 20년 동안 일본 후생성 창고에 방치되었다가 한일협정 바람에 귀국선을 타게 되었다. 탁인수를 죽게 한 장병중은 해방 후 독립운동가로 위장하고 사업가로 정치가로 뻗어나간다. 역사의 비정이고 아이러니다.

어느덧 일기 시작한 가을의 밤바람이 창틀을 흔들고 지나가는 소리가 쓸쓸하다. 그 바람소리를 타고 들려오는 탄식이 있다.

秋墳鬼唱鮑家詩　恨血千年土中碧

"원한에 사무친 사람의 피는 천년이 가도 흙 속의 벽옥처럼 완연하리라."는 아득히 1천 년의 저편에서 들려오는 이하李賀의 탄식이다. (106쪽)

'恨血千年土中碧'의 섬뜩한 심상에 실려 우리 앞에 제시된 탁인수의 마지막은 원통하다. 이에 대비되어 장병중의 순탄한 양지 쪽 인생행로가 더욱 가증스러운 것으로 부각됨은 물론이다. 「변명」은 캄캄 어둠 속에 잊혀진 절대로 잊어서는 안 되는 사실 하나를 증언하였다.

조선인의 일본군 체험과 관련된 또 하나의 증언이 있다. 「마술사」에는 히로카와란 이름의 일본 육사를 나온 엘리트 장교가 나온다. 그는 조선인이다. 조선인이지만 그는 이미 조선인임을 부정하고 일본인이 되었다. 조선인 사병에게 "진정한 일본 군인이 되려면 조선 사람은 내지인 이상으로 분발해야 한"(25쪽)다라고 외치며, 일본인에게 "조선인은 믿을 수 없으니 경계해야 한다"고 말한다.

내선일체를 당위의 이념으로 받아들인 조선인이 "진정한 일본 군인이 되려면 조선 사람은 내지인 이상으로 분발해야 한"다라고 주장하는 것은 자연스럽다. 내선일체론의 조선 내 전도사 가운데 대표격인 이광수가 조선인은 조선인임을 잊어야 한다고 하여 철저한 존재 부정에까지 나아간 바 있음을 생각하면 소박하다고 말할 수도 있다. 그러나 일본인에게 "조선인은 믿을 수 없으니 경계해야 한다"고 충고하게 만드는 심리는 간단하지 않다. 몇 가지로 나누어 생각해볼 수 있다. 1)자신과 다른 조선인을 분리함으로써 일본인/조선인의 위계질서 속 높은 자리 곧 일본인의 자리에 서고자 하는 심리. 이 경우, ㄱ)자신이 조선인이라는 사실을 잊고 그렇게 말했을 수도 있고 ㄴ)자신은 조선인이지만 다른 조선인과는 달리 믿을 수 있는 존재라는 점을 강조하기 위해서 그랬을 수도 있다. 어떤 경우이든 심각한 착종 상태에 빠져 있음을 보여주는 것인데, 일본인/조선인의 위계질서가 지배하는 내선일체론의 현실 속에서 당대 조선인 대부분이 빠져들었던 심리 현실을 전형적으로 보여주는 예라 하겠다. 2) 자기비하를 통해 보다 순종적이고 충실한 피지배자임을 드러내 보이는 노예심리로 볼 수도 있다. 나는 열등한 존재라는 사실을 앞서 나아가 확인함으로써 지배자를 만족시키고 이미 확보한 자신의 위치를 확고히 유지하고자 하는 심리이다.

1)과 2)의 두 경우로 나누어 살폈지만 이 모두가 함께 작용했다고 보는 것이 온당할 것이다. 히로카와를 바라보는 작품 속 서술자의 시선은 싸늘하여 그를 통해 한 시대의 곳곳에 음습하게 서렸던 부정성을 매섭게 고발하고 있음을 알 수 있다. 그러나 그의 그 같은 심리가 당대 조선인 일반이 처했던 안타까운 상황을 드러내 보이는 슬픈 진실이라는 사실을 염두에 둔다면, 그 고발은 또한 사람에 따라서는 험한 세월을 살았던 전대인들의 슬픔을 전하는 객관적 증언으로 이해될 수도 있는 것이다.

어떻든 이병주 문학은 과거 증언을 통해 "선인善因엔 선과善果가 있고 악인惡因엔 악과惡果가 있어야"(「변명」, 103쪽) 하는 선악인과론을 번번이 배반하는 역사 전개를 확인하고 드러내 보인다. 그 확인과 드러내 보임은 그 같은 배반의 역사를 넘어서고자 하는 탈역사의 욕망을 안에 품고 있으니, 앞에서 보았던 낭만적 초월의 지향과 같은 뿌리에서 솟아나온 것임을 분명히 알 수 있다.

### 망명의 사상

역사를 믿고 대의에 순사하고자 했던 맑은 정신, 성의의 삶을 배반하는 역사, 반대로 이기적 욕망 충족을 위해 온갖 악행을 일삼은 비루한 정신 기회주의의 삶을 감싸안는 역사란 그렇다면 무엇인가? 그럼에도 불구하고 역사는 바람직한 방향으로 나아간다는 낙관적 진보주의도, 중요한 것은 보상이 아니라 그 자리 그때가 요구하는 선善의 실천에 나아가는 것이라는 선 실천론의 입장이라면 그 같은 역사도 충분히 용납할 수 있을 것이다. 이병주 문학은 그럴 수 없다는 입장 위에 서 있다. 역사에 대한 깊은 회의, 절망이 만들어낸 탈역사의 지향성이 이에 싹튼다. 망명의 사상이다.

드디어 나는 비누방울처럼 사라져간 옛집을 그리워할 것이 아니라 새로운 집을 지을 결심을 했다. 그리고 그 집은 어떤 재난도 어떤 권력도 내가 살아 있는 한 빼앗아갈 수 없는 집이라야 한다고 마음먹었다. 내 관념 속에 지어놓은 집은 내 생명을 빼앗아가지 못하는 한 이를 뺏지 못할 것이 아닌가.(「예낭 풍물지」, 135쪽)

현실의 어떤 재난도 권력도 미치지 못하는 자기만의 관념 속으로의 망명이다. 비정한 역사의 폭력이 미치지 않는 곳으로의 망명. 이병주 문학 속에 자주 등장하는 성의 예찬도 이 같은 망명의 하나이다. "병들어가는 사회 가운데서도 오직 건강하고 정직하고 아름다운 건 섹스"

(「예낭 풍물지」, 175쪽)라는 관념 속으로의 망명인 것이다. 그런 망명의 사상이 떠올린 다음 이미지는 그 자체 절대적이다.

> 길이가 10피트면 둘레는 절구통만 해야 할 게 아닌가. 그것이 피스톤이 되어 작용하고 있는 장대한 광경을 생각해보라구. 무대는 대양, 조명은 태양, 산덩어리만한 수컷과 암컷이 사랑하고 있을 때 도미니 꽁치니 새우니 오징어니 하는 놈들은 그 주위에서 덩실덩실 춤추고 말야.(「예낭 풍물지」, 175쪽)

이병주 문학 속 망명의 사상을 구성하는 것 가운데 하나는 "인간은 절대적인 삶을 절대적인 시간 속에 절대적으로 살고 있"(「소설·알렉산드리아」)다는 인식도 있고, 모든 의미 심지어는 자살할 의미조차 잃어버리고 '무의미의 의미'를 곱씹는 허망의 숨결도 있다. 이 모두가 현실 세계, 역사의 장 밖으로의 벗어남이니 그들은 망명인들이다.

이병주 문학이 열어 보인 망명의 사상은 바람직한 역사 전개를 믿는 낙관적 진보주의에 이끌려온 우리 문학사에서는 달리 찾기 어려운 예외적이고 희귀한 것이다. 그 예외성과 희귀성은 우리 문학을 새롭게 바라보게 만드는 타자의 눈이니 이 점만으로도 이병주 문학의 의의는 크다.

# 작가연보

1921  3월 16일 경남 하동군 북천면에서 아버지 이세식과 어머니 김수조의 사이에서 태어남. 호는 나림那林.
1931  북천공립보통학교(7회).
1933  양보공립보통학교(13회) 졸업.
1936  진주공립농업학교(27회) 졸업.
1941  일본 메이지대학 전문부 문예과 졸업, 와세다대학 불문과에 재학 중 학병으로 동원되어 중국 소주蘇州에서 지냄.
1948  진주농과대학과 해인대학(현 경남대학)에서 영어, 불어, 철학을 강의.
1954  등단하기 이전 이미 『부산일보』에 소설 「내일 없는 그날」을 연재함.
1955  『국제신보』에 입사, 편집국장 및 주필로 언론 활동.
1961  5·16 때 필화사건으로 혁명재판소에서 10년 선고를 받고 복역 중 2년 7개월 후에 출감. 외국어대학, 이화여자대학 강사 역임.
1965  중편 「소설·알렉산드리아」를 『세대』에 발표함으로써 등단.
1966  「매화나무의 인과」를 『신동아』에 발표.
1968  「마술사」를 『현대문학』에 발표. 「관부연락선」을 『월간중앙』에 연재(1968. 4~1970. 3). 작품집 『마술사』(아폴로 사) 간행.
1969  「쥘부채」를 『세대』에, 「배신의 강」을 『부산일보』에 발표.
1970  「망향」을 『새농민』에 연재.
1971  「패자의 관」(『정경연구』) 등 중·단편을 발표하는 한편 「화원의 사상」을 『국제신보』에, 「언제나 그 은하를」을 『주간여성』에 연재.
1972  단편 「변명」을 『문학사상』에, 중편 「예낭 풍물지」를 『세대』에, 「목격자」를 『신동아』에 발표. 장편 「지리산」을 『세대』에 연재. 장편 『관부연락선』(전2권, 신구문화사) 간행. 영문판 『예낭 풍물지』(번역: 서지문, 제임스 웨이드) 간행.

1973　수필집『백지의 유혹』(강남출판사) 간행.
1974　중편「겨울밤」을『문학사상』에,「낙엽」을『한국문학』에 발표.
1976　중편「여사록」을『현대문학』에, 단편「철학적 살인」과 중편「망명의 늪」을 『한국문학』에 발표. 창작집『철학적 살인』(한국문학)과『망명의 늪』(서음출판사) 간행.
1977　장편「낙엽」과 중편「망명의 늪」으로 한국문학작가상과 한국창작문학상 수상. 창작집『삐에로와 국화』(일신서적공사), 수필집『성—그 빛과 그늘』(상·하, 물결사) 간행.
1978　중편「계절은 그때 끝났다」와 단편「추풍사」를『한국문학』에 발표.「바람과 구름과 비」를『조선일보』에 연재. 창작집『낙엽』(태창문화사), 장편『망향』(경미문화사)과『허상과 장미』(범우사) 그리고『조선일보』에 연재했던『미와 진실의 그림자』(대광출판사),『바람과 구름과 비』(전9권, 물결출판사) 간행. 수필집『사랑받는 이브의 초상』(문학예술사), 칼럼집『1979년』(세운문화사) 간행.『지리산』(세운문화사) 간행.
1979　장편「황백의 문」을『신동아』에 연재. 장편『여인의 백야』(상·하, 문음사),『배신의 강』(범우사),『허망과 진실』(상·하, 기린원) 간행. 수필집『사랑을 위한 독백』(회현사),『바람소리, 발소리, 목소리』(한진출판사) 간행. 장편『언제나 그 은하를』(백제) 간행.
1980　중편「세우지 않은 비명碑銘」과 단편「8월의 사상」을『한국문학』에 발표. 작품집『서울은 천국』(태창문화사), 소설『코스모스 시첩』(어문각),『행복어사전』(전6권, 문학사상사),『인과의 화원』(형성사) 간행.
1981　단편「피려다 만 꽃」을『소설문학』에, 중편「거년의 곡」을『월간조선』에, 중편「허망의 정열」을『한국문학』에 발표. 장편『풍설』(상·하, 문음사),『서울 버마재비』(상·하, 집현전),『당신의 성좌』(주우) 간행.
1982　단편「빈영출」을『현대문학』에 발표.「그해 5월」을『신동아』에 연재. 작품집『허망의 정열』(문예출판사), 장편『무지개 연구』(두레출판사),『미완의 극』(상·하, 소설문학사),『공산주의의 허상과 실상』(신기원사), 수필집『나 모두 용서하리라』(집현전), 소설『역성의 풍·화산의 월』(신기원사),『행복어사전』(전3권, 문학사상사),『현대를 살기 위한 사색』(정음사),『강변이야기』(국문) 간행.
1983　중편「그 테러리스트를 위한 만사」를『한국문학』에,「소설 이용구」와「우아한 집념」을『문학사상』에,「박사상회」를『현대문학』에 발표. 작품집『그

테러리스트를 위한 만사』(홍성사), 고백록『자아와 세계의 만남』(기린원), 『황백의 문』(전2권, 동아일보사) 간행.

1984 장편『비창』(문예출판사)으로 한국펜문학상 수상. 장편『그해 5월』(전5권, 기린원),『황혼』(기린원),『여로의 끝』(창작문예사) 간행.『주간조선』에 연재했던 역사기행『길 따라 발 따라』(전2권, 행림출판사),『당신의 뜻대로 하옵소서—소설 김대건』(대학문화사) 간행.

1985 장편「니르바나의 꽃」을『문학사상』에 연재. 장편『강물이 내 가슴을 쳐도』,『꽃의 이름을 물었더니』,『무지개 사냥』(전2권, 심지출판사), 수필집『생각을 가다듬고』(정암),『지리산』(전7권, 기린원),『지오콘다의 미소』(신기원사),『청사에 얽힌 홍사』(원음사),『악녀를 위하여』(창작예술사),『산하』(전4권, 동아일보사) 간행.

1986 「산무덤」을『한국문학』에,「어느 낙일」을『동서문학』에 발표.『사상의 빛과 그늘』(신기원사) 간행.

1987 장편『소설 일본제국』(전2권, 문학생활사),『운명의 덫』(상·하, 문예출판사),『니르바나의 꽃』(전2권, 행림출판사),『남과 여—에로스 문화사』(원음사),『남로당』(상·중·하, 청계),『소설 장자』(문학사상사),『박사상회』(이조출판사) 간행.

1988 『유성의 부』(전4권, 서당),『그들의 향연』(기린원) 간행. 역사소설「허균」을『사담』에,「그를 버린 여인」을『매일경제신문』에, 문화적 자서전「잃어버린 시간을 위한 메모」를『문학정신』에 연재.『행복한 이브의 초상』(원음사) 간행.

1989 장편『소설 허균』(서당),『포은 정몽주』(서당),『내일 없는 그날』(문이당) 간행.

1990 장편『그를 버린 여인』(상·중·하, 서당) 간행.『꽃이 된 여인의 그늘에서』(상·하, 서당),『그대를 위한 종소리』(상·하, 서당) 간행.

1991 인물평전『대통령들의 초상』(서당),『달빛 서울』(민족과 문학사) 간행.

1992 4월 3일 오후 4시 지병으로 타계.『세우지 않은 비명』(서당) 간행.

## 한길사의 신간들

### 로마인 이야기 14 그리스도의 승리
마침내 기독교가 로마제국을 삼켜버렸다

4세기 말, 로마제국의 나아갈 방향을 크게 변화시킨 것은 황제가 아니라 한 사람의 주교였다. 정·교가 분리되지 않은 국가가 초래하게 된 위기를 참으로 냉정하게 그렸다.

시오노 나나미 지음 | 김석희 옮김
신국판 | 반양장 | 404쪽 | 값 12,000원

### 권력규칙 1·2
권력, 그 냉혹한 인간세상의 규칙과 원리를 밝힌다

권력을 도모할 때는 수많은 위험과 희생을 감수하고, 권력을 쥘 때는 상황에 맞는 책략으로 온힘을 다해 실행하며, 권력을 견고히 할 때는 살얼음을 밟듯 조심한다.

쩌우지멍 지음 | 김재영 정광훈 옮김
신국판 | 반양장 | 475쪽 내외 | 각권 값 16,000원

### 메가트렌드 코리아
21세기, 우리 앞의 20가지 메가트렌드와 79가지 미래변화

항상 역사의 반환점에서 미래를 준비하지 못한 국가는 발전의 대열에서 뒤떨어진다. 우리의 메가트렌드 작업은 바로 미래를 대비하기 위한 시금석이다.

강홍렬 외 지음
신국판 | 양장본 | 408쪽 | 값 22,000원

### 2020 미래한국
창조적 상상으로 그려내는 내일의 모습!

꿈속의 희망이 오늘의 나를 움직인다. 꿈이야말로 미래를 준비하는 자세다. 각 분야 명망가들이 바라보는 다양한 미래상! 그들의 꿈을 통해 미래를 상상한다.

이주헌 외 지음
신국판 | 반양장 | 400쪽 | 값 15,000원

### 트랜스크리틱 칸트와 마르크스 넘어서기
가라타니 고진의 10년에 걸친 야심작

초월론적인 비판은 횡단적 또는 전위적인 이동 없이는 존재할 수 없다. 그래서 나는 칸트나 마르크스의 초월론적 또는 전위적인 비판을 '트랜스크리틱'이라 부르기로 했다.

가라타니 고진 지음 | 송태욱 옮김
46판 | 양장본 | 528쪽 | 값 22,000원

### 춘추좌전 1~3
춘추전국시대 역사 이해의 필수 텍스트

중국 사상의 연원은 공자를 포함한 춘추전국시대의 제자백가다. 제자백가에 대한 이해의 출발점이 바로 당시의 인물 및 사건을 정확히 기록해놓은 '춘추좌전'인 것이다.

좌구명 지음 | 신동준 옮김
신국판 | 양장본 | 448~628쪽 | 값 20,000~30,000원

### 자유주의적 평등
평등권은 인간의 가장 근본적인 권리

드워킨은 대부분 정치사상의 입장들을 평등에 대한 하나의 견해로 해석하며, 고대 그리스 사람들처럼 정치철학의 문제를 진정한 평등이 무엇인가의 문제로 다루고자 한다.

로널드 드워킨 지음 | 염수균 옮김
신국판 | 양장본 | 730쪽 | 값 30,000원

### 중국사상사론 고대·근대·현대
중국 사상사 전체를 관통하는 방대하고도 뛰어난 저술

리쩌허우는 문화심리 구조와 실용이성의 관점을 이용하여 중국의 사상사와 전통문화를 해석하는 한편, 동시에 현대 중국이 가야 할 길을 제시하고 있다.

리쩌허우 지음 | 정병석 임춘성 김형종 옮김
신국판 | 양장본 | 568~792쪽 | 값 25,000~30,000원

### 유랑시인
우크라이나의 역사와 시정

우크라이나의 국민시인 셰브첸코의 삶은 우크라이나인들이 겪던 민족적·사회적·경제적·정치적 억압을 한품에 떠안아 보여주는 응집체이며, 그의 시들은 정서적 대응이었다.

타라스 셰브첸코 지음 | 한정숙 편역
신국판 | 양장본 | 596쪽 | 27,000원

### 신화학 1 날것과 익힌 것
신화의 구조를 밝히는 레비 스트로스의 거대한 지적 모험

이것은 과거와 현재, 내 문화와 타문화를 초월하여 어디에나 존재했고 또 존재하는 인간 정신 속의 초월적·구조적 무의식의 법칙을 증명하는 일이다.

레비 스트로스 지음 | 임봉길 옮김
신국판 | 양장본 | 672쪽 | 값 30,000원

## 인간의 유래 1·2
'종의 기원'과 함께 다윈의 또 하나의 위대한 저서

이 책은 세상에 나온 지 130년 이상이 지났지만 오늘날 생물학자, 심리학자, 인류학자, 사회학자 그리고 철학자 들의 마음속에 자리 잡고 있는 많은 문제를 다뤘다.

찰스 다윈 지음 | 김관선 옮김
신국판 | 양장본 | 344, 592쪽 | 각권 값 25,000원, 30,000원

## 의식의 기원
인간 의식의 문제를 폭넓게 다룬 20세기 기념비적인 저서

거울 속에 보이는 그 어떤 것보다 더 본질적인 '나'라는 내적 세계, 만질 수 없는 기억과 보여줄 수 없는 추억의 보이지 않는 모든 세계의 본성과 기원에 대한 것이었다.

줄리언 제인스 지음 | 김득룡 박주용 옮김
신국판 | 양장본 | 512쪽 | 값 30,000원

## 파르치팔
도덕적 숭고함과 뛰어난 상상력으로 쓴 위대한 서사시

중세의 심오한 문학작품 가운데 하나. 주인공 파르치팔을 바보 같은 인물에서 현명한 성배지기로 그림으로써 인간의 정신 교육과 계발에 관한 암시적인 우화를 표현했다.

볼프람 폰 에셴바흐 지음 | 허창운 옮김
신국판 | 양장본 | 736쪽 | 값 30,000원

## 지중해의 역사
물의 역사공간, 무한한 매력이 넘치는 지중해 연구

수많은 현상이 이 '액체 공간'에서 일어나고 있으며, 모든 움직임이 이 바다에 존재한다. 지중해에서는 바로 지금도 인간과 세계의 역사가 전개되고 있다.

장 카르팡티에 외 엮음 | 강민정 나선희 옮김
신국판 | 양장본 | 736쪽 | 값 35,000원

## 지중해 문명의 바다를 가다
지중해는 우리에게 무엇인가

시간과 공간은 지중해를 고이지 않는 물로 만들었다. 이 책의 목표는 거기서 나타나고 사라져간 문명의 흔적들을 우리의 맥락에서 모아 '우리의 지중해'를 구상하는 것이다.

박상진 엮음
신국판 | 양장본 | 316쪽 | 값 22,000원

## 에로틱한 가슴
에로틱의 절정, 여성 가슴의 문화사

시대와 지역, 문명에 따라 때로는 적나라하게 때로는 은밀하게 노출되고 감춰져왔던 여성의 가슴. 그것은 수치스러운 것인가, 에로틱한 것인가, 영예로운 것인가.

한스 페터 뒤르 지음 | 박계수 옮김
46판 | 양장본 | 704쪽 | 값 24,000원

## 앙드레 지드의 콩고여행
지드의 문학적 방향을 바꾼 운명적인 여행

나는 쿠르티우스가 깊은 심연 속으로 뛰어든 것처럼 이 여행에 뛰어들었다. 거역할 수 없는 어떤 운명의 불가피함. 내 인생의 모든 주요 사건들이 그랬던 것처럼.

앙드레 지드 지음 | 김중현 옮김
46판 | 양장본 | 304쪽 | 값 15,000원

## 편력 내 젊은 날의 마에스트로
나는 그들에게서 진정한 교양인들의 모습을 보았다

에라스무스, 몽테뉴, 괴테……나는 2·30대에 그들을 만나는 축복을 누렸다. 그들의 글은 나의 고전이 되고 나는 그들을 마에스트로, 즉 스승이며 때로는 벗으로서 섬겨왔다.

이광주 지음
46판 | 양장본 | 456쪽 | 값 20,000원

## 조선통신사
도요토미 히데요시의 조선침략과 우호의 조선통신사

이 책은 역사적으로 지속적이고 첨예한 갈등관계를 겪어온 일본과 한국의 교사들이 학생들에게 어떤 역사를 가르쳐야 하는가에 대해 고민한 결과물이다.

한일공통역사교재 제작팀 지음
46배판 변형 | 반양장 | 172쪽 | 값 10,000원

## 라 로슈푸코의 인간을 위한 변명
17세기 프랑스의 격동적인 역사

라 로슈푸코 공작 집안의 내력에 종횡으로 교차한 프랑스의 내란과 전쟁, 궁정 내 정사와 음모. 17세기 전란의 시대를 살아간 한 모럴리스트가 역사와 인간의 진리를 말한다.

훗타 요시에 지음 | 오정환 옮김
46판 | 양장본 | 500쪽 | 값 18,000원